DER DUFT DER OPFER

ILONA BULAZEL

Ilona Bulazel
6 B Avenue des Isles d'Amérique
F-34300 Agde

E-Mail: kontakt@autorib.de
Website: https://www.autorib.de
Facebook: https://www.facebook.com/ilonabulazel
Newsletter-Anmeldung: https://www.autorib.de/newsletter

Ausgabe 5.7/2022

Korrektorat: Natalie Röllig

Covergestaltung: TomJay – bookcover4everyone / www.tomjay.de
Photo Images © Shutterstock / Photo-Art-Lortie, Laura Crazy

ISBN: 9798839590113
Imprint: Independently published
Weitere Informationen zum Druck: siehe Buchende

INHALT

1

Gerlsee, Ortsteil von Berlin, Anfang Mai

»Der Sündenfall hat sich vor Tausenden von Jahren ereignet, und dennoch werden wir noch heute dafür bestraft. Nur wegen eines leichtsinnigen Nachgebens, einer einmaligen Schwäche, einer kindlichen Neugier, die doch durchaus nachvollziehbar gewesen ist, oder?« So oder so ähnlich hatte der Pfarrer von der Kanzel gesprochen und in die Gesichter seiner Schäfchen geblickt, die daraufhin schuldbewusst die Augen gesenkt hatten.

Sein Arm in der schwarzen Soutane hatte dann meistens zu dem imposanten Mosaikfenster gezeigt, das fast ein Drittel der rechten Seitenwand einnahm.

»Beeindruckend« nannten es die einen, »furchteinflößend« die anderen – und dann gab es noch diejenigen, die es schlicht und ergreifend für geschmacklos hielten.

Pfarrer Rolf Antitz hatte dafür gestritten und aufgrund einer göttlichen Fügung, wie er später gerne behauptet hatte, war ihm schließlich erlaubt worden, die erschreckende Szene auf dem Glas verewigen zu lassen.

Weder Augen noch Nase zierten die Gesichter der Engel, lediglich große Münder, aufgerissen und zahnlos, gaben ihnen etwas Lebendiges. Ein Mann im Vordergrund hatte den Kopf gesenkt, so blieb auch sein Gesicht dem Betrachter verborgen, wohingegen die Frau an seiner Seite trotzig geradeaus blickte. Sie wirkte mit der Krone aus blutroten dornigen Rosen auf ihrem Haupt und der schweren Kette um den Hals wie eine entthronte Königin, die nicht bereit war, ihr Reich kampflos aufzugeben.

Es handelte sich dennoch um eine biblische Szene, sogar um die womöglich bekannteste, nämlich die Vertreibung aus dem Paradies. Den Mittelpunkt bildete das Engelwesen mit Speer, das die himmlischen Heerscharen anführte. Seine glühende Waffe richtete sich gegen die beiden Menschen im Vordergrund. Der erzürnte Gottesbote stieß mit himmlischem Ingrimm zu, um die in Ungnade Gefallenen in eine Grube zu stoßen, aus der angespitzte Pflöcke ragten.

Wenn man das Fenster und anschließend die auf dem Steinboden liegende Leiche des Geistlichen betrachtete, hatte man den Eindruck, dass auch Pfarrer Antitz in der tödlichen Grube gelandet sei.

Seine Glieder wirkten unnatürlich verrenkt. Sein Kopf ruhte schräg auf dem normalerweise hellen Untergrund, auf dem sich ein dünner Film roten Blutes ausgebreitet hatte, der im ersten Moment den Anschein erweckte, man hätte den Geistlichen auf eine samtene Decke gebettet.

Im Rücken des Pfarrers steckte ein Messer; nicht die einzige Verletzung, die ihm zugefügt worden war. Der Gerichtsmediziner würde später von zahlreichen Schlägen auf den Schädel sprechen, ganz zu schweigen von der Wunde, die kreisförmig um den Kopf des Toten verlief – beinahe wie ein Stirnreif, der ihm in die Haut gepresst worden war.

Pfarrer Antitz' Tod war nicht sofort eingetreten. Der

Geistliche hatte Schmerz und Angst verspürt, in seinen letzten Momenten vieles bedauert und sich außerdem geschämt, nicht voller Gottvertrauen dem eigenen Ende entgegenzusehen. Vielleicht war er sich bewusst gewesen, dass er nicht allein sterben müsse, aber womöglich hatte ihm auch das keinen Trost gespendet.

Das zweite Opfer lag nicht weit von der Leiche des Pfarrers entfernt. Die Frau hatte sich nicht gewehrt, war zu überrascht, zu schockiert gewesen. Bei ihr war es schneller gegangen, keine Schläge. Aber auch ihr hatte man die ungewöhnliche Verletzung am Kopf zugefügt, so als wollte man sie kennzeichnen, mit einem Mal versehen.

Sie lag auf dem Rücken, denn man hatte sie von vorne erstochen. Ihre Hände waren blutgetränkt, was von ihrem Reflex, die Wunde zu verschließen, herrührte. Wie bei der Eva-Darstellung auf dem Mosaikfenster waren ihre Augen weit aufgerissen, so als befürchtete sie, die letzten Momente ihres irdischen Daseins zu verpassen. Ihr Mund jedoch war fest verschlossen und schien ihre Weigerung auszudrücken, um das eigene Leben zu betteln und über den bevorstehenden Tod zu klagen.

Die Kerzen, die den Altarbereich der Kirche in ein flackerndes, gelbes Licht getaucht hatten, hielten bei den Toten bis zum Morgengrauen Wache, dann erloschen sie, und die Sonne schien durch das Mosaikfenster auf die beiden leblosen Körper.

Der Engel mit dem Speer thronte über ihnen, und sein aufgerissener, verzerrter Mund schien zu brüllen: »So geht es jedem Sünder! Keiner überlebt den Sturz in die Grube!«

* * *

Rückblick, Gerlsee, eine Woche zuvor

Der schwergewichtige Bernhardiner-Mix von Regina Müller weigerte sich hartnäckig, das Behandlungszimmer zu betreten. Stattdessen hatte er sich direkt hinter der Eingangstür auf den Boden gelegt und versperrte nun sowohl den Weg für alle nachfolgenden Patienten als auch für die, die die Tierarztpraxis gern verlassen wollten.

Schließlich war es dem Geschick der Tierärztin Frederike Tanner zu verdanken, die einfühlsam den vierzig Kilo schweren Rüden dazu bewegen konnte, seinen Streikposten aufzugeben und ihr zu folgen. Kurz darauf hörte man sein jämmerliches Jaulen, als man ihm in die Ohren blickte, die Zähne begutachtete und den Herzschlag kontrollierte. Selbst als ihm eine ausgezeichnete Gesundheit attestiert wurde, jaulte er weiter herzzerreißend und verließ schließlich mit einem schrillen Heulton den Behandlungsraum, was die Anwesenden mit einem kollektiven Aufatmen quittierten.

»Sie sind die Beste«, bescheinigte seine Besitzerin daraufhin Frederike Tanner. »Bei keinem anderen Arzt wäre er so tapfer.«

»Das ehrt mich«, erwiderte Frederike in ihrer burschikosen Art und grinste.

Die Siebenundfünfzigjährige war keine Schönheit, auch früher in ihrer Jugend war sie es nicht gewesen. Tatsächlich wirkte sie durch ihre kräftige Statur sehr männlich. Sie hatte stets eine praktische Ader, und allgemein war bekannt, dass die Tierärztin zupacken konnte, was ihr auch einige Pferdebesitzer als Kunden brachte.

Die Rechnung für den Routinebesuch des Bernhardiners wurde überreicht und Frederike wollte sich gerade einem Meerschweinchen mit Verdauungsproblemen widmen, als ihre Schwester Maia Tanner die Praxis betrat. Sie war aufgelöst, was Frederike beunruhigte.

Ihre zwei Jahre jüngere Schwester neigte nur in Ausnahmefällen zur Theatralik und hatte eigentlich ein ähnlich bodenständiges Naturell wie Frederike selbst.

»Er ist zurück«, keuchte sie fahrig, was die Menschen im Wartezimmer neugierig die Köpfe heben ließ.

»Wer?«, schnauzte Frederike, die annahm, dass Maia eigentlich nur von ihrem Ex-Mann oder von einem Schädling in ihren Gewächshäusern sprechen konnte – wobei das für Frederike aufs Gleiche hinauslief: Aufregung, Wut und dann das Nachsinnen, wie man den Zwei- oder Achtbeiner wieder loswurde.

»*Er*«, flüsterte Maia nun unheilschwanger. Dann formte sie ihre nächsten Worte mehr mit den Lippen, als dass sie sie tatsächlich aussprach: »*Uwe Schierwein.*«

Trotz Maias Bemühungen reagierte eine der älteren Frauen im Wartezimmer. »Um Gottes willen«, rief sie entsetzt, und sofort warf man ihr fragende Blicke zu.

Frederike verzog missbilligend das Gesicht und bat die Schwester, ihr zu folgen.

An die Patienten gerichtet sagte sie um Gleichmut bemüht: »Es geht sofort weiter«, bevor sie mit Maia in einem der hinteren Räume verschwand.

»Musste das sein?«, fuhr sie ihre Schwester an, als sie außer Hörweite waren.

»Das ist alles, was dir dazu einfällt?«, rief diese nun entsetzt.

»Wenn du einen hysterischen Anfall bekommst, werde ich dich ohrfeigen«, antwortete Frederike grimmig.

»Und was machen wir jetzt?«, überging Maia die Zurechtweisung und schnappte nach Luft.

»Was wir machen?« Frederike gab einen mürrischen Brummton von sich. »Wir machen gar nichts. Wir können nichts machen.«

»Sollen wir ihn denn ignorieren?«

»Was denn sonst?«, blieb Frederike ungeduldig. »Wir

werden kaum verhindern können, dass er sich hier niederlässt, was ich ehrlich gesagt für eine ziemlich dumme Idee halte«, fügte sie noch nüchtern an. »Was glaubst du, was der Rest der Stadt dazu sagen wird? Ich bin mir ziemlich sicher, dass Uwe Schierwein seinen Aufenthalt bei uns nicht genießen kann. Vermutlich muss er seine Koffer nicht einmal auspacken.«

»Denkst du?«, fragte Maia mit einem erleichterten Seufzer, der dem Aufheulen des Bernhardiner-Mixes von eben nicht unähnlich wahr.

Frederike richtete sich auf. Sie erreichte die stolze Größe von einem Meter achtzig, und mit dem grauen Dutt wirkte sie sogar noch drei Zentimeter größer. Ihr breites Kreuz, das vom Wetter gegerbte Gesicht und die vor der Brust verschränkten Arme wirkten auf Maia beruhigend, fast wie eine schützende Mauer. Die ältere Schwester hatte immer schon das Talent besessen, einer scheinbar ausweglosen Situation den Schrecken zu nehmen. Auch jetzt, als sie sagte: »Uwe Schierwein ist eines dieser typischen Probleme, die sich von ganz alleine lösen.«

Maia beruhigte sich und atmete tief durch. »Natürlich, du hast recht, wie immer. Tut mir leid, dass ich deine Sprechstunde störe. Wir können ja später reden.«

»Sicher«, erwiderte die Ältere mit ungeduldig gerunzelter Stirn, bevor sie eine Handbewegung Richtung Tür machte. »Und jetzt muss ich weiterarbeiten.«

Im Wartezimmer herrschte ein reges Geplapper. Natürlich drehte sich das Gespräch um Schierwein.

Als nun das Meerschweinchen an die Reihe kam, das mit einem aufgeregten Pfeifen sein Missfallen über den Tierarztbesuch zum Ausdruck brachte, war die erste Frage seiner Besitzerin: »*Uwe Schierwein*, ist das nicht der Mann, der …«

Frederike fiel der Frau mit einem »Ja« ins Wort, um das Thema zu beenden.

Aber die andere ließ nicht locker und bohrte weiter: »Hat nicht Ihr Vater …«

»Ja, das hat er«, antwortete Frederike nicht unhöflich, aber reserviert. Sie sah die Frau an und der wurde endlich bewusst, dass sie gerade dabei war, es sich mit der Tierärztin zu verscherzen.

Da man Frederike Tanner für ihre Fachkenntnis sehr schätzte, verkniff sich die Frau weitere Fragen.

Frederike widmete sich dem Meerschwein, verhielt sich freundlich, kochte aber innerlich vor Wut. Natürlich hatte sie so getan, als würde sie die Neuigkeit völlig kaltlassen, doch in Wahrheit hatte auch sie diese Nachricht aufgewühlt. Er war also tatsächlich hierher zurückgekehrt. Frederike wusste nicht, ob sie Schierwein dafür Respekt zollen oder ihn verfluchen sollte.

* * *

Etwa zur gleichen Zeit in der Wohnung von Uwe Schierwein

»Und? Wie findest du es?«

Der dreiundsechzigjährige Mann am Fenster drehte sich nicht um, sondern sah weiter auf die Straße. »So viele Menschen, so viele Autos«, antwortete er abwesend.

»Das ist doch gut, besser als Fernsehen«, wollte man ihn aufmuntern, aber die einzige Reaktion war ein unschlüssiges Brummen.

»Du musst dich eben erst noch an alles gewöhnen, du …«

»Hör auf«, schnauzte Uwe Schierwein und drehte sich endlich um. Sein Gesicht hatte zahllose Falten und die typische graue Färbung, die Menschen zu eigen war, die sich wenig an der frischen Luft aufhielten. In seinen Augen lag ein bitterer Ausdruck, ein Vorwurf, der sich allerdings nicht gegen eine bestimmte Person richtete, sondern gegen die Welt im Allgemeinen.

»Tut mir leid«, entgegnete sein Gegenüber verlegen. »Ich glaube, alles, was ich sage, ist verkehrt«, fügte der Zwanzigjährige jämmerlich an und erwartete eigentlich, dass ihm der Ältere widersprach, aber nichts dergleichen geschah.

Stattdessen antwortete Schierwein seinem Enkel: »Ich habe dich um nichts gebeten, das Ganze war ein Fehler.«

Jannik Grauner holte tief Luft. Er war es nicht gewohnt, dass man ihm gegenüber so reagierte, schon gar nicht, wenn er sich alle Mühe gab, zu helfen. Seine Eltern hätten ihm niemals auf diese Art geantwortet, nicht einmal sein Vater, aber an den wollte er jetzt nicht denken. Immerhin hatte der ihn gewarnt. Nein, eigentlich war es mehr als eine Warnung gewesen, er hatte es ihm schlichtweg ausreden wollen.

»Hör zu, Jannik«, riss ihn der Ältere aus seinen Grübeleien. Sein Ton war nun versöhnlicher. »Vielleicht sollte ich einfach zurück, ich bin nicht für das hier gemacht.«

Umständlich zog er eine Packung Tabak aus der Jacke und fing an, sich eine Zigarette zu drehen. Seine Hände zitterten dabei leicht, dennoch gelang es ihm schnell, die getrockneten Brösel in das dünne weiße Blättchen zu rollen.

»Ich habe dir Zigaretten mitgebracht«, erinnerte ihn Jannik, aber sein Großvater schien ihn nicht gehört zu haben, sondern steckte sich die selbstgedrehte Kippe in den Mund und zündete sie sich an. Kurz darauf reagierte er doch, sah auf die noch in Folie eingeschweißten Schachteln und seufzte. »Lass gut sein Junge, ich rauche mein eigenes Gift.«

»Du kannst in den Park gehen, wenn du willst, oder ins Kino oder …«

»Ja, ich weiß«, gab ihm Uwe desinteressiert Antwort.

»Freust du dich denn gar nicht?«, brach es schließlich aus dem Jüngeren heraus. Er konnte nicht länger verheimlichen, dass er über die Reaktionen seines Großvaters maßlos enttäuscht war. Setzte sogar noch nach und sagte voller Leidenschaft: »Du bist frei, du bist endlich frei!«

Uwe Schierwein sah Jannik an. Der beißende Gestank des billigen Tabaks hing in der Luft und vermischte sich mit dem leichten Farbgeruch, der von den frisch gestrichenen Wänden ausging.

»Was willst du von mir hören?«, antwortete der Dreiundsechzigjährige grob. »Soll ich dich in deine zarten Wangen kneifen, dir den Kopf tätscheln und mir vor Begeisterung in die Hose pissen?«

Jannik schreckte zurück, murmelte fassungslos: »Ich habe dir geholfen.«

»Ich wiederhole mich gerne: Ich habe dich nie darum gebeten«, schnappte Schierwein.

»Du hast immer noch im Gefängnis gesessen, obwohl du deine Schuld längst beglichen hattest.«

»Wer sagt das?«, hielt ihm sein Großvater entgegen.

»Das Gesetz«, argumentierte Jannik trotzig.

»Ist dein Vater der gleichen Meinung?«, spielte Uwe den Ball provozierend zurück.

Jannik stockte, wich der Antwort aus, indem er sagte: »Mein Vater braucht noch etwas … Zeit.«

»Dein Vater wird mir nie vergeben. Glaubst du, ich weiß nicht, dass das alles nur auf deinem Mist gewachsen ist? Was hat Markus gesagt, als du ihm davon erzählt hast, dass du deinen Großvater aus dem Knast holen willst?« Er zog mit zusammengekniffenen Augen an der Zigarette und fügte listig an: »Sei ehrlich.«

»Ich gebe zu, dass er nicht begeistert war«, erwiderte Jannik mit einem Schulterzucken. Warum sollte er mit der Wahrheit hinter dem Berg halten? Offensichtlich war Rücksichtnahme nicht erwünscht.

»Erzähl mir, wie das abgelaufen ist.« Bereit, eine längere Geschichte anzuhören, setzte sich Uwe auf den niedrigen

Couchtisch, den Jannik wie auch den Rest der Einrichtung von einer Secondhand-Börse organisiert hatte.

Uwes Enkelsohn fragte sich gerade, ob sein Vater nicht am Ende recht behalten würde. Nur ungern erinnerte er sich an den Streit, den sie gehabt hatten.

»Du willst ihn aus dem Gefängnis holen?«, hatte sein Vater geschrien. »Was geht dich dieser Mann an? Er hat nur Unglück über uns gebracht. Weißt du, wie deine Großmutter wegen ihm gelitten hat? Wir mussten umziehen, ich bin ohne Vater aufgewachsen, erzählte allen, er sei tot, damit niemand erfährt, dass ich das Kind eines verurteilten Mörders bin. Warum hast du es nicht gut sein lassen?«

»Du hast mich belogen«, warf Jannik seinem Vater daraufhin vor. »Du hast auch mir nie gesagt, wer mein Opa ist. Ich dachte, er lebt nicht mehr. Wenn ich nicht zufällig auf die Unterlagen gestoßen wäre, dann hätte ich nie von ihm erfahren.«

»Und das wäre auch das Allerbeste gewesen. Vergiss den Mann, er taugt nichts.«

»Er ist mein Großvater, dein Vater, er ist Familie«, ereiferte sich Jannik.

»Er hat Leben genommen und er hat meines und das meiner Mutter zerstört. Glaube mir, er wird auch dich ins Unglück stürzen. Halt dich von ihm fern.«

»Ich will mich nicht fernhalten, ich will meinen Großvater kennenlernen.«

»Da ich dich nicht davon abhalten kann, gebe ich dir wenigstens einen Ratschlag mit auf den Weg: Erwarte besser nichts von ihm, denn Uwe Schierwein wird dir nur eines geben, und das ist *Schmerz.*«

»Der Mann ist mittlerweile dreiundsechzig Jahre, hat er denn keine Chance verdient?«, hatte Jannik versucht seinen Vater zu überzeugen.

Aber der hatte nur müde den Kopf geschüttelt und sich geweigert, weiter über das Thema zu sprechen.

Seither hatte sich alles geändert. Sie redeten nur noch selten miteinander, gingen sich aus dem Weg, und Jannik kam kaum noch vorbei, sondern verbrachte die meiste Zeit in seiner Studentenbude in Berlin. Vielleicht stammte sein Wunsch, Jura zu studieren, auch daher. Vielleicht wollte er sich an der eigenen tragischen Familiengeschichte beweisen. Dennoch hatte er es sich anders vorgestellt. Ja, er hatte Dankbarkeit erwartet, Wohlwollen und Freude. Stattdessen stand er einem griesgrämigen alten Mann gegenüber, der ihn abschätzig betrachtete, kaum ernst nahm und sich zudem auch noch darüber beschwerte, dass man ihn gerettet hatte.

»Also, was hat dein Vater gesagt? Hat er sich gefreut, dir gut zugeredet?«, provozierte Uwe weiter.

»Nein, das hat er nicht«, gab Jannik nun genervt Antwort. »Wenn du es genau wissen willst, wir hatten deinetwegen Streit. Er war dagegen, dass ich zu dir Kontakt aufnehme.«

»So, war er das?«, erwiderte Uwe ebenfalls gereizt. »Hättest besser auf ihn hören sollen, was?«

Ein »Vielleicht« lag dem Zwanzigjährigen auf der Zunge, aber er schluckte es hinunter und sagte stattdessen: »Ich bin froh, dass du nun hier bist. Morgen gehen wir zu deinem Bewährungshelfer, und bis dahin versuch dich an die Wohnung zu gewöhnen, geh spazieren oder einkaufen.« Großzügig legte er fünfzig Euro auf den Tisch.

Uwe reagierte unschlüssig. »Mal sehen.«

»Ich komme morgen wieder«, sagte Jannik nun freundlicher. »Wenn du Hilfe brauchst, ruf mich an.«

Uwe betrachtete das Smartphone, das ihm sein Enkel besorgt hatte. Zwei Stunden hatte es gedauert, bis er mit dem Ding klargekommen war, und noch immer hatte er das

Gefühl, man verlange von ihm, einen Jet zu fliegen, wenn er das Telefon bedienen sollte. Eine entsprechende launische Antwort verkniff er sich jedoch und nickte stattdessen.

Eigentlich wollte er nicht, dass Jannik ging, er war nicht gern auf diese Weise allein. Aber er unterließ es, das auszusprechen. Man erzählte schließlich niemandem von seinen Ängsten und Schwächen. Wer überleben wollte, war hart, und wer hart war, verzichtete auf Höflichkeiten.

Deshalb gab sich Uwe auch kurz angebunden, meinte lediglich: »Ich brauche keinen Babysitter«, und hob lässig die Hand zum Salutieren an den Kopf. »Willst du mir nicht sagen, dass ich nichts anstellen darf?«, stichelte er anstatt eines Abschiedsgrußes.

»Ich vertraue dir«, erwiderte Jannik lächelnd. »Wir sehen uns morgen.« Damit verschwand er und Schierwein blieb zurück.

Langsam erhob er sich und schlurfte zum Fenster. Der Verkehr war heftig, laut, und alles schien sich zu bewegen. Autos, Motorräder und Menschen auf Elektrorollern, die sich an den Fußgängern vorbeischlängelten und sich mit den Fahrrädern Wettrennen lieferten.

Die tragen Helme, stellte er verwundert fest und erinnerte sich zurück an eine Zeit vor neununddreißig Jahren. Damals trug man keine Schutzhelme, wenn man Fahrrad fuhr, telefonierte nicht mit Minitelefonen und ganz bestimmt hatte es viel weniger neuwertige Autos auf den Straßen gegeben. Selbst sein zwanzigjähriger Enkel fuhr einen nagelneuen Stadt-SUV. Er hatte weder gefragt, wofür das *SUV* stand, noch, wie er sich das leisten konnte. Allerdings nahm er an, dass Janniks Vater den Wagen finanzierte.

Er selbst hatte nie irgendetwas für seinen Sohn gekauft. Vielleicht am Anfang, in der ersten Euphorie. In seiner Erinnerung tauchten ein übergroßer Plüschteddybär, das Kinderbett mit den Rennwagenaufklebern und der Strampelanzug mit der Aufschrift *Papas Liebling* auf. Noch vor der Geburt war die Beziehung auseinandergegangen, und irgendwie war es so gewesen, als hätte damit auch seine Vaterschaft geendet. Zumindest hatte er das damals so gesehen.

Er drückte die abgebrannte Kippe in dem Muschelaschenbecher aus, den sie als Geschenk zu dem Couchtisch erhalten hatten. Uwe hatte es die letzten Jahre stets vermieden, über die Vergangenheit nachzudenken. Er wusste mittlerweile, dass sein Leben an dem Tag geendet hatte, als er aus der kleinen gemeinsamen Wohnung ausgezogen war. Damals hatte er geglaubt, ihm wäre eine Last genommen worden – aber er hatte dafür bezahlt, sich aus der Verantwortung zu stehlen. Er hatte *teuer* dafür bezahlt.

* * *

Tonaufnahme von 1983:

Mein heutiges Thema: Die ersten Schritte

Ich wollte nur die *Wahrheit* finden. Und dann blickte ich auf das Blut und die aufgebrochene Schädeldecke, und alles, was ich wollte, war, es zu beenden. Damals fragte ich mich das erste Mal, ob man mich vielleicht belogen hatte, ob ich in die Irre geführt worden war. Am Ende wusste ich aber, dass ich nicht versagt hatte, sondern dass die mir selbst gestellte Aufgabe zu schwierig gewesen war. Es fehlte an Übung und Planung. Ich wollte mein Scheitern und den Tod einfach vergessen. Aber der Tod erinnerte sich an mich. Ich konnte dem Unvermeidlichen nicht entkommen, musste mein Schicksal annehmen und mir ein Opfer suchen.

Ich will nicht sagen, dass ich es genossen habe, muss aber zugeben, dass ich froh war, endlich aktiv werden zu können. Es ist eine Sache, darüber nachzudenken, es auszutüfteln und es sich vorzustellen, eine andere, es dann auch zu tun.

Als Opfer wählte ich eine Frau. Das hatte vor allem den Hintergrund, dass sie ein schwächerer Gegner war. Dennoch schließe ich männliche Opfer für die folgenden Male nicht aus, ganz im Gegenteil. Ich denke, das wird eine Bereicherung sein.

Ich fand sie zufällig, so wie sich an diesem Tag alles zufällig ergab. Sie war nett, bereit, mir zu folgen. Sie hat mir vertraut. Sie zu überwältigen, gestaltete sich daher nicht besonders schwierig.

Ich habe mich zuvor oft gefragt, wie ich sie am besten umbringen könnte, und wählte aus mehreren Gründen das Messer. Am Ende ist es doch die unauffälligste Waffe, die zudem nicht allzu viel Kraft erfordert. Es ging schnell – ob es schmerzlos war oder nicht, hat für mich keine Rolle gespielt. Ich wollte einfach nur, dass sie stirbt. Erst dann konnte ich sie begreifen, konnte ihr Inneres verstehen, war für mich der Weg in ihren Kopf tatsächlich frei.

Als ich mit ihr fertig war, ließ ich sie durch den Fleisch-Schredder. Kräftige, spiralförmige scharfe Messer haben sie innerhalb kürzester Zeit in einen Klumpen Hackfleisch verwandelt. Ich entschied mich dazu, ihre Überreste im Wald zu vergraben. Alles in allem eine *saubere Angelegenheit*. Der Anfang war getan, und ich fühlte mich so gut wie schon lange nicht mehr.

Ende der Aufnahme

* * *

Im Haus von Frederike Tanner

Frederike hatte die Tierarztpraxis erst spät geschlossen und sich dann ins Obergeschoss begeben, wo ihre Wohnung lag. Diese teilte sie sich, sehr zum eigenen Leidwesen, gerade mit Pia, der jüngsten der drei Schwestern. Wie zu erwarten war auch Maia, die mittlere, anwesend. Als Frederike nun die Küche betrat, wehte ihr als Erstes Zigarettenrauch entgegen.

Pia drückte schnell die Kippe aus und wedelte unbeholfen mit den Armen durch die Luft. Sie wusste, dass Frederike das Rauchen hasste; vor allem in der eigenen Wohnung. Allerdings hielt das Pia nicht davon ab, trotzdem regelmäßig die Wünsche ihrer Schwester zu ignorieren. Auch heute sagte sie lapidar: »Entschuldige, das zieht gleich ab.«

»Wenn du noch ein einziges Mal in meiner Wohnung rauchst«, schnauzte Frederike jedoch, »dann fliegst du raus. Ich habe dir schon hundert Mal gesagt, dass du zumindest auf den Balkon gehen kannst, aber nein, nicht einmal das schaffst du.«

»Was soll das nun wieder heißen?«, ereiferte sich Pia.

Die Zweiundfünfzigjährige war immer schon die hübscheste der drei Tanner-Schwestern gewesen. Während Frederike groß, kräftig und kantig war und Maia eher schmal und unscheinbar, hatte man Pia als eine wahre Schönheit bezeichnen können. Selbst heute waren ihre Gesichtszüge noch ebenmäßig, die blauen Augen strahlend und die Lippen voll. Ihre von Natur aus sehr weiblichen Proportionen zogen immer noch Bewunderer an. So viele Verehrer sie hatte, so viele Beziehungsprobleme ergaben sich auch daraus. Und daher war es nicht verwunderlich, dass eine turbulente Trennung von einem Theaterschauspieler der Grund dafür war, warum sie bei Frederike Unterschlupf gesucht hatte.

»Du denkst also, ich bekomme mein Leben nicht auf die Reihe?«, erwiderte Pia gekränkt.

Maia rollte mit den Augen. Sie kannte die Auseinandersetzung, die nun folgen sollte, und war bereits genervt.

Wie gewöhnlich hielt sich Frederike nicht zurück. »Natürlich kriegst du dein Leben nicht auf die Reihe. Das ist wohl kaum ein Geheimnis.«

»Ich habe mein Leben im Griff! Du bist nur neidisch, weil deines so ereignislos verläuft.«

»Wenigstens bin ich nicht *obdachlos*«, schnauzte Frederike und drückte auf den Knopf des Kaffeevollautomaten. Das lautstarke Mahlen der Bohnen übertönte Pias Antwort.

Frederike hatte einen harten Tag hinter sich. Sie sah das Chaos, das Pia hinterlassen hatte, das unaufgeräumte Geschirr, die Nagellackflaschen neben der Butter, die in der Wärme weich geworden war, und zu allem Überfluss entdeckte sie nun auch noch, dass sich Pia eines ihrer T-Shirts ausgeliehen hatte. Natürlich sah es an der Jüngeren besser aus, selbst als Übergröße. Ihr platzte der Kragen. »Weißt du was, wenn du dein Leben so gut im Griff hast, dann pack deinen Scheiß zusammen und verschwinde, am besten gleich!«

»Frederike …«, mischte sich Maia ein.

»Ist doch wahr«, fauchte die Ältere, während Pia wie gewöhnlich in so einer Situation zu weinen begann.

»Du hast mich immer schon gehasst, das weiß ich.«

»Das lag vielleicht daran, dass du nichts Liebenswertes an dir hast. Es wird ja einen Grund geben, warum es die Kerle nicht mit dir aushalten.«

Pia sah beleidigt auf und zog geräuschvoll die Nase hoch, wirkte dabei wie ein kleines trotziges Kind. »Wenigstens habe ich Kerle, während dich ja nicht mal einer mit der Kneifzange anfassen würde.«

»Das reicht!« Maia war aufgesprungen, so wie sie es schon oft in der Vergangenheit getan hatte. Sie stand immer zwischen ihren zwei Schwestern, war das typische mittlere Kind gewesen und hatte irgendwann den Job der Schlichterin übernommen, so auch heute. »Wir sollten nicht streiten, nicht jetzt«, erklärte sie ruhig.

Pia konnte mit dieser Aussage wenig anfangen und sah ihre Schwestern daher fragend an. »Was heißt ›nicht jetzt‹? Was ist denn passiert?«

Frederike nahm einen Schluck ihres Kaffees und reagierte spöttisch: »Du hast es ihr noch nicht gesagt?«

Maia schüttelte den Kopf. »Ich dachte, wir sollten das zusammen tun.«

»Was tun?«, entgegnete Pia schrill. Sie war augenblicklich beunruhigt. Wenn sie auch nicht die Intelligenteste der drei war, dann sicherlich die Empfindsamste. Deshalb spürte sie, dass etwas ganz und gar nicht in Ordnung war.

»Uwe Schierwein ist entlassen worden. Er ist nach Gerlsee zurückgekehrt.«

»Was?«, rief Pia entsetzt aus und wurde kreidebleich. Sie griff hektisch nach ihren Zigaretten, versagte es sich dann aber im letzten Moment, eine anzuzünden. Für einen weiteren Streit mit Frederike fehlte ihr die Kraft, deshalb flüsterte sie nur: »Und was machen wir jetzt?«

»Was sollen wir denn immer machen?«, schnauzte Frederike und reagierte ähnlich wie schon im Gespräch mit Maia. »Das kann uns doch egal sein.«

Pia hauchte: »Ich habe Angst.«

»Wovor?«, fuhr sie Frederike scharf an. »Wie alt ist Schierwein mittlerweile?« Sie wartete nicht auf eine Antwort, sondern gab sie sich selbst: »Sechzig? Fünfundsechzig? Der Mann war jahrelang im Gefängnis, was denkst du, was der noch zustande bringt? Vermutlich wird er die nächsten Wochen genug damit zu tun haben, zu überleben.«

»Warum ist er nach Gerlsee zurückgekehrt?«, fragte Pia jämmerlich. »Warum ist er nicht in irgendeine andere Stadt weit weg von uns gezogen?«

Frederike zuckte mit den Schultern. »Womöglich ist das irgendeine Bewährungsauflage.«

Maia mischte sich ein: »Ich habe mich umgehört. Er hat eine Wohnung in der Stefansallee, also fast schon im nächsten Ort und ein gutes Stück von uns entfernt. Sein Enkel soll ihm die besorgt haben.«

»Wieso hörst du dich um?«, ging Frederike sie vorwurfsvoll an. »Haltet euch von diesem Typen und seinem Leben fern.«

»Was, wenn er sich rächen will?«, überging Pia die Einwände der Älteren.

»Für was?«, fragte Frederike genervt.

»Wegen Papa«, entgegnete Pia und sah dann zu Maia. »Du machst dir doch ebenfalls Sorgen, gib es wenigstens zu.«

»Wohl ist mir nicht dabei, den Typen in unserer Nähe zu wissen. Trotz seines Alters können wir nicht darauf vertrauen, dass er harmlos ist«, bestätigte Maia.

Frederike wandte sich von den beiden ab und sah aus dem Fenster. Sie fühlte wie immer die Verantwortung auf ihren Schultern lasten. Sie lag dort schwer. Seit dem frühen Tod der Mutter hatte sie ganz automatisch viele Pflichten übernommen, hatte sich um die jüngeren Geschwister gekümmert, im Haushalt geholfen und in der Tierarztpraxis ihres Vaters. Es war nie eine Frage gewesen, dass sie in seine Fußstapfen treten würde und quasi damit auch zum Familienoberhaupt wurde. Maia und Pia erwarteten von ihr Entscheidungen, Besonnenheit und Lösungen.

»Wir werden ihn ignorieren«, sagte sie nun bestimmt. »Ich gehe davon aus, dass er uns in Ruhe lässt und dass er keinerlei Gefahr darstellt.« Sie drehte sich langsam um. »Lasst euch nicht auf das Thema ein. Die Leute sind neugierig, aber das wird sich bald legen. Ohnehin glaube ich nicht, dass sich die Welt noch großartig um Uwe Schierwein schert. Wir sollten uns von ihm jedenfalls nicht das Leben schwer machen lassen.«

* * *

Am nächsten Tag

Pia Tanner hatte sich in der Nacht von einer Seite zur anderen gewälzt. Am Morgen war sie entgegen ihren Gewohnheiten bereits um halb acht aufgestanden, was ihr eine entsprechend spöttische Bemerkung von Frederike eingebracht hatte.

»Sieh an, ist da jemand aus dem Bett gefallen? Oder warst du noch gar nicht drin?«, hatte sie Pia an den Kopf geworfen, bevor sie mit ihrem typischen Elan nach unten in die Praxis gegangen war.

Pia hatte keine Gelegenheit mehr gehabt, ihr zu antworten. Aus den Behandlungsräumen war das Bellen der Hunde zu hören gewesen. Vierbeinige Patienten, die über Nacht geblieben waren und sich über Frederikes Auftauchen freuten. Pia hatte müde gelächelt, als sie die Haustür hinter sich geschlossen hatte.

Frederike hatte schon immer gut mit Tieren gekonnt, und Maia besaß einen grünen Daumen – nur die eigenen Talente, die konnte Pia nicht benennen. Ein Grund, warum sie sich den älteren Schwestern gegenüber immer unterlegen fühlte. Sie seufzte, mittlerweile hatte sie das Einkaufszentrum erreicht. Es würde sie ablenken, zwischen den Geschäften herumzubummeln, irgendwo einen Kaffee zu trinken und eine Zigarette zu rauchen. Als sie jedoch die große Shoppingmeile erreichte, machte sie ein enttäuschtes Gesicht. Außer dem Lebensmittelmarkt hatte noch nichts geöffnet. Einzig ein Bäcker bot an Stehtischen Kaffee an.

Sie kam sich fehl am Platz vor, verloren, und hatte das Gefühl, man würde ihr anmerken, dass sie sich unsicher fühlte. Trotzdem ging sie tapfer zum Tresen und orderte einen Cappuccino.

Die Fragen der Verkäuferin schienen nicht enden zu wollen: »Zum Hier-Trinken oder zum Mitnehmen, klein, groß, mittel, Sahne, Zucker, Milch, Süßstoff, lactosefrei …?«

Pias Nerven lagen plötzlich blank, sie schüttelte nur noch den Kopf und musste dadurch auf die Verkäuferin wirken, als wäre sie geistig nicht auf der Höhe. Mit einem mitleidigen Lächeln reichte man ihr schließlich einen Becher, und Pia flüchtete damit nach draußen, um zu rauchen. Frederikes Worte fielen ihr wieder ein: *Keinerlei Gefahr.*

Sie atmete durch, zog an der Zigarette, störte sich nicht an dem Wind, der sich durch den verwinkelten Aufbau des Einkaufszentrums seinen Weg bahnte. Im Raucherbereich sammelte er sich, um dort den blauen Dunst in alle Richtungen zu verwirbeln.

Pia schloss für einen Moment die Augen, stellte sich vor, irgendwo an der Küste zu sein, und entspannte. Als Nächstes hob sie die Lider, trank einen Schluck Kaffee und bemerkte auf einmal, dass sie nicht mehr allein in der Raucherecke stand. Sie wollte der Gestalt schon freundlich zulächeln, da froren ihre Züge plötzlich ein.

Trotz der vergangenen Zeit erkannte sie ihn. Pia spürte die aufsteigende Panik. Wie konnte sie nur so sicher sein, dass er es war? Vielleicht handelte es sich bei dem Mann um irgendeinen Fremden? Nein, da war etwas, das ihr eine grausame Gewissheit gab. Die Augen, seine stechenden Augen, in denen ein Vorwurf lag – oder war es Wut?

Eine Stimme rief: »Opa, kommst du?«, und Pia löste sich aus ihrer Starre.

Sie drehte den Kopf, entdeckte den jungen Mann, der gerufen hatte. Er ignorierte Pia völlig, war auf seinen Großvater konzentriert.

Der Ältere sah sie jedoch direkt an, selbst als er seine Zigarette fallen ließ und sie mit dem Schuh ausdrückte, klebte sein Blick noch auf ihr. Pia empfand sein Starren wie eine unangenehme Berührung, als würden verschwitzte

Hände ihre Haut streicheln. Endlich wandte er sich ab und verschwand zusammen mit dem Jüngeren im Einkaufszentrum.

Pia schnappte nach Luft, fühlte sich so, als hätte man ihr körperliche Gewalt angetan. Sie musste weg, zurück nach Hause und überlegen, was zu tun war.

Am Mittag traf Frederike in der Küche auf ihre jüngste Schwester und rief gut gelaunt: »Hallo!« Sie kam gerade von einem Hausbesuch im Reitstall zurück. Dort hatte sie einem Fohlen, um dessen Leben man lange gebangt hatte, heute endlich den Gang zur Weide gestatten können. Die Besitzer waren überschwänglich gewesen, glücklich und dankbar. Sie hatte es wieder einmal geschafft und fühlte sich gut. Natürlich haftete ihr noch der Geruch von Leder, Heu und Pferd an.

»Du stinkst«, sagte Pia. Allerdings nicht mit der üblichen Abscheu, sondern eher so, als würde sie mit dieser Bemerkung das tun, was man von ihr erwartete, eine lästige Pflicht erfüllen.

Frederike wusste sofort, dass etwas nicht stimmte, und ärgerte sich. Das brachte sie zum Ausdruck, indem sie schnauzte: »Ist ja klar, dass du mir mein Hochgefühl verderben musst. Also, was ist los?«

»Ich habe ihn gesehen«, hauchte Pia, ohne zu zögern. Warum war sie nicht gleich auf die Idee gekommen, Frederike zu informieren? Die wusste schließlich immer, was zu tun war.

»Wen?«, fragte die und stopfte sich ein Stück Kuchen in den Mund. Er schmeckte ausgezeichnet und war das Geschenk einer dankbaren Katzenbesitzerin gewesen.

»Schierwein«, antwortete Pia trocken.

»Herrgott«, fluchte die Ältere. »Du solltest ihm doch aus dem Weg gehen, wir hatten das ausführlich besprochen.«

»Ich habe mir das ganz bestimmt nicht ausgesucht. Er ist einfach so aufgetaucht, zufällig.«

»Gerlsee ist groß genug, um ihm aus dem Weg zu gehen.«

»Er hat mich angestarrt, das war unheimlich«, sprach Pia unbeeindruckt weiter.

»Wie sollte er sich an dich überhaupt erinnern können nach all den Jahren? Vermutlich war das nur ein Kerl, der bemerkt hat, dass du wieder einmal den BH vergessen hast.«

»Ich meine es ernst«, wurde Pia wütend. »Er hat nicht auf meine Möpse geglotzt, er hat mich angesehen. Ich bin mir sicher, dass er mich erkannt hat.«

Nun verschwand der belustigte Ausdruck auf Frederikes Gesicht. Angespannt entgegnete sie: »Das ist unwahrscheinlich. Du warst damals ein Kind, er hat dich nicht erkannt. Das bildest du dir ein.«

Pia trat einen Schritt auf ihre Schwester zu. Ihre Lippen bebten, und mit ängstlichem Blick flüsterte sie: »Was, wenn er mich im Internet gefunden hat? Es gibt dort genug Bilder von mir, gerade aus der jüngsten Zeit.« Sie spielte damit auf ihre Beziehung mit dem Theaterschauspieler an, der sich einer gewissen Bekanntheit erfreute und mit dem sie öfter abgelichtet worden war. Pia fuhr sich hektisch durchs Haar. »Ich bin mir sicher, dass er weiß, wer ich bin. Und da war noch etwas …«

Frederike unterbrach sie nicht, wartete geduldig darauf, dass ihre Schwester weitersprach.

Nach einer Pause, in der Pia offenbar überlegt hatte, ob sie ihre Gefühle überhaupt aussprechen sollte, stammelte sie schließlich: »Ich habe es gespürt. Furcht und Schuld. Ich habe Angst.«

2

In der Gegenwart, knapp eine Woche später

Die Leichen in der Kirche warteten am Morgen auf Entdeckung. Wer auch immer dafür verantwortlich war, hatte nicht einmal versucht, die Toten verschwinden zu lassen. Nur die Spuren, die waren gründlich verwischt worden. Der große Kerzenständer, der in der Nacht zur tödlichen Waffe geworden war, lag auf dem Boden und glänzte, als hätte man ihn gerade erst poliert. Auch der Griff des Messers, der aus dem Geistlichen herausragte, war von Fingerabdrücken befreit worden.

Das Blut der Opfer, das sich über dem Boden verteilt hatte, war unberührt. Weder gab es Schuhsohlenabdrücke mit außergewöhnlichem Profil noch einen sonstigen, unachtsam zurückgelassenen Hinweis auf den Mörder.

Als der Küster wie jeden Morgen das Gotteshaus betrat, benetzte er zunächst die Finger mit der klaren kühlen Flüssigkeit aus dem Weihwasserbecken. Dann ging er demütig in die Knie, während er sich bekreuzigte. Mit angemessenem Schritt bewegte er sich schließlich Richtung Altar.

Harald Tiel war ein gläubiger Mann. Er nahm die Dinge, die in der Bibel geschrieben standen, viel wörtlicher als die meisten Gemeindemitglieder, einschließlich des Pfarrers. Er sah vor seinem geistigen Auge die apokalyptischen Reiter, wenn er in der Offenbarung las, er zweifelte weder an der Güte des Herrn noch an seiner Fähigkeit zur Rache.

Als er nun aus dem dunklen Hauptgang in den Bereich vor den Altar trat und den Pfarrer am Boden liegen sah, traf ihn der Schock mit ungeahnter Wucht. Das Blut, die tote Frau, das Messer, er erfasste all diese Dinge, dann wanderte sein Blick zu dem großen Mosaikfenster. Seine Befürchtungen hatten sich bestätigt. Egal, was auch immer Pfarrer Antitz in dieses abscheuliche Machwerk hineininterpretiert hatte – er, Harald Tiel, wusste es besser. Das Mosaikfenster konnte nur auf eine Weise gedeutet werden: Es zeigte Teufelsfratzen, die das Böse angezogen hatten. Ja, das Böse hatte dieses Gotteshaus heimgesucht und mit mörderischer Gier gewütet.

* * *

Wiesbaden, zwei Tage später

Hauptkommissar Jens Stutter betrat wie gewohnt mit gemischten Gefühlen das Büro seines Vorgesetzten. Er wurde meist nur dann dort hinzitiert, wenn man ihm einen neuen Fall zuteilte. Dass es dieses Mal eine besonders heikle Angelegenheit war, schloss er daraus, dass ihn der leitende Beamte persönlich angerufen und einbestellt und nicht den üblichen Weg über das Sekretariat genommen hatte.

Der dreiundfünfzigjährige Stutter spürte die Anspannung und war sich dennoch darüber im Klaren, dass er nie etwas anderes machen wollte, als Verbrechen aufzuklären. Gleichgültig, in welche Abgründe er dabei blicken musste, die Wahrheit herauszufinden und Gerechtigkeit für die Opfer zu schaffen, wäre immer das Wichtigste für ihn.

»Setzen Sie sich«, forderte ihn sein Vorgesetzter höflich auf. Er blätterte in einer Akte, vermutlich einige Notizen, die das wenige, was man bisher wusste, zusammenfassten.

Fahrig warf der Mann die dünne Mappe nun auf den Schreibtisch, steckte die Hände in die Hosentasche und lief einige Schritte im Zimmer auf und ab.

Stutter schwieg, er hatte die Erfahrung gemacht, dass es in so einer Situation besser war, erst einmal abzuwarten. Tatsächlich schien sich sein Gegenüber gesammelt zu haben und ließ sich nun mit einem vernehmlichen Seufzer auf dem Bürosessel nieder.

»Sie haben doch schon unterrichtet?«, fragte man ihn nun ernst.

Im ersten Augenblick befürchtete Stutter, man wolle ihn zurück zur Polizeischule schicken, ihm einen Platz als Ausbilder anbieten. Sicher, es hatte eine Zeit gegeben, da war das das Richtige für ihn gewesen, aber vorerst bevorzugte er den aktiven Dienst.

Die Sorge wurde ihm jedoch schnell genommen, als sein Vorgesetzter weitersprach und erklärte: »Ich dachte nur, dann sind Sie vielleicht über den ein oder anderen alten Fall informiert.«

Stutter atmete erleichtert aus und antwortete: »Womöglich, wie alt ist die Angelegenheit denn?«

Eigentlich rechnete er nun mit einem Zeitraum zwischen fünfzehn und zwanzig Jahren; er blickte daher recht verdutzt zu seinem Vorgesetzten, als dieser nun sagte: »Neununddreißig Jahre.«

Das erstaunte »Was?« konnte sich der Hauptkommissar nicht verkneifen.

Sein Gegenüber nickte ernst und fügte an: »Sagt Ihnen der *Fleischwolf-Mörder* irgendetwas?«

Stutter kniff konzentriert die Augen zusammen. Irgendwo in seinem Kopf steckte eine Erinnerung, aber er konnte sie nicht wirklich fassen. »Neununddreißig Jahre, das war dann also …« Er rechnete umständlich nach, sagte dann: »1983!«

* * *

Etwa zur gleichen Zeit in der Wohnung von Oberkommissarin Jasmin Nau

»Das ist nicht fair«, sagte die sechsunddreißigjährige Beamtin. »Du hast es doch nicht einmal versucht.«

»Oh doch, ich habe es versucht«, schnauzte ihr Freund zurück. »Ich habe es auf alle möglichen Weisen versucht. Ich war mit einer Fernbeziehung einverstanden, ich war einverstanden, zu dir zu ziehen und alles hinter mir zu lassen. Ich war einverstanden, zu jeder Tages- und Nachtzeit damit rechnen zu müssen, dass ein Anruf kommt und du verschwindest. Ich war sogar damit einverstanden, auf dich zu warten, wenn du wieder einmal irgendwo in Deutschland unterwegs bist, um ein Verbrechen aufzuklären. Ich war mit allem einverstanden«, sagte er schließlich resigniert und schüttelte müde den Kopf.

Er wirkte wie ein enttäuschter Junge, sein Charme war unvergleichlich, ein Traummann, witzig und verständnisvoll – und doch wusste Jasmin längst, dass es enden würde. Ihr Herz sagte noch: *»Wir sind ein Paar«*, aber ihr Verstand war bereits am Trauern.

»Warum willst du dann gehen? Was hat sich verändert?«, fragte sie dennoch flehend.

Er sank auf die Couch und schlug die Hände vors

Gesicht. Für einen Augenblick befürchtete sie, er würde weinen; sie wollte nicht, dass Menschen ihretwegen unglücklich waren, und schon gar nicht, dass er es war. Er war ein guter Mann, ein fantastischer Freund und Partner.

»Es liegt an dir«, sagte er geradeheraus.

Und ehrlich war er auch, das hatte sie von Anfang an an ihm geschätzt.

Sie brachte es nicht fertig, zu widersprechen, denn sie wusste, dass er recht hatte.

»Du bist nie wirklich bei mir, du kannst dich nicht auf uns einlassen.«

»Nein, das stimmt nicht«, reagierte sie dann doch.

»Wenn es nicht stimmt, dann beantworte mir eine Frage: Würdest du mich heiraten?«

Sie fuhr sich verlegen durch die kurzen dunklen Haare, die daraufhin in alle Richtungen abstanden und trotzdem aussahen, als hätte sie sie stundenlang gestylt. Ihre Wangen brannten, das Blut war ihr ins Gesicht geschossen. »Ist das ein Antrag?«, fragte sie und versuchte belustigt zu klingen.

»Was, wenn es einer wäre?«, ließ er sie nicht vom Haken.

»Ich …«

Er winkte ab. »Wir wissen doch beide, dass wir nicht über das Stadium, in dem wir uns gerade befinden, hinauskommen. Du hast mich in dein Leben gelassen und ich fand es schön, ich habe mich in dich verliebt.« Er sah sie an, sprach mit fester Stimme weiter. »Jasmin, ich liebe dich.«

»Ich liebe dich auch«, erwiderte sie heiser, und obwohl sie dagegen ankämpfte, füllten sich ihre Augen mit Tränen.

»Das weiß ich, aber du liebst auch dein Leben als Polizistin.« Bevor sie sich rechtfertigen konnte, sagte er: »Du hättest wegen mir nie deinen Beruf aufgeben müssen, aber du bist weit mehr als nur engagiert, du ordnest deinem Job mittlerweile alles unter. Deshalb wirst du mit mir nie eine Ehe führen oder eine Familie gründen wollen. Ich bin dir so weit entgegengekommen, wie ich konnte, aber jetzt …« Er brach ab, schnappte sich seine Tasche. »Ich denke, eine Pause wird uns guttun. Vielleicht solltest du dir darüber klar werden, was du eigentlich willst.«

Er hauchte ihr einen Kuss auf die Wange und zögerte, doch sie verpasste den Moment, ihn zurückzuhalten. Als die Tür ins Schloss fiel, wusste sie, dass er geblieben wäre, wenn sie ihm die Hand gereicht hätte. Warum war sie dazu nicht in der Lage gewesen?

Sie trat ans Fenster, noch konnte sie es aufreißen, ihm zurufen zu warten, ihn aufhalten, aber auch das tat sie nicht. Sie beobachtete, wie er in sein Auto stieg und davonfuhr.

Plötzlich fühlte sie sich völlig leer, und noch nie in ihrem Leben war sie so dankbar, als das Telefon klingelte und sie Stutter sagen hörte: »Wir haben einen neuen Fall, pack deinen Koffer.«

* * *

Am späten Abend

Hauptkommissar Jens Stutter und seine Kollegin, Oberkommissarin Jasmin Nau, betraten spät am Abend die frühgotische Kirche von Gerlsee. Die zuständigen Behörden hatten das Gebäude und den Vorplatz immer noch gesperrt. Man hatte das Dezernat in Gerlsee darüber informiert, dass ein Team vom Bundeskriminalamt eintreffen und den Fall übernehmen würde.

Hauptkommissar Kevin Dohmeier empfing die Kollegen aus Wiesbaden. Er verhielt sich bei der Begrüßung merklich reserviert, aber professionell.

Stutter betrachtete den etwa zehn Jahre jüngeren Kollegen eingehend. Er nahm an, dass sich der Mann über Stutters Auftauchen ärgerte – was aus zweierlei Gründen verständlich war. Zum einen zeugte die Einmischung davon, dass man Dohmeier nicht zutraute, den Fall selbst zu lösen, zum anderen nahm man dem Kollegen die Möglichkeit, sich mit der Lösung eines spektakulären Verbrechens zu beweisen.

Stutter versuchte erst gar nicht, durch versöhnliche Worte sein Verständnis auszudrücken. Die Erfahrung hatte ihn gelehrt, dass das die Menschen nur noch mehr verärgerte, weil es gönnerhaft wirkte.

Freundlich sagte er deshalb nur: »Danke, dass Sie sich die Zeit nehmen, uns den Tatort zu zeigen. Die Anreise war langwierig. Es gab einige Staus.«

Dohmeier nickte und verzog keine Miene.

Jasmin Nau war ebenfalls schweigsam. Sie hatten sich die über sechs Stunden Fahrt kaum privat unterhalten. Stutter hatte nicht gefragt, aber durchaus bemerkt, dass etwas im Argen lag. Sie kannten sich mittlerweile so gut, dass er ein feines Gespür dafür hatte, wann es besser war, Jasmin Zeit zu geben.

»Es heißt, der Küster hat die Leichen gefunden«, begann Stutter den Kollegen zu den Fakten zu befragen.

»Ja, der Mann kommt jeden Morgen in die Kirche, um Kerzen anzuzünden, Gesangbücher zu stapeln und Kreuze abzustauben«, antwortete Dohmeier flapsig, bevor er sich einen Kaugummi in den Mund stopfte.

»Der Haupteingang der Kirche war abgeschlossen?«, hakte Stutter nach, der zwar den ersten Bericht kannte, aber sich gern noch einmal vor Ort versichern wollte.

»Ja, der wurde vom Küster aufgeschlossen. Später stellten wir dann fest, dass der Seiteneingang offen war«, erwiderte der Kollege. »Und bevor Sie fragen, das war nichts Besonderes. Der Pfarrer benutzte den für gewöhnlich, wenn ihm der Sinn nach einem Gebet stand. Gelegentlich hielt er sich auch nachts in der Kirche auf.« Wieder hörte man Unmut aus den Worten des Gerlseer Beamten heraus.

»Kannten Sie eines der Opfer persönlich?«, fragte Stutter daraufhin automatisch nach.

»Nein«, entgegnete Hauptkommissar Dohmeier. »Wir haben um die 50.000 Einwohner und ich einen Fulltime-Job. Ich habe nicht die Zeit, mich in Kirchen herumzutreiben.«

Das erste Mal meldete sich Jasmin zu Wort und sagte mit einem wissenden Lächeln: »Und vermutlich haben Sie auch keine Lust dazu.«

Dohmeier blitzte sie einen Augenblick wütend an, antwortete dann aber ruhig: »Stimmt, vielleicht ist das ja der Grund, warum man mich diesen Fall nicht bearbeiten lässt.«

Nun war es raus und Stutter ärgerte sich nicht. Im Gegenteil, ihm schien es jetzt angebracht, die Wogen zu glätten. »Wir sind nur als Unterstützung hier, und ja, vielleicht ist es bei so einem Fall kein Fehler. In religiösen Dingen bewandert zu sein, könnte nützlich werden.«

»Ach«, blieb Dohmeier bei seinem ironischen Tonfall, »und Sie haben ein Theologiestudium?«

»Nein, ich nicht, aber Kollegin Nau«, erwiderte Stutter ruhig.

Die beiden Männer sahen sich an.

Es wirkte lauernd und Jasmin dachte bei sich: *Na das wird ja eine fruchtbare Zusammenarbeit*, als Dohmeier sich entspannte und grinste.

»So ein Glück«, meinte er amüsiert und sprach nun versöhnlich weiter: »Sorry, ich wollte es nicht an kollegialem Respekt mangeln lassen. Aber als die mir sagten, jemand anders würde die Ermittlungen leiten, da …« Er beendete den Satz nicht, sondern bemerkte sachlich: »Sagen Sie mir einfach, wenn Sie etwas brauchen.« Dann drückte er die große Eingangstür der Kirche auf und ließ Stutter und Jasmin eintreten.

Die Oberkommissarin stieß einen Ton der Bewunderung aus. »Das ist ja ein richtiges *Schmuckstück*«, sagte sie anerkennend.

»Ja«, erwiderte Dohmeier lahm.

Ihm schien weder etwas an Religion noch an historischen Bauwerken zu liegen. Dafür verstand er seinen Job und gab den Kollegen alles wieder, was die Untersuchungen bisher zutage gebracht hatten.

»Hier lag die Frau, Pia Tanner, ein Stück weiter vorne der Pfarrer.«

Sie traten an den Bänken vorbei. Nur noch die Überbleibsel, die die Kriminaltechnik hinterlassen hatte, erinnerten daran, dass in diesen Gemäuern ein grausamer Doppelmord geschehen war.

»Genau da fanden wir den Geistlichen«, präzisierte Dohmeier, als sie das große Mosaikfenster erreichten.

»Oh, wow!«, entfuhr es Jasmin. »Ein sehr ungewöhnliches Motiv«, fügte sie schnell an, da ihr plötzlich in den Sinn kam, dass man ihre erste Reaktion vielleicht als respektlos deuten könnte.

Dohmeier zuckte mit den Achseln. »Ich finde es hässlich, aber vermutlich muss das so sein.«

Auch Stutter betrachtete interessiert die Darstellung von Adam und Eva und den Engeln, die weder Augen noch Nasen hatten, sondern nur aufgerissene Münder, die an den Schlund eines Ungeheuers erinnerten.

Dann sah er auf den Steinboden. Er war gereinigt worden, aber der Hauptkommissar vom BKA kannte die Tatortfotos, wusste um das Blut, das hier vergossen worden war, und auch von der brutalen Gewalt, mit der man den Geistlichen getötet hatte.

»Er lag unter diesem Fenster, vielleicht war das Absicht«, spekulierte er laut.

»Möglich«, warf Dohmeier ein, während Jasmin Nau einen Schritt näher trat.

»Die Darstellung ist wirklich ungewöhnlich. Ich vermute, die Grube mit den spitzen Pflöcken soll unsere Welt darstellen, in die Adam und Eva gestoßen wurden, nachdem sie das Paradies verlassen mussten. Eine grausame, gefährliche Welt mit jeder Menge Verletzungspotenzial«, spann sie den Faden weiter. »Spitze Gefahren, so wie die eines Messers«, beendete sie schließlich ihre Interpretation.

»Die Autopsie hat ergeben, dass man den beiden mit einem Schraubenzieher eine Wunde in Stirnhöhe verpasst hat, die rund um den Schädel verlief«, erklärte Dohmeier. Er unterstrich seine Ausführungen mit einer entsprechenden Handbewegung. Dafür setzte er den rechten Zeigefinger in der Mitte seiner Stirn an und fuhr sich einmal damit um den Kopf. Schließlich ergänzte er noch: »Wie ein Heiligenschein, der über die Haare gerutscht ist.« Sein Blick wanderte zu Jasmin, als wollte er sagen: *Sehen Sie, ich kann meine Schlussfolgerungen auch ohne Theologiestudium ziehen.* Dann fand er zu seinem neutralen Gesichtsausdruck zurück und meinte nur: »Deshalb wollten wir ihn auch verhaften.« Offensichtlich nahm er an, er müsste noch deutlicher werden und ergänzte: »Ich meine natürlich den *Fleischwolf-Mörder.*«

* * *

Am nächsten Morgen

Als Erstes sprach Stutter mit dem Küster. Harald Tiel empfing die Beamten in seiner Wohnung, die schräg gegenüber der Kirche lag. Er führte seine Besucher in ein kleines Wohnzimmer, das aufgeräumt, aber ungemütlich wirkte. Zudem stand ein großer Fernsehsessel mitten im Raum und versperrte ihnen fast den Durchgang zur Couch. Erst bei genauerem Hinsehen wurde Stutter bewusst, dass das gewollt war. Denn von dem Platz aus konnte man durch das Fenster direkt auf die Kirchenfassade blicken. Anzunehmen, dass Harald Tiel so seine Abende verbrachte, anstatt auf ein Fernsehgerät zu starren, denn Letzteres suchte man in dem Raum vergebens.

An den Wänden hingen christliche Bilder, allesamt angenehm zu betrachten. Keines hatte etwas mit dem Mosaikfenster in der Kirche gemein.

Stutter schien das ein guter Gesprächseinstieg, deshalb sagte er harmlos: »Sie haben schöne Gemälde ausgewählt.«

Tiel war höchst erfreut, dass das seinem Besuch aufgefallen war, und erklärte eifrig, wie viel Freude er an Kirchenmalerei hatte.

Ganz automatisch kamen sie dann auch auf das Mosaikfenster zu sprechen.

»Ich gestehe«, sagte der Küster übertrieben dramatisch, »ich habe mich dagegen gesträubt, es von Anfang an abgelehnt. Obwohl Pfarrer Antitz eine gute Rechtfertigung hatte. Er meinte nämlich: ›Man muss es als Mahnung verstehen. Im Mittelalter genügte die Darstellung eines brennenden Schwertes in der Hand eines Engels, heute muss man Monster erschaffen, um die Menschen zu berühren.‹« Tiel senkte die Augen und bekreuzigte sich. »Wir leben in einer Welt voller Monster, sonst hätte man ihm das nie angetan.«

Stutter drückte sein Beileid aus und der Küster seufzte. »Der Herr holt die, die er besonders liebt, als Erstes zu sich.«

»War der Pfarrer denn ein guter Mann?«, fragte Stutter vorsichtig und präzisierte: »War er beliebt, hat man ihm vertraut?«

Ein feines Lächeln huschte über Harald Tiels Gesicht. Es machte ihn jünger, fröhlicher, und mit Wehmut in der Stimme antwortete er: »Er war der richtige Mann für unsere Gemeinde, er hat die Menschen aufgerüttelt. Er war motiviert und leidenschaftlich. Seine Predigten waren manchmal gewöhnungsbedürftig und laut. Aber er trug das Herz am rechten Fleck und er hat wahrlich kein Blatt vor den Mund genommen. Ja, er war ein guter Mann. Aber deshalb war er leider nicht überall beliebt. Denn er war kein schweigsamer Mann, er hat gesagt, was er dachte.«

»Ich weiß, das klingt sicher merkwürdig, wenn ich das

frage, aber hatte der Herr Pfarrer Feinde? Die meisten können nicht glauben, dass ein Geistlicher Feinde hat.«

»Das ist Unsinn«, erwiderte Harald Tiel sofort. »Jesus Christus wurde ans Kreuz geschlagen und er war der Sohn Gottes. Wie kann man dann annehmen, dass ein Jünger des Herrn vor Feinden sicher wäre?« Er legte den Kopf ein wenig schräg und seufzte. »Aber dass man ihm so etwas antut«, überlegte er weiter und sagte dann offen: »Es gab Menschen, denen er zu direkt war. Die gegen ihn gehetzt haben. Aber ich bezweifle, dass die ihm etwas angetan hätten.«

»Wir bräuchten dennoch die Namen«, hakte Stutter nach und Tiel erschrak.

»Ich wollte niemanden in Schwierigkeiten bringen ...«

»Keine Sorge, wir gehen sehr verantwortungsvoll mit Ihrer Aussage um.«

Tiel wiegte den Kopf hin und her, ließ den Blick zu einer Madonnen-Statue gleiten, und für einen kurzen Moment sah es so aus, als erwartete er von der Figur einen Ratschlag. Kurz darauf lenkte er ein und erklärte: »Martin Weiz ist im Pfarrgemeinderat und leistet ehrenamtliche Arbeit, und seine Frau Sabine arbeitet halbtags im Pfarrbüro. Die zwei sind schon über fünfzig Jahre.« Er wollte mit seiner letzten Bemerkung zum Ausdruck bringen, dass die beiden aufgrund ihres Alters gar nicht in der Lage gewesen wären, jemanden zu ermorden, als ihm wieder einfiel, was er von den Nachbarn gehört hatte.

»Stimmt es, dass Sie den Täter bereits haben? Es heißt, der Mann sei erst aus dem Gefängnis entlassen worden und schon über sechzig, ein gewisser Uwe Schierwein.«

Sehr höflich erklärte der Hauptkommissar dem Zeugen, dass er ihm keine Auskunft geben durfte, was dieser sofort verstand.

»Selbstverständlich, ich sollte nicht so neugierig sein, sonst geht es mir noch wie Lots Frau.« Er sah unsicher zu den Beamten.

Jasmin nickte zum Zeichen, dass sie die Anspielung verstand.

Da Stutter nicht reagierte ergänzte Tiel: »Sie wissen schon, die Zerstörung von Sodom und Gomorra. Sie hätte sich nicht umdrehen dürfen, man hatte sie gewarnt. Aber sie war neugierig, drehte sich dennoch um und erstarrte zur Strafe zur Salzsäule.«

»Nun, ich muss von Berufswegen neugierig sein, deshalb muss ich Sie auch fragen, ob der Pfarrer mit irgendwem Streit hatte. Sie erwähnten Uwe Schierwein. Wissen Sie denn, ob es zwischen dem Pfarrer und Schierwein Kontakt gab?«

Automatisch reichte Stutter ihm ein aktuelles Foto von Schierwein.

»Ein alter Mann«, bestätigte Tiel, sagte dann aber: »Den habe ich noch nie zuvor in unserer Kirche gesehen. Wäre mir sicher aufgefallen.«

»Hatte der Pfarrer vielleicht in den letzten Wochen mit jemandem Streit?«

Tiel überlegte kurz, schüttelte dann den Kopf.

»Was ist mit Pia Tanner? Wie stand sie zu dem Pfarrer?«

Leichte Empörung huschte über Tiels Gesicht. »Ich denke nicht, dass sie in irgendeiner Form zueinander standen«, antwortete er pikiert.

»War Frau Tanner denn ein Gemeindemitglied?«

»Kein aktives, soviel ich weiß.«

»Aber dennoch war sie in der Mordnacht mit dem Pfarrer in der Kirche«, ließ Stutter nicht locker.

»Pia Tanner gehört zur Tanner-Familie, womöglich betraf es eine Taufe. Eine der Schwestern führt eine Gärtnerei und liefert den Blumenschmuck für die Kirche. Denkbar, dass es darum ging, oder um die Dekoration für eine Hochzeit.«

»War Pia Tanner deshalb öfter bei Pfarrer Antitz? Bestand da eine geschäftliche Verbindung?«

Der Küster errötete. »Ehrlich gesagt weiß ich das nicht,

das ist nur eine Vermutung von mir.« Und mit Nachdruck fügte er noch an: »Eine naheliegende Vermutung.«

* * *

Die Beamten hatten sich verabschiedet und Harald Tiel gebeten, sich zu melden, falls ihm noch irgendetwas einfallen sollte.

Stutter wollte noch einmal zur Kirche und sie sich bei Tag ansehen. Als sie dort ankamen, hatten sich Gemeindemitglieder davor eingefunden, um des ermordeten Pfarrers zu gedenken.

Ein regionales Fernsehteam war ebenfalls vor Ort.

Automatisch steuerten Stutter und Jasmin um die kleine Gruppe herum.

»Es gibt einen Seiteneingang«, erinnerte sich Stutter. Kurz darauf erreichten sie den durch hochgewachsene Buchsbäume versteckten zweiten Zugang. Sie betraten das Gotteshaus und mussten feststellen, dass sich auch hier Menschen versammelt hatten. Sie beteten in den Bänken, gelegentlich war sogar leises Schluchzen zu hören.

Stutter sah sich um, flüsterte dann zu Jasmin: »Scheint, als wäre er recht beliebt gewesen. Seine Gemeinde trauert aufrichtig.« Er runzelte die Stirn, bevor er sagte: »Ich habe eine Idee.«

Sie ahnte schon, was er als Nächstes von ihr verlangen würde, und rümpfte die Nase. »Ich soll den Maulwurf spielen, stimmt's?«

Er lächelte bedauernd. »Ich denke nicht, dass wir viel erfahren, wenn wir offizielle Befragungen vornehmen. Ich möchte wissen, welche Gerüchte es gibt.«

»Wäre da nicht jemand aus Dohmeiers Team besser geeignet? Die sind wenigstens von hier. Man wird wissen, dass ich eine Fremde bin.«

»Dafür hast du ein Theologiestudium.«

»Erstens habe ich, wenn überhaupt, ein *abgebrochenes* Studium, und zweitens wurde ich evangelisch erzogen.«

»Und drittens weißt du, wie man solche unauffälligen Recherchen durchführt, und ich vertraue auf dein Talent«, hielt er dagegen.

Ihr leises Geplänkel war nicht unbemerkt geblieben und eine Frau, die sich gerade umständlich aufrichtete, nachdem sie auf den Knien gebetet hatte, warf ihnen einen vorwurfsvollen Blick zu.

Jasmin nickte entschuldigend in ihre Richtung, dann flüsterte sie: »Einverstanden, ich bleibe hier.«

Während sich die Oberkommissarin einen Platz in der hinteren Reihe suchte, verließ Stutter die Kirche, um mit Hauptkommissar Dohmeier Kontakt aufzunehmen.

»Ich würde gerne mit der Familie des zweiten Opfers sprechen, können Sie das organisieren?«, fragte er höflich bei dem Kollegen nach. »Ich hätte Sie übrigens gerne dabei, wenn das möglich ist. Sie haben schon mit den Schwestern gesprochen. Daher nehme ich an, den beiden wird es leichter fallen, mit jemandem zu reden, der ihnen nicht völlig fremd ist.«

Erst nach einem kurzen Zögern willigte der Kollege am anderen Ende der Leitung ein, sagte dann noch: »Wir haben die Telefondaten der Opfer überprüft.«

Dohmeier klang aufgeregt, und Stutter wusste, dass sie etwas gefunden hatten.

»Pia Tanner hat die letzten Tage vor ihrem Tod drei Mal bei dem Pfarrer angerufen. Die Gespräche dauerten jedes Mal länger als zehn Minuten. Vielleicht haben die beiden es mit dem Keuschheitsgelübde nicht besonders ernst genommen«, fügte Dohmeier noch süffisant an.

»Denkbar«, blieb Stutter zurückhaltend. Er dachte an Harald Tiels Worte und sagte: »Der Küster meinte, Frau

Tanner hätte vielleicht wegen einer Blumendeko Kontakt zu dem Pfarrer gehalten.« Er gab wieder, was er eben von Tiel erfahren hatte.

»Nun«, erwiderte Dohmeier schnippisch, »als ich die Schwestern befragt habe, war denen davon nichts bekannt.«

Eine Stunde später fanden die beiden Hauptkommissare nicht weit von Frederike Tanners Haus entfernt einen Parkplatz.

»Frederike Tanner ist die Ältere und die Wortführerin«, erklärte ihm Dohmeier, bevor sie ausstiegen. »Ziemlich ruppiges Weib. Die andere plappert nur alles nach. Waren bei unserem ersten Zusammentreffen ziemlich kurz angebunden.« Er schnaubte genervt. »Ist ja nichts Neues. Wenn etwas passiert, dann ist die Polizei schuld, weil sie es nicht verhindert hat. Aber wenn wir unsere Arbeit machen wollen, um Verbrechen zu verhindern, dann wird uns unterstellt, wir würden unser Amt missbrauchen. Man darf ja nicht einmal jemanden nach seinem Ausweis fragen, ohne gleich unter dem Verdacht zu stehen, Willkür auszuüben.« Er schob sich wie auch gestern einen Kaugummi in den Mund.

»Aufgehört zu rauchen?«, fragte Stutter, anstatt ihm eine Antwort zu geben.

»Ja, und das verursacht bei mir im Moment wirklich miese Laune.« Er lächelte gequält und fügte vielsagend an: »Hab's allerdings meiner Frau versprochen.«

Stutter grinste. »Ist ein gutes Versprechen, und die Gereiztheit vergeht wieder.«

»Wer weiß denn, ob ich nicht immer so bin?«, hakte Dohmeier provokant nach, während sie ausstiegen.

»Kollegin Nau würde jetzt sagen: Ein Mann, der auf seine Frau hört, kann so übel nicht sein«, erwiderte Stutter amüsiert.

Dohmeier lachte und entgegnete: »Und ein Hauptkommissar, der *seine* Oberkommissarin zitiert, ist sicher auch nicht verkehrt.«

Das Eis schien zwischen den Männern gebrochen.

Dohmeier wurde wieder ernst. »Ich würde mir wünschen, dass ich den Tanners eines Tages sagen könnte, dass wir den Mörder ihrer Schwester gefasst haben.«

Stutter sah den Kollegen offen an. »Ich werde Ihnen dabei helfen. Das ist ebenfalls ein Versprechen.«

Schweigend betraten sie das Grundstück.

Eine Frau mit Katzenkorb, aus dem Töne kamen, die bei Stutter den Verdacht erweckten, irgendein Raubtier sei darin gefangen, trat ihnen entgegen und bemerkte enttäuscht: »Geschlossen, Trauerfall«, bevor sie mit ihrem schreienden Haustier davoneilte.

»Ich habe uns angekündigt«, erklärte Dohmeier, »wir werden erwartet.«

Im Obergeschoss stand Maia Tanner am Fenster. Ihre Augen waren gerötet, sie hatte die letzten Tage kaum geschlafen und viel geweint. »Da sind sie«, sagte sie tonlos. »Auf in die nächste Fragerunde.«

»Wir werden alle beantworten«, blaffte Frederike scharf.

»Natürlich tun wir das«, lenkte Maia ein. »Ich frage mich nur, wie das der Polizei helfen soll? Ist es nicht Zeitverschwendung, die Angehörigen zwei Mal zu vernehmen? Die Familie würde doch gleich beim ersten Mal alles erzählen, was helfen könnte, den Mörder zu fassen. Und wenn einem noch etwas einfällt, dann ist man doch selbst schlau genug, bei der Polizei anzurufen. Ich finde das ziemlich unangebracht. Man könnte fast annehmen, die verdächtigen uns.«

»Die verdächtigen uns nicht«, entgegnete Frederike mit einem Kopfschütteln, »die machen ihren Job. So läuft das eben. Wir beantworten endlos oft ihre Fragen, und dann nach einer Weile interessiert sich niemand mehr für uns. Pia verschwindet in den Archiven als ungelöster Fall, und wenn du nachhakst, heißt es lapidar: Wir werden unser Möglichstes tun.«

»Denkst du wirklich, dass es so läuft?«, fragte Maia besorgt, während sie die beiden Männer im Vorgarten begutachtete.

»So läuft es doch immer«, erwiderte Frederike und stellte sich neben ihre Schwester. »Der Neue ist älter als Dohmeier. Offenbar hat der jemanden vor die Nase gesetzt bekommen.«

»Womöglich einen, der seinen Job besser beherrscht«, warf Maia ein.

Frederike seufzte. »Das werden wir gleich erfahren.« Und an die Schwester gewandt meinte sie noch: »Trink einen Schluck Kognak, das wird deine Nerven beruhigen.«

3

Zur gleichen Zeit auf dem Vorplatz der Kirche in Gerlsee

Jasmin hatte eine Weile in der Kirche gesessen und versucht, dort etwas aufzuschnappen. Aber angesichts der Umgebung und des gerade erst stattgefundenen Verbrechens wagte es keiner, im Gotteshaus zu tratschen.

Deshalb schlenderte sie schließlich durch die Reihen der Trauernden auf dem Vorplatz. Es hatten sich mehrere Gruppen gebildet, und sie tat einfach so, als gehöre sie dazu. Sie vertraute darauf, dass man sie schon aus christlicher Nächstenliebe nicht misstrauisch davonjagen würde.

Tatsächlich betrachtete man sie als Gleichgesinnte, und eine ältere Frau bot ihr sogar einen Becher Tee an. Jasmin nahm dankend an und beobachtete, wie die altmodische Druckkanne einiges an Zuspruch bedurfte, bevor mit einem zischenden Ton eine grünliche Flüssigkeit in den kleinen Becher tropfte.

»Tut mir leid, jetzt scheint sie leer«, meinte die Frau bedauernd und wirkte aufrichtig betrübt.

Jasmin hatte ein schlechtes Gewissen und sagte schnell: »Das macht nichts, ich darf sowieso nicht so viel trinken.« Kaum hatte sie das ausgesprochen, erkannte sie, dass das eine ziemlich dämliche Behauptung war, denn sie wusste keinen Grund, warum das so sein sollte.

Der Frau schienen ähnliche Gedanken durch den Kopf zu gehen, und neugierig geworden hakte sie nach:

»Wirklich, das ist ja …« Sie traute sich nicht, »*interessant*« zu sagen, denn das hätte sie als jemanden abgestempelt, der an dem möglichen Leiden eines anderen Unterhaltung empfand. Wieder folgte deshalb eine Entschuldigung. »Tut mir leid, das geht mich ja auch gar nichts an.«

Jasmin, hin- und hergerissen, befürchtete, die Chance auf ein Gespräch zu verpassen, und beschloss, das einzig Vernünftige zu erwidern, das ihr einfiel, darauf hoffend, dass die Frau ihre Freimütigkeit honorieren und nicht als peinlich empfinden würde. Daher beugte sich die Oberkommissarin verschwörerisch vor und sagte leise: »Natürlich soll ich ausreichend Flüssigkeit zu mir nehmen«, erklärte sie ruhig. »Aber«, fügte sie mit bedauernder Miene an, »besser nur dann, wenn Toiletten in der Nähe sind. Ich habe eine furchtbar schwache Blase.«

»Ach Gott«, antwortete die andere mitfühlend. »Das kenne ich. Meine Cousine hat das gleiche Problem. Einmal, da waren wir auf so einer Busfahrt …«

Jasmin nickte und lächelte, zeigte sich wissend und verständnisvoll, während sie sich die Geschichte von Cousine Lydia und dem Ausflug nach Cottbus anhörte, der vor allem davon geprägt war, öffentliche Toiletten zu finden.

»Tja, das war ein Tag«, endete die Erzählung der Frau. Dann fiel ihr noch ein: »Übrigens, gleich in der nächsten Straße ist ein Café, die lassen auch Nichtgäste die WCs benutzen.«

»Gut zu wissen«, entgegnete Jasmin dankbar und ergriff

ihre Chance, Fragen zu stellen. »Ich wollte mir die Kirche ansehen und habe mich über die vielen Menschen gewundert. Es ist kein Gottesdienst. Ist denn irgendetwas passiert?«

Die Frau trat einen Schritt näher. »Ja«, hauchte sie und ihre Augen füllten sich mit Tränen. »Der Herr Pfarrer …« Sie bekreuzigte sich und Jasmin entdeckte den Rosenkranz, der wie ein Armband um das Handgelenk der Frau gewickelt war. »Er ist gestorben«, fügte sie nun an, und die Oberkommissarin ergänzte mitfühlend: »In seiner Kirche, das muss ihm ein Trost gewesen sein.«

Ihr Gegenüber riss die Augen auf. »Nein, das war kein natürlicher Tod! Man hat ihn ermordet, brutal ermordet. Kein Tropfen Blut war mehr in seinem Körper, als ihn der Küster fand.«

Jasmin war versucht, das richtigzustellen, biss sich dann aber auf die Zunge und spielte weiter die Unwissende. »Das ist ja grauenvoll«, erwiderte sie pflichtschuldig.

»Man hat ihn abgeschlachtet, aufgeschlitzt wie ein Tier.«

Jasmin schlug sich die Hand vor den Mund, was Wirkung zeigte – je mehr Abscheu sie vorgab zu empfinden, desto mehr war die andere bereit, mit ihren schaurigen Erzählungen fortzufahren.

»Und er war nicht allein. Eine Frau war bei ihm, man hat sie ebenfalls umgebracht.«

»Eine Frau?«, hakte die Beamtin sofort nach und traf den richtigen Tonfall.

»Ja, nicht wahr, mitten in der Nacht, das ist schon seltsam. Man hat sie nebeneinander gefunden.«

»Waren die beiden denn ein Paar?«, fragte Jasmin direkt, bevor die Quelle versiegen würde.

Ihre Gesprächspartnerin war deshalb nicht schockiert. Vielleicht auch, weil sie Jasmin mittlerweile für eine Touristin hielt, die ohnehin wieder verschwinden würde.

»Ich kann es mir nicht vorstellen«, sagte sie überzeugt.

»Pfarrer Antitz war nicht so.« Sie suchte nach den richtigen Worten, meinte dann: »Er war ehrlich, wirklich ehrlich.«

»Sind das nicht alle Pfarrer?«, gab sich Jasmin naiv.

Die andere bedachte sie mit einem nachsichtigen Lächeln. »Menschen sind, wie sie sind. Die haben Fehler.«

»Aber Ihr Pfarrer hatte die nicht.«

Sie lachte auf, es war ein vergnügtes Glucksen, das ihr sofort peinlich war, schließlich war man ja zur Andacht hier. »Doch, doch, Pfarrer Antitz war nicht frei von Fehlern, er galt als Rebell. Hat sich nicht darum geschert, ob er jemandem mit seiner Predigt auf den Schlips tritt. Hat nie hinterm Berg gehalten mit seiner Meinung und seinen Ansichten. Nicht gerade immer sehr diplomatisch, aber wenn der sein Keuschheitsgelübde sattgehabt hätte, dann hätte er das auch ganz offiziell gesagt.«

Die Oberkommissarin zweifelte daran und das sah man ihr offenbar an, denn ihr Gegenüber beteuerte: »Pfarrer Antitz wäre keiner gewesen, der sich von einer Ehe hätte abhalten lassen. Mit oder ohne Segen der Kirche. Aber der hat sich nicht für die Weiber interessiert, die um ihn herumscharwenzelt sind.«

»Und die Tote ist auch um ihn herumscharwenzelt?«, fasste Jasmin sofort nach.

»Soviel ich weiß, war sie kein aktives Gemeindemitglied, vielleicht hat sie es in dieser Nacht versucht, er hat sie zurückgewiesen und daraufhin hat sie erst ihn und dann sich gerichtet.«

»Hätte der Pfarrer solche Gefühle bei einer Frau auslösen können?«, fragte Jasmin skeptisch.

Die Frau zuckte mit den Schultern. »Wir kennen doch alle die Warnungen aus der Bibel. ›Am Ende‹«, zitierte sie plötzlich die Heilige Schrift »›schmeckt das Weib bitterer als jedes Getränk und ist gefährlicher als ein zweischneidiges Messer.‹ So oder so ähnlich heißt es in den Sprüchen. Tut mir ja leid, aber wir Frauen sind nun mal die Verführerinnen, denken Sie nur an Eva. Und wie heißt es so schön: ›Unterschätze nie die Frau, die man zurückgewiesen hat.‹«

Jasmin verstand, auch wenn die Zitate nicht ganz dem Original entsprachen.

»Ja, so ist das dann wohl«, sagte sie zustimmend, da es ihr nicht sinnvoll erschien, eine Diskussion über Gleichberechtigung mit der Fremden zu führen.

Die sah nun erschrocken auf ihre Armbanduhr. »Ach je, ich muss nach Hause. Ich habe für den Morgen eine Nachbarin gebeten, bei meinem Mann zu bleiben. Schlaganfall, wissen Sie?«, vertraute sie Jasmin an. Sie seufzte. »Was will man machen? Fünfzig Jahre verheiratet, da ist das dann halt irgendwann so.« Sie sagte es ohne Bedauern, schien damit zufrieden, während sie die Tasche mit der Thermoskanne und den benutzten Bechern zusammenpackte.

»Jetzt, wo er nicht mehr laufen kann, freut er sich, wenn ich nach Hause komme und etwas zu erzählen habe.« Sie lächelte. »Früher hat ihn das nicht interessiert. Also, dann viel Spaß in Berlin«, sagte sie zum Abschied und marschierte resolut davon.

Jasmin sah ihr nach und fragte sich, ob sie genau davor Angst hatte. Würde sie es ertragen, einen Menschen, der so lange Zeit an ihrer Seite gewesen war, leiden und schließlich sterben zu sehen? Gemeinsam alt werden? Irgendwie befürchtete Jasmin, dass dieser Traum vieler Menschen nicht der ihre war.

* * *

Tonaufnahme von 1983:

Mein heutiges Thema: Die Behandlung der Opfer

Wenn die Menschen tot sind, dann entwickeln sie eine eigene Schönheit. Das hat vermutlich mit der Ruhe, ihrer Unbeweglichkeit zu tun. Man schwärmt doch auch für Luxusimmobilien, für auf Hochglanz polierte Autos oder Geldscheine. Alles leblose Dinge, die einem ein gutes Gefühl geben können. Ein toter Körper ist da nicht anders. Ich finde den Vergleich mit dem Auto sehr passend. Ein neu erworbenes Fahrzeug würde man auch gründlich begutachten, vielleicht sogar zärtlich über den Lack streichen, die weichen Sitzpolster berühren, die dünne Staubschicht von den Armaturen wischen, die Spiegel zurechtrücken. Eine Leiche übt auf mich eine ähnliche Faszination aus. Vielleicht ist es das Wissen, dass ich ihr etwas entlocken kann, dass ich sie auf meine Weise zum Sprechen bringe, womöglich beeinflusst mich auch der Gedanke, dass ich den fremden Körper vollständig für meine Zwecke in Besitz genommen habe.

Die Öffnung des Schädels spielt dabei eine wichtige Rolle. Noch einmal greife ich den Vergleich mit dem Auto auf. Das Gehirn ist der Motor des Menschen. Alles hängt von ihm ab. Wer wir sind, wer wir werden. Dort treffen wir die Entscheidungen, die auf alle um uns herum Einfluss haben.

Manch einer mag es für geschmacklos halten, dass ich so eine Faszination für meine toten Opfer entwickeln kann, ich nenne es jedoch Respekt. Ich habe sie nicht einfach getötet und verscharrt. Sie erfüllen einen Zweck, dienen einem höheren Ziel. Ich möchte nicht, dass das aus den Augen verloren wird.

Nach drei weiteren Opfern habe ich allerdings mehr

Fragen als zuvor. Die Antworten, die ich bisher erhalten habe, sind nämlich dürftig. Ich betrachte ihr Gehirn, löse es aus dem Schädel, wasche es, berühre es, halte es fest in meinen Händen. Es fühlt sich ungewohnt an, nicht glitschig, wie man vielleicht erwarten würde, sondern einfach nur feucht. Ich rieche daran, versuche mir vorzustellen, wie zuvor Gedanken darin gekreist sind. Frage mich, ob sich die rosigen Wülste im Moment des Todes vor Angst aufgebläht oder zusammengezogen haben. Das bringt mich auf die Idee, in Zukunft den Schädel schon vor dem Ableben zu öffnen. Ich ärgere mich, dass ich nicht längst daran gedacht habe. Wie viel mehr kann es mir verraten, wenn ich beobachte, was im Zeitpunkt des Todes in ihren Köpfen passiert?

Auch wegen der Entsorgung muss ich mir etwas einfallen lassen. Der Fleisch-Schredder ist zwar keine schlechte Lösung, aber ich muss die Leichen zuvor zerkleinern und danach peinlich genau darauf achten, nirgendwo Hinweise zu hinterlassen. Außerdem bin ich gezwungen, sie zum Schlachthof zu transportieren. Um Spuren in der Maschine zu vermeiden, entkleide ich sie zuvor. Was wiederum bedeutet, dass ich mich um Schuhe, Hosen und Jacken der Fremden zu kümmern habe. Ich versuche, deshalb eine Lösung zu finden, die einfacher, effektiver ist. Schließlich kann ich sie ja nicht bei mir behalten.

Ende der Aufnahme

* * *

Im Haus von Frederike Tanner

»Sie sind Tierärztin«, begann Stutter das Gespräch, nachdem er sein Beileid ausgedrückt hatte. »Ein schöner Beruf«, fügte er ehrlich an.

»Bin quasi hineingeboren worden«, erwiderte Frederike, die offensichtlich gerne über das sprach, was sie tat. »Aber ich könnte mir auch nichts anderes vorstellen«, fügte sie noch an.

»Ein Patient, der einem nicht sagen kann, was er hat ... das stelle ich mir schwierig vor«, blieb der Hauptkommissar beim Thema.

»Oh, die können einem das schon sagen, man muss nur ihre Sprache verstehen«, gab sich die älteste Tanner-Schwester offen und lächelte sogar.

Dann besann sie sich und es schien ihr peinlich, ein wenig von ihrem harten Panzer abgelegt zu haben. Wesentlich reservierter meinte sie: »Aber deshalb sind Sie nicht hier.«

»Nein«, entgegnete Stutter schlicht.

Frederike führte die beiden ins Wohnzimmer. Es war für Beileidsbesuche vorbereitet worden. Auf einem Tisch in der Ecke hatte man Gläser, Kaffeetassen und eine Kanne bereitgestellt. Maia bot den Beamten Kaffee an.

»Ja, gerne«, sagte Stutter, was Dohmeier veranlasste, ebenfalls zuzustimmen.

»Gibt es denn schon etwas Neues?«, fragte Frederike, als sie sich gesetzt hatten und Maia ihnen mit zitternden Händen die Tassen auf den Couchtisch stellte.

Dohmeier überließ es Stutter, zu antworten.

Der hatte sich seine Worte wohl überlegt. Wenn er Frederike richtig einschätzte, dann wäre es sicher am besten, direkt zur Sache zu kommen.

»Wir stellen uns natürlich die Frage, in welcher Beziehung Ihre Schwester zu Pfarrer Antitz stand.« Er sah ihr an, was sie erwidern wollte, und kam ihr zuvor, indem er ergänzte: »Ich weiß, dass Sie es sich bisher nicht haben erklären können, warum Pia in der Kirche war, aber vielleicht ist Ihnen nach der Befragung durch meinen Kollegen noch etwas eingefallen.«

Maia räusperte sich, überließ es aber, so wie es Dohmeier prophezeit hatte, Frederike zu antworten.

»Womöglich«, begann die nun etwas umständlich, »zumindest meint das meine Schwester …« Sie warf Maia einen zweifelnden Blick zu. »… hatte Pia doch irgendwie versucht, sich für die Gärtnerei zu engagieren.«

»Aber in Ihrem ersten Gespräch mit Hauptkommissar Dohmeier schlossen Sie das aus.«

»Ja, wir sind uns auch jetzt nicht sicher.«

»Hätte Sie Ihnen denn nichts davon erzählt? Wenn ich richtig informiert bin, war sie an der Gärtnerei nicht beteiligt, warum hätte sie sich da einmischen sollen? Quasi hinter Ihrem Rücken?«

»Wegen mir beziehungsweise eines Streits mit mir«, gab Frederike schließlich zu.

Sie wusste, dass man eine Erklärung von ihr erwartete, war dazu auch bereit, machte aber keinen Hehl daraus, dass sie das nur ungern tat. »Maia glaubt, dass Pia mir womöglich etwas beweisen wollte. Ich habe ihr immer vorgeworfen, dass sie ihr Leben nicht im Griff hat.«

»Wie muss ich mir das vorstellen? Hatte Ihre Schwester Probleme?«

»Vermutlich ja«, gestand die Tierärztin ein. Sie verzog das Gesicht, bevor sie weitersprach. »Es ist kein Geheimnis, dass ich als die Älteste quasi für meine jüngeren Geschwister die Verantwortung übernommen habe. Unsere Mutter starb nach einem tödlichen Unfall. Ich war fünfzehn, Maia dreizehn und Pia erst neun Jahre alt. Es hat uns alle schwer getroffen, vor allem meinen Vater. Aber er hat sich zusammengerissen und ich habe ihn unterstützt, wo es nur ging.

Dann wurde ich Tierärztin, Maia hat ihre Ausbildung zur Floristin gemacht, eine Gärtnerei übernommen und Pia blieb irgendwie immer die *kleine* Pia. Papa hat sie sehr verwöhnt, vermutlich weil sie in jeder Hinsicht unserer Mutter am ähnlichsten war. Auch wir haben sie immer wie das Baby der Familie behandelt. Vielleicht war das der Grund, warum es ihr so schwerfiel, sich durchzubeißen. Pia hat viele Dinge begonnen und meist nicht zu Ende gebracht. Sie war eine Träumerin, ständig auf der Suche nach der großen Liebe, was zu vielen unglücklichen Beziehungen geführt hat.«

»Was ist mit ihrem letzten Freund, dem Theaterschauspieler?«

Dohmeier half mit dem Namen aus.

Frederike rollte mit den Augen. »Ein Idiot, er hat sie für eine Jüngere verlassen, die er auf seine Österreichtournee mitgenommen hat. Deshalb kam sie zu mir. Selbstverständlich ließ ich sie bei mir wohnen. Maia hat kein Gästezimmer und hier ist genug Platz. Aber Pia konnte einen auch zur Weißglut bringen.« Plötzlich veränderte sich das verkniffene Gesicht von Frederike. Es wurde weicher, mit einem liebevollen Ausdruck, als sie nun von Pias Missetaten erzählte. Es stand außer Frage, dass Frederike mehr Ersatzmutter als Schwester für die jüngste der Tanner-Frauen gewesen war. »Sie war bequem, räumte nie auf, neigte dazu, Chaos zu hinterlassen, und qualmte mir die Bude voll.« Tränen liefen ihr über die Wangen, als sie nun sagte: »Sie war unberechenbar, man konnte nie vorhersehen, was sie als Nächstes tun würde. Ich warf ihr vor, ihr Leben nicht in den Griff zu bekommen. Vielleicht wollte sie mir das Gegenteil beweisen und versuchte deshalb, Maia mit der Gärtnerei unter die Arme zu greifen, indem sie nach Kunden suchte.«

»Aber die Gemeinde kauft doch schon von Ihnen«, warf Stutter irritiert ein.

»Jedoch nicht exklusiv«, antwortete das erste Mal Maia.

»Hatten Sie denn mit Ihrer jüngeren Schwester über das Geschäft gesprochen?«

»Beiläufig, sicher«, erwiderte Maia, während Frederike sich geräuschvoll die Nase schnäuzte und die Tränen abwischte.

»Sie war am späten Abend bei dem Pfarrer«, hielt Stutter skeptisch dagegen.

»Unberechenbar eben«, wiederholte Maia.

»Sie hat ihn in der Woche davor drei Mal angerufen und längere Gespräche mit ihm geführt.«

Man merkte den Schwestern an, dass sie das überraschte. Sie wirkten fast schockiert, als sie sich einen Blick zuwarfen.

Stutter wurde deutlicher. »Könnte es sein, dass Ihre Schwester aus *privaten Gründen* mit dem Pfarrer in Kontakt stand?«

Wieder wechselten die beiden einen vielsagenden Blick.

Frederike antwortete schließlich: »Wir werden ganz sicher nichts sagen, was Pia in ein schlechtes Licht rückt.«

Der Hauptkommissar hatte sich schon gedacht, dass es den beiden darum ging, das Andenken der Toten zu wahren, und nickte verständnisvoll, bevor er jedoch sagte: »Wir alle wollen, dass der, der das getan hat, dafür verantwortlich gemacht wird. Wenn Sie uns Dinge verheimlichen …« Er sah die beiden durchdringend an, meinte dann jedoch versöhnlich: »… was ich durchaus verstehe, dann besteht aber auch die Gefahr, dass wir unsere Arbeit nicht erledigen können. Ich frage Sie deshalb erneut – was ist wahrscheinlicher: Pia, die versucht Umsatz für die Gärtnerei zu erwirtschaften, ohne dass Sie davon Kenntnis hatten, oder ein privater Kontakt zu Pfarrer Antitz?«

Maia senkte den Kopf, überließ es erneut der Älteren, zu antworten.

»Alles ist bei Pia denkbar«, wich Frederike aus. Dann fasste sie sich ein Herz und ergänzte: »Pia steckte immer in irgendeiner Beziehung, sie konnte nicht ohne einen Partner sein. Ihre Auswahl war gelegentlich zweifelhaft. Vielleicht hat ihr der Pfarrer Halt gegeben. In ihrer Jugend ist sie allen möglichen Gurus gefolgt. Sie hatte einen Hang zur Esoterik, womöglich hat sie den christlichen Glauben für sich entdeckt.«

»Warum, denken Sie, hat sie Ihnen nichts von Ihrem Kontakt zu dem Geistlichen erzählt?«

»Frederike hat es nicht so mit der Kirche«, warf Maia kleinlaut ein.

»Ich bin Ärztin, ich betrachte die Welt wissenschaftlich. Pia hat womöglich meinen Spott gefürchtet.« Sie atmete schwer und flüsterte: »Ich fühle mich gerade wie ein Monster. Meine kleine Schwester hat sich mir nicht anvertraut.«

Tröstend legte ihr Maia eine Hand auf den Arm. »Du hast alles für sie getan, sie würde nicht wollen, dass du dich schlecht fühlst.«

»Ich habe sie nicht ernst genommen«, brach es mit einem Mal aus Frederike heraus. »Sie hatte Angst und ich habe sie für überspannt gehalten. Ich habe ihr nicht geglaubt, als sie behauptet hat, Uwe Schierwein hätte sie angestarrt, feindselig beobachtet.« Ihr Blick heftete sich auf Stutter. »Wieso sitzt dieser Mann noch nicht hinter Gittern? Wieso hat man ihn überhaupt herausgelassen?«

»So einfach ist das nicht. Uwe Schierwein hat ein Alibi. Wir fanden bisher keine Hinweise, die ihn mit der Tat in Verbindung bringen.«

»Er wird dazugelernt haben«, schnauzte Frederike. »Er war nie ein Dummkopf. Ich dachte, er sei ein alter Mann, aber ich habe ihn unterschätzt. Ich erinnere mich noch an seine Drohungen damals im Gerichtssaal, wie er schwor, alle umzubringen, die gegen ihn ausgesagt haben.«

»Am letzten Verhandlungstag hat er gestanden, warum sollte er dann noch nach Rache sinnen?«, hakte Stutter nach.

»Weil er vielleicht ohne die Zeugen nie auf der Anklagebank gelandet wäre«, entgegnete Frederike scharf.

»Soviel ich weiß, hätte die Aussage Ihres Vaters nicht für eine Verurteilung gereicht. Er hat ihn lediglich als unzuverlässigen Arbeiter beschrieben, wie einige andere Zeugen das ebenfalls taten.«

»Mein Vater hat gelegentlich als Veterinär für den Schlachthof gearbeitet, daher kannte er Schierwein. Ich war bei der Verhandlung, als mein Vater ausgesagt hat. Ich erinnere mich an die Wut, mit der Schierwein auf ihn und die anderen Zeugen reagierte.«

»Aber trotzdem hatten Sie keine Angst vor ihm«, stellte der Hauptkommissar fest.

»Ich sagte bereits, ich habe ihn unterschätzt, dachte, dass ein Mann in seinem Alter nach Jahrzehnten im Knast keine Gefahr mehr darstellt, aber ich habe mich getäuscht und das bereue ich zutiefst.«

»Wie gesagt, momentan sieht es nicht danach aus, dass Schierwein der Täter ist.«

»Er ist es. Er hasst unsere Familie und er hasst die Geistlichen, Sie werden die Akten besser kennen als ich«, warf sie ihm ungehalten an den Kopf.

»Sie können sicher sein, dass wir diese Spur eingehend überprüfen, aber ich muss bei der momentanen Beweislage auch andere Möglichkeiten in Betracht ziehen.«

»Wie zum Beispiel eine unmoralische Beziehung meiner Schwester mit einem katholischen Geistlichen?«, blaffte ihn Frederike an. »Das ist natürlich viel naheliegender. Aber selbst wenn«, fuhr sie ärgerlich fort, »was hätte das dann mit ihrem Tod zu tun?«

»Gleichgültig, welcher Natur die Beziehung der beiden Opfer zueinander war, es könnte jemanden geben, der sich daran gestört hat.«

Frederike schloss kurz die Augen, beruhigte sich. »Sie haben recht, und es tut mir leid, aber ich bin einfach so wütend. Ich wollte nicht unhöflich sein«, fügte sie noch geknickt an. Dann richtete sie sich ein wenig auf. »Also schön. Es wäre denkbar, dass Pia Interesse an dem Pfarrer hatte. Aber falls das so war, dann nicht, weil Pia ein schlechter Mensch gewesen ist, sondern nur, weil sie sich immer erhofft hat, jemanden zu finden, der sie glücklich macht.«

* * *

Die Oberkommissarin hatte so viel mit der fremden Frau über Toilettengänge gesprochen, dass sie unweigerlich dringend das stille Örtchen aufsuchen musste. Sie folgte dem Ratschlag ihrer Gesprächspartnerin und hielt nach dem Café in der Nähe Ausschau.

Der kleine Gastraum war ziemlich gut gefüllt. Sie fragte höflich eine vorbeieilende Mitarbeiterin, ob sie das WC benutzen durfte, und erhielt freundlich Antwort: »Na klar. Unten gibt es ein Sparschwein, freuen uns über 'ne Spende.«

Jasmin befolgte alle Anweisungen, die auf ausgedruckten und sorgfältig in Folie eingeschweißten Zetteln standen, die man an die Wände gepappt hatte: Sie duckte sich, um sich nicht den Kopf zu stoßen, sie dachte an die Rutschgefahr auf den glatten Platten, sie hinterließ die Toilette im gleichen Zustand, wie sie sie vorgefunden hatte, verschwendete weder Wasser noch Papier und ließ eine Münze in das Sparschwein gleiten, das eigentlich ein *Sparbär* war und den Berliner Bären, das berühmte Wappentier von Berlin, darstellte.

Wieder oben im Café angekommen, sah sich die Oberkommissarin einen Moment um. Sie schnappte einige Wortfetzen auf und verstand, dass sich auch hier Gemeindemitglieder eingefunden hatten. Aus der Kuchentheke lachte sie sprichwörtlich ein süßes Stückchen an. Die Mitarbeiterin von eben erschien und grinste. »Darf's was sein?«, fragte sie gut gelaunt.

Jasmin deutete auf die Platte mit den Windbeuteln und orderte dazu einen Kaffee.

Die Bedienung nickte ihr anerkennend zu, als wollte sie sagen: »Gute Wahl!«, und deutete in Richtung der Tische. »Suchen Sie sich einen Platz, ich bringe Ihnen dann alles.«

Jasmin hätte einen unbesetzten Tisch etwas abseits wählen können, entschied sich dann aber dafür, sich einer Gruppe Frauen anzuschließen, indem sie höflich fragte, ob an deren Tischende noch Platz sei.

Man begrüßte sie wohlwollend, schenkte ihr dann jedoch keinerlei Beachtung mehr.

Die Frauen waren alle älter als sie; die Oberkommissarin schätzte sie auf Anfang fünfzig.

»Also was machen wir jetzt?«, sagte eine von ihnen, vor der ein Stift, Papier und ein Taschenrechner lagen.

»Wir sollten uns auf den Pfarrer beschränken«, schlug eine andere vor. »Um ihn geht es uns doch.«

»Aber Pia Tanner starb zusammen mit ihm, das können wir nicht ignorieren, das wäre unchristlich.«

»Dann müssten wir zwei Anzeigen schalten. Eine für den Pfarrer und eine für Pia Tanner.«

»Ich halte das für Unsinn. Pia Tanner war nicht einmal mehr ein Gemeindemitglied, die meisten von euch haben sie doch gar nicht gekannt«, warf jetzt eine gut gekleidete Schwarzhaarige ein.

Jasmin, die ein geschultes Auge für Menschen hatte, nahm an, dass die Schwarzhaarige diejenige der acht Frauen war, die am meisten Vermögen besaß. Sie trug eine teure Uhr und hatte ein Äußeres, das darauf hindeutete, dass sie es sich leisten konnte, regelmäßig den Friseur und die Kosmetikerin aufzusuchen. Auch die Kleidung war nicht von der Stange. Außerdem schien es, dass die anderen sie ein wenig als Anführerin sahen, wenn man das in Zusammenhang mit einer Kirchengemeinde überhaupt so benennen konnte.

»Marion hat recht«, sagte eine unscheinbare blasse Rothaarige mit Piepsstimme.

»Marion hat Pia nicht gemocht«, erwiderte daraufhin eine der Frauen süffisant. Sie hatte graue Haare, ein von Lachfalten übersätes Gesicht, humorvoll blitzende Augen und offenbar eine scharfe Zunge.

»Das hat damit nichts zu tun«, konterte die Schwarzhaarige namens Marion.

Die Grauhaarige legte den Kopf schräg und wirkte dabei wie ein alter Gorilla, der über die Bemühungen der Jungtiere, ihm seine Stellung im Rudel streitig machen zu wollen, nur lachen konnte. Gelassen sagte sie: »Wir sind eine Bibelgruppe, wir kennen die zehn Gebote. Vielleicht sollten wir das Lügen deshalb sein lassen. Du hast sie nicht gemocht, und damit standest du nicht gerade allein da. Pia Tanner war ein immerwährender Quell für Unfrieden. Dennoch sollten wir über unseren Schatten springen und auch wegen ihres Todes unser Beileid aussprechen. Das wird unserem eigenen Seelenheil guttun.« Sie wandte sich an die anderen und sagte leichthin: »Machen wir eine kleine Anzeige für Pia, irgendeinen Standardspruch, dann können wir das abhaken. Ich fände es jetzt wichtiger, über die Worte nachzudenken, die wir für unseren Pfarrer verwenden möchten.« Der Schalk verschwand aus ihrem Gesicht und machte tiefer Trauer Platz.

Ähnlich ging es auch den anderen Frauen.

Selbst Marions verkniffene Gesichtszüge entspannten sich und ein leiser Seufzer entschlüpfte ihren Lippen.

Die acht einigten sich darauf, dass sich jede etwas überlegen sollte, dann brachen die Frauen auf.

Jasmin, die noch nicht fertig war mit ihrem leckeren Windbeutel, überlegte gerade, ob sie der Grauhaarigen folgen sollte, um mehr zu erfahren, als ihr die Entscheidung abgenommen wurde.

Denn die Frau mit der Piepsstimme sagte zu der schwarzhaarigen Marion: »Bestellen wir uns noch einen Kaffee oder musst du gehen?«

Jasmin hätte am liebsten gelächelt, offenbar war sie nicht die einzig Neugierige an diesem Tisch.

Zum Glück kam die Piepsstimme schnell zum Punkt, als die anderen aus der Bibelgruppe verschwunden waren und zwei frische dampfende Tassen Kaffee vor den beiden standen.

»Ich weiß, dass es mich ja nichts angeht, aber ich vertraue deinem Urteil, deshalb würde mich schon interessieren, was diese Pia Tanner für ein Mensch war.«

Die Oberkommissarin hatte heute offenbar den Gott der Informationen auf ihrer Seite und zerteilte höchst zufrieden ihren Windbeutel mit der Gabel, um dann den Lästereien ihrer Tischnachbarn zu lauschen.

Marion ließ sich nicht zwei Mal bitten, sie hatte sich über die Grauhaarige geärgert und brachte das zum Ausdruck, indem sie sagte: »Helga tut immer so, als wären ihr sämtliche negativen Gefühle fremd, weil sie ja auch eine ach so gute Christin ist. Pfarrer Antitz hat immer gesagt, dass es ungesund ist, so zu tun, als ob. Wenn wir wütend und zornig sind, dann ist das in Ordnung.«

»Ja, das hat er«, piepste die Blasse zustimmend.

»Helga war ganz gewiss keine von Pias Freundinnen. In der Schule hat sich nie jemand um Helga geschert, erst recht nicht die supertolle Pia.«

Jasmin verstand. Offenbar waren Pia Tanner, die grauhaarige Helga und Marion in einer Klasse gewesen. Und vor allem Marion empfand gegenüber Pia eine alte Abneigung.

»Pia hier, Pia da, wer bekommt die Prinzessinnen-Rolle bei der Theater-AG, wer steht in der ersten Reihe bei der Aufführung des Jazztanzes?«

Marion sprach mit so einer Abscheu, dass sich Jasmin ernsthaft fragte, ob sie nicht gerade einer Verdächtigen zuhörte.

»Ich kenne solche Typen, hatten wir auch in der Klasse«, warf die andere schnell ein, was Jasmin äußerst raffiniert fand. Verständnis zu heucheln, um mehr zu erfahren, war eine durchaus probate Methode bei Polizeibefragungen.

»Unter uns, diese Pia war ein verwöhntes Miststück. Der Vater Tierarzt, da hatten die natürlich Geld. Jeden Tag ein anderes Outfit, immer das neuste vom neusten. Die coolste Dauerwelle, die breitesten Schulterpolster, stets Münzen für Zigaretten.«

»War sie hübsch?«, fragte die andere vorsichtig, vermutlich um Marions Schimpftirade weiter anzufachen.

»Sie war ansehnlich«, schnauzte die nun. »Auf eine billige Art, und wenn du genug Geld hast, kannst du dich leicht herrichten.«

Dieses Mal folgte ein mitfühlendes »Verstehe«.

»Pia hatte alles, sogar Reitstunden. Meine Eltern hätten mir das nie bezahlen können. Ich hatte auch zwei ältere Geschwister. Von denen musste ich die alten Klamotten tragen. Wenn ich etwas Angesagtes wollte, habe ich es mir zum Geburtstag oder zu Weihnachten gewünscht. Die Dauerwelle habe ich mit einer Freundin zu Hause gemacht.«

Kurz schwelgten die beiden in Erinnerungen.

»Ich hatte hinterher das Gefühl, einen Strohballen anstatt Haare auf dem Kopf zu tragen«, sagte Marion und zeigte eine Spur sympathischen Humor. »Was soll's, das ist eben damals so gewesen«, fügte sie seufzend an. »Aber das wirklich Schlimme war, dass es Pia, die ja eigentlich alles hatte, nicht ertragen konnte, wenn irgendwer anders im Mittelpunkt stand. Ich kam mit einem der bestaussehenden Jungs der Schule zusammen. Einer aus der Oberstufe, das konnte Pia natürlich nicht ertragen. Hat sich dazwischengedrängt, das war ekelhaft.«

»Wie ist es ausgegangen?«

»Er hat mich für sie sitzenlassen. Das war furchtbar und peinlich.«

»Der hatte dich nicht verdient«, munterte die andere sie auf.

»Natürlich nicht«, erwiderte Marion, »aber mit fünfzehn brach für mich damals eine Welt zusammen. Wenigstens habe ich daraus gelernt. Ab diesem Zeitpunkt habe ich mir die Männer nach ihrer Verlässlichkeit und nicht nach dem Aussehen ausgesucht und so einen guten Mann gefunden.«

Automatisch sah Marion auf ihre gepflegten Finger, an denen wertvolle Ringe steckten. Dann kam sie erfreulicherweise zum Thema »Pia Tanner« zurück.

»Ist übrigens nicht nur mir so ergangen. Sie hat sich in viele Beziehungen gedrängt, am Ende hatte sie keine einzige Freundin mehr. Und wie ich gehört habe, hat sie nie geheiratet, sondern immer nur kaputte Typen an Land gezogen. Tja, keiner von uns wird mit dem Alter schöner, das hat sie sicher ebenfalls zu spüren bekommen.«

»Glaubst du, Pia und der Pfarrer …?« Die Piepsstimme war gesenkt worden und Jasmin hatte Mühe, die Worte zu verstehen.

»Wenn es nach ihr gegangen wäre, sicher«, gab Marion freimütig Antwort. »Das hätte ihr gefallen, einen Pfarrer vom rechten Weg abzubringen. Denkbar, dass sie es versucht hat. Allerdings habe ich sie nie bei ihm gesehen.«

»Vielleicht war sie gerade erst dabei, ihre Fühler nach ihm auszustrecken. Sie könnte sich eingeschlichen, ihm vorgegaukelt haben, dass sie ein Problem hat, jemanden zum Reden braucht.«

Jasmin hatte sofort den Verdacht, dass die Piepsstimme da aus eigener Erfahrung sprach.

»Hätte zu dieser hinterhältigen …« Marion verkniff sich ein Schimpfwort und sagte nur: »Definitiv war sie nicht bei ihm, um zu beten.«

»Und er? Was denkst du?«

Marion zögerte, wirkte unschlüssig, und Jasmin hoffte,

die Antwort käme, noch bevor die Kellnerin mit der Rechnung das Gespräch unterbrechen würde.

»Er nicht«, sagte Marion schließlich mit fester Stimme. »Weißt du, ich wollte vor den anderen nichts sagen, auch weil Helga ja gleich wieder so selbstgerecht war, aber unter uns …« Sie lehnte sich ein Stück vor und flüsterte: »Ich denke nicht, dass man es auf den Pfarrer abgesehen hatte. Ich vermute vielmehr, da hat jemand eine Rechnung mit Pia Tanner beglichen.«

4

Am Nachmittag kamen die drei Beamten zu einer Besprechung auf dem Revier zusammen. Dohmeier und Stutter informierten Jasmin über ihren Besuch bei den Tanner-Schwestern, woraufhin die Oberkommissarin den Kollegen von dem erzählte, was sie am Vormittag aufgeschnappt hatte.

»Fassen wir also zusammen«, sagte Dohmeier schließlich. »Die Möglichkeit besteht, dass die beiden ein Paar waren. Pia Tanner traut man eine solche Verbindung zu, und könnte ein gesunder Mann wie Pfarrer Antitz, der im gleichen Alter wie Pia Tanner war, nicht schwach werden?«

Jasmin stimmte zu. »Auch wenn sich seine weiblichen Gemeindemitglieder wünschen, dass er ein keuscher Heiliger war, heißt das noch lange nicht, dass er wirklich widerstehen konnte. Womöglich war Pia Tanner nicht die erste Frau, mit der er heimlich eine Beziehung hatte. Er war eben vorsichtig und diskret.«

Da Stutter schwieg, sah sie ihn fragend an.

Unentschlossen brummte der daraufhin: »Ich weiß nicht. Hätten sich die beiden für ihre romantischen Stelldicheins denn tatsächlich in der Kirche getroffen?«

»Warum nicht? Mitten in der Nacht ist da doch keiner«, hielt Dohmeier dagegen.

Stutter schüttelte energisch den Kopf. »Das wäre ziemlich riskant. Jemand hätte sie beobachten können. Der Küster wohnt schräg gegenüber, ist ein gläubiger Mann und hat die Schlüssel. Was, wenn er glaubt, ein Licht zu sehen, oder nachts das Bedürfnis hat, in der Kirche zu beten. Außerdem scheint mir das …« Er suchte nach dem richtigen Wort und meinte schließlich: »Respektlos!«

Dohmeier hob die Augenbrauen. »Wenn der Mann sein Keuschheitsgelübde bricht, spielt es wohl kaum eine Rolle, wo er sündigt, oder?«

Dieses Mal mischte sich Jasmin ein und meinte an Stutter gewandt: »Vielleicht hast du recht. Wenn er wirklich gegen die Regeln verstoßen hat, dann ist es ihm dabei sicher nicht gut gegangen. Ich könnte mir vorstellen, dass die beiden etwas miteinander hatten, aber ich bezweifle, dass ihr Zusammentreffen am Mordabend zu irgendwelchen sexuellen Handlungen in der Kirche hätte führen sollen. Nach allem, was ich über Pfarrer Antitz gehört habe, hätte das nicht zu ihm gepasst.«

»Oder aber gerade das gab dem verliebten Paar den Kick. Der Pfarrer konnte sich eben gut verstellen. Womöglich waren die beiden so leichtsinnig, sich in der Kirche zu treffen, um dort unmoralische Dinge zu tun. Sie wurden von jemandem beobachtet und der hat dem ein Ende gesetzt. Vielleicht der bibelfeste Küster von gegenüber«, warf Dohmeier ein. Er öffnete die Datei zu dem Fall auf dem Bildschirm und suchte nach der Aussage von Harald Tiel. »Wir haben ihn überprüft, aber das heißt ja nichts. Solche Fanatiker sind oft sehr schlau, verstehen es, Spuren zu verwischen. Natürlich haben wir seine Fingerabdrücke am Tatort gefunden, aber da er nun mal der Küster ist, scheint auch das zunächst unverdächtig. Und er wäre derjenige, der am ehesten von einer amourösen Verbindung der beiden Opfer wissen könnte.«

»Hätte er die körperlichen Voraussetzungen gehabt, die beiden zu überwältigen?«, meinte Jasmin skeptisch.

»Ein Mann, der sich berufen fühlt, Gottes Werk zu tun, entwickelt gewiss einiges an Kraft. Der Wahnsinn ist dabei hilfreich«, gab ihr Dohmeier zur Antwort.

»Durchaus denkbar. Wir sollten noch mehr im Leben des Küsters herumstochern, allerdings dürfen wir auch die Opfer nicht vergessen. Vielleicht war der Mörder hinter einem der beiden her, und der andere hatte das Pech, zur falschen Zeit am falschen Ort zu sein«, schlug Stutter vor und griff dann zu einem Stapel Papier.

»Was ist hiermit?«, sagte er und blickte zu Dohmeier.

Der seufzte laut, während seine Finger unablässig einen Bleistift hin- und herbewegten, als würde er eine Zigarette halten. »Der Fall Uwe Schiermann«, sagte er dann und betrachtete resigniert die alten Akten. »Das wäre so einfach und vor allem auch so erklärbar. Ein Straftäter wird entlassen und rächt sich an allen, die zu seiner Verhaftung beigetragen haben. Genauso, wie er es beim Prozess angedroht hat. Und jetzt besitzt dieser perfekte Hauptverdächtige ein Alibi.«

»Vom Enkelsohn«, warf Stutter ein. »Kein besonders starkes Alibi.«

»Natürlich nicht, aber dennoch ist es zunächst ein Alibi. Außerdem hat er eine Anwältin, die uns ganz schön die Hölle heißgemacht hat, und wir haben nicht den kleinsten Hinweis darauf, dass er am Tatort war. Dafür liegt uns ein ärztliches Attest vor, das unserem besten Verdächtigen ein schwaches Herz und eine ausgeprägte Arthrose bescheinigt. Will heißen, Schierwein hätte Schwierigkeiten gehabt, mehrere Male mit dem Kerzenständer auf den Kopf des Pfarrers einzuschlagen. Das behauptet zumindest seine Anwältin.«

»Was ist mit dem Enkel?«, hakte Jasmin nach. »Ich denke

da an ein Duo. Wenn sie es gemeinsam gemacht haben, dann würde es funktionieren.«

»Der Enkel ist zwanzig und Jurastudent«, klärte sie Dohmeier auf. »Er hat maßgeblich dazu beigetragen, dass sein Großvater aus dem Gefängnis kommt. Schierweins leiblicher Sohn, also Janniks Vater, hat, wie es aussieht, keinen Kontakt. Sein Name ist Markus Grauner.« Dohmeier ergänzte: »Schiermann und die Mutter waren nie verheiratet, das Kind hat den Nachnamen der Mutter, einer gewissen Petra Grauner, angenommen. Die ist mittlerweile verstorben.«

»Womöglich stecken die alle drei mit drin. Wir sollten auch Markus Grauner überprüfen. Vielleicht tut der nur so, als wäre er an seinem Vater nicht mehr interessiert.«

Dohmeier hatte daran noch nicht gedacht und es war ihm peinlich. »Das habe ich ehrlich gesagt bisher nicht in Erwägung gezogen«, versuchte er sich zu erklären.

Stutter lag nicht daran, als Besserwisser dazustehen. Ohne Wertung sagte er deshalb: »Es ist auch sicher nicht das Naheliegendste. Laut den Gefängnisunterlagen hat Markus Grauner seinen Vater in neununddreißig Jahren kein einziges Mal besucht. Auch nicht, nachdem die Mutter gestorben war. Tatsächlich ist der Enkel Jannik der Einzige, der Verbindung zu dem Inhaftierten aufgenommen hat, und das auch erst vor Kurzem.«

Stutter hatte die alten Akten durchgesehen, sich einen ersten Eindruck verschafft, deshalb entschied er, seine Einschätzung mit den Kollegen zu teilen. »Ich gebe Ihnen recht. Uwe Schierwein wäre der perfekte Hauptverdächtige. Das ist übrigens der Grund, warum man uns hierhergeschickt hat«, fügte er aufrichtig an. »Dieser Doppelmord kann einen Skandal auslösen, denn über kurz oder lang wird die Presse die Verbindung zu Uwe Schierwein herstellen. Dann wird es ungemütlich werden. Die Frage, warum ihn unser Justizsystem auf freien Fuß gesetzt hat, wird unweigerlich aufkommen und plötzlich beginnt eine Schlammschlacht. Deshalb wünscht man sich an höherer Stelle natürlich eine vollständige und schnelle Aufklärung.«

Dohmeier nickte und murmelte: »Hab mir so was schon gedacht.«

»Also«, setzte Stutter erneut an, »vergessen wir die Arthrose und das schwache Herz, genauso wie das mögliche Gefälligkeitsalibi des Enkels. Schierwein hätte nicht nur ein Motiv und die Gelegenheit gehabt, sondern auch die Kaltblütigkeit besessen, es zu tun, denn er hat bereits gemordet. Und er könnte Hilfe durch die eigene Familie gehabt haben. Dennoch stört mich etwas an dieser Theorie.«

»Und das wäre?«, fragte Dohmeier ungeduldig.

»Die Tatsache, dass Schierwein nicht schon früher die Chance ergriffen hat, auf freien Fuß zu kommen. Er war zu einer lebenslänglichen Haftstrafe verurteilt worden, und die Schwere der Schuld hatte man ebenfalls festgestellt. Seine Prognosen waren nach fünfundzwanzig Jahren Haft positiv genug für eine Bewährung, aber er hat die letzten vierzehn Jahre darauf verzichtet. Erst mit dem Auftauchen des Enkels stellte er den Antrag. Warum? Wenn er so sehr auf Rache aus ist, warum hat er dann so lange damit gewartet?«

»Vielleicht hat ihm bis zum Auftauchen des Enkels die Motivation gefehlt? Womöglich brauchte er für die Umsetzung seiner Rachepläne einen Komplizen«, schlug Jasmin vor.

»Außerdem ist es doch ein großer Zufall, dass kurz nach Schierweins Freilassung ein Mitglied der Familie Tanner und der Pfarrer der Gerlseer Gemeinde ermordet werden. Ich sehe es wie Kollegin Nau«, fuhr Dohmeier fort, »der Enkel taucht auf, gibt dem Alten damit neue Hoffnung, und die Wut kehrt zurück. Ist das so unvorstellbar?« Seine Frage richtete sich an Stutter.

Der reagierte mit einem Nein. »Nein, es ist nicht unvorstellbar, aber ungewöhnlich. Und Ungewöhnliches macht mich immer stutzig. Die meisten Menschen handeln, wenn es um ihre elementaren Bedürfnisse geht, reflexartig. Sie trinken, wenn sie Durst haben, essen, wenn sie Hunger verspüren, schlafen bei Müdigkeit, stellen sich unter, wenn es regnet, und verlassen ein Gefängnis, sobald ihnen das möglich ist, denn sie bevorzugen im Normalfall die Freiheit. Verhalten sie sich anders, dann steckt da meistens ein ungewöhnlicher Umstand dahinter, und den zu kennen, kann helfen, die Wahrheit herauszufinden.«

»Und wie stellen wir das an?«, fragte Dohmeier genervt und sagte übertrieben theatralisch: »Wie lösen wir dieses Rätsel?«

Der Hauptkommissar vom BKA ließ sich nicht aus der Ruhe bringen, sondern lächelte milde. »Ich werde mich mit Herrn Schierwein unterhalten, und Ihre Mitarbeiter suchen alles heraus, was sie über den Sohn und den Enkel finden können. Außerdem möchte ich mit jemandem sprechen, der Schierwein aus der Haft kannte.«

»Ich habe bereits mit dem Leiter der Justizvollzugsanstalt telefoniert«, warf Dohmeier ein. »Der hat mir nichts Interessantes sagen können.«

»Wie ich den Akten entnommen habe, hat der Mann den Job erst seit fünf Jahren«, bemerkte Stutter. »Ich möchte mich mit dem Vorgänger unterhalten.« Er nickte Dohmeier zu. »Wäre wünschenswert, wenn derjenige bereits vor neununddreißig Jahren dabei gewesen wäre.«

* * *

Jasmin saß auf dem Rücksitz von Dohmeiers Dienstwagen und erinnerte sich an das, was sie in den Akten gelesen hatte.

Eines von Uwe Schierweins Opfern war eine Ausreißerin gewesen; gerade neunzehn Jahre alt. Die Oberkommissarin hatte deren Fotografie vor ihrem geistigen Auge: hochtoupierte Haare, weiße Bluse, darüber ein neongrünes weites

Shirt ohne Ärmel mit der Aufschrift »Love«. Das »Love« bestand aus pinkfarbenen Lettern. Sie trug Karottenjeans und Turnschuhe. Das Foto stammte von der Vermisstenmeldung, das Shirt hatte ihr die Mutter geschneidert, es war ein Einzelstück und am Ende ein starkes Indiz gegen Uwe Schierwein gewesen. Die Beamten fanden es in seiner Wohnung. Er stritt zunächst ab, das Opfer gekannt zu haben, verstrickte sich in Lügen, gab irgendwann zu, sie mit nach Hause genommen und dann einvernehmlichen Sex mit ihr gehabt zu haben.

»Sie ist wieder gegangen, war sauer, weil ich nicht mehr von ihr wollte«, hatte er bei der Befragung ausgesagt.

Anfangs war Schierwein noch überheblich gewesen, später wütend, am Ende schweigsam.

Es gab weitere vermisste Frauen, möglicherweise ebenfalls seine Opfer. Verdächtige Fingerabdrücke und eine Sonnenbrille, die man in seinem Wagen fand. Sie hätte einer der Vermissten gehören können. Es handelte sich jedoch um ein billiges Modell aus dem Supermarkt, von dem Tausende gefertigt worden waren. Schiermann behauptete, die Brille hätte er in der Toilette einer Disco gefunden und mitgenommen.

Auch sein Werdegang sprach gegen ihn. Ein auffälliges Kind, als Jugendlicher immer Ärger mit dem Gesetz, kleinere Diebstähle, rüpelhaftes Verhalten im Straßenverkehr, Prügeleien. Schiermann hatte nach abgebrochener Schule und einer gescheiterten Ausbildung zum Metzger einen Job im Schlachthof bekommen. Sein damaliger Vorarbeiter hatte ihn beim Prozess in keinem guten Licht erscheinen lassen. Die Aussage des Mannes hatte Jasmin noch besonders gut im Kopf.

»Er hatte Spaß am Zerlegen des Fleisches, machte daraus kein Geheimnis und ging mit einem geradezu unheimlichen Eifer an die Arbeit. Über den Fleisch-Schredder wollte er alles ganz genau wissen. Wie er bedient wurde, welche

Menge er auf einmal verarbeiten konnte, worauf man sonst achten musste. Erst nahm ich an, der Junge ist fleißig und möchte vorankommen, aber dann, eines Tages, da habe ich ihn erwischt, wie er in der Pause versucht hat, eine dieser Baby-Puppen durch den Schredder zu lassen. Seine Kollegen sollten darauf wetten, was noch von der Puppe übrig bleiben würde.«

»Sie haben ihn zur Rede gestellt?«, hatte der Staatsanwalt sofort nachgehakt.

»Selbstverständlich. Er hat sich wortreich entschuldigt, mich angefleht, ihn nicht zu entlassen, weil er das Geld bräuchte. Und erklärt, dass das nur eine Blödelei gewesen sei.«

Jasmin fragte sich, ob die späteren Straftaten hätten verhindert werden können, wenn jemand damals schon wegen Uwe Schierwein Alarm geschlagen hätte.

Drei vermisste Frauen, die man ihm zuordnete. Keine Leichen, bis auf die zerfetzten Reste der dritten – der mit dem neongrünen Shirt. An diesem Abend hatte der Schredder nicht funktioniert. Ein Fußknochen verkeilte sich so, dass die Maschine blockiert wurde. Die Tatort-Bilder waren schrecklich. Blutiges Hack vermischt mit gesplitterten Gebeinen, ein zerfetzter Oberschenkel, der verklemmte zierliche Fuß mit den blau lackierten Zehennägeln … Und dann war da noch die Aussage des Nachtwächters gewesen.

Die Oberkommissarin schluckte bei der Erinnerung daran, und obwohl sie schon vielen Straftätern begegnet war, spürte sie Nervosität bei dem Gedanken, gleich auf den *Fleischwolf-Mörder* zu treffen.

* * *

In der Wohnung von Uwe Schierwein

»Sie antworten nur, wenn ich Ihnen grünes Licht gebe«, wiederholte sich Vera Blach zum x-ten Mal. »Außerdem gefällt es mir nicht, dass wir das in Ihrer Wohnung machen. Man lädt sich die Polizei nicht nach Hause ein.« Auch diesen Satz sprach sie heute nicht das erste Mal aus.

»Ich gehe auf kein Revier«, stellte Uwe Schierwein klar. »Hab genug bei der Polizei rumgesessen, das reicht für ein Leben.«

»Ich hätte Sie natürlich begleitet, auf Sie aufgepasst«, versicherte ihm die Vierzigjährige.

Vera Blach sah jünger aus, wirkte dadurch harmlos. Sie war weder freundlich noch hübsch, ging normalerweise in der Masse unter, außer wenn sie vor Gericht stand. In Juristenkreisen war Vera für ihren messerscharfen Verstand und den Wunsch, das Justizsystem als ungerecht zu entlarven, berüchtigt.

»Sie hätte ich mal vor neununddreißig Jahren kennen müssen«, sagte Uwe Schierwein mit einem schiefen Grinsen, etwas, das sein Enkel Jannik erfreut zur Kenntnis nahm.

Es war das erste freundliche Wort, das der Dreiundsechzigjährige an die Anwältin richtete, seit die bereit gewesen war, sich für die Freilassung seines Großvaters einzusetzen; noch dazu ohne Bezahlung. Ein weiteres Plus, das Janniks Meinung nach von Uwe hätte längst gewürdigt werden müssen. Der verhielt sich jedoch wie ein Stockfisch und behielt den Standpunkt bei, dass er ja niemanden um Hilfe gebeten hätte, was ihn von jedweder Geste der Dankbarkeit befreite.

»Sie werden nicht über den Prozess, die Verbrechen, die man Ihnen damals vorgeworfen hat und derentwegen Sie verurteilt wurden oder sonst etwas aus der Vergangenheit sprechen«, schärfte Vera ihrem Mandanten ein. »Gehen Sie davon aus, dass man Sie als Hauptverdächtigen in dem Mord an diesem Pfarrer und der Frau betrachtet.«

»Trotz des Alibis?«, fragte Uwe gespielt naiv nach.

Die Anwältin wollte schon zu einer Erklärung ansetzen, da winkte er ab. »Ich bin kein Idiot, ich hab's kapiert, die glauben uns nicht, weil sie Janniks Aussage für ein Gefälligkeitsalibi halten.«

»Gut, dann wissen Sie ja sicher auch, dass man Sie schnell wieder ins Gefängnis stecken will.«

Dieses Mal folgte keine Antwort, aber man sah seinem trotzigen Blick an, dass er sich fragte, ob das nicht sowieso das Beste für ihn sei.

Ihr Gespräch wurde durch die Türklingel unterbrochen. Vera Blach sah abwechselnd zu den beiden Männern. »Denken Sie bitte daran, dass uns nicht daran gelegen ist, die Polizei länger als notwendig im Haus zu haben. Keine Antworten auf ungestellte Fragen, kein höfliches Geschwätz, kein Einlassen auf scheinbar harmlose Themen.«

Jannik war bereit, wartete auf ihre Freigabe, nun die Tür zu öffnen. Er war aufgeregt und genoss es, Vera Blach in Aktion zu erleben. Eine Chance, von einer der Besten zu lernen. Etwas, das ihm für die Zukunft unglaublich nützlich sein würde.

* * *

Tonaufnahme von 1983:

Mein heutiges Thema: Der Vorfall im Schlachthof

Ich wählte die Sonntagabende, um sie zu schreddern. Der Schlachthof war dann menschenleer und der Wachmann normalerweise kein Problem. Es war allgemein bekannt, dass er die meiste Zeit seiner Schicht schlief und sich gerne einen genehmigte. Der Nachtwächter war ein Relikt. Wenn er demnächst in Rente gehen würde, käme die Geschäftsleitung sicher nicht auf die Idee, ihn zu ersetzen. Niemand rechnete wirklich damit, dass jemand in einen Schlachthof einbrach. Normalerweise hatte ich nie Probleme, das Gebäude war groß, das Gelände unübersichtlich und von der Bahntrasse und der Autobahn entstand ein ausreichender Geräuschpegel, der es mir möglich machte, mich unbemerkt von der Rückseite über den Parkplatz zu nähern und die Maschine zu bedienen. Dennoch barg der Schlachthof ein gewisses Risiko und ich dachte bereits darüber nach, die Leichen auf andere Weise zu entsorgen.

Leider zu spät, denn diese Nacht entwickelte sich zu einem Albtraum. Ich hatte fast alle Körperteile geschreddert, als sich ihr Fuß in den Messern verkeilte. Die Maschine wäre mir beinahe um die Ohren geflogen. Ich hatte keine andere Wahl, als sie auszustellen. Plötzlich wusste ich nicht, was ich tun sollte. Selbst wenn der Nachtwächter unzuverlässig war, irgendwann würde er doch auftauchen und seine Runden drehen. Ich musste mich also beeilen, versuchte, die Überreste wieder einzupacken, um damit zu verschwinden. Die Sauerei wollte ich so gut wie möglich beseitigen. Am nächsten Morgen würde dann irgendwer Ärger bekommen, weil man ihm vorwarf, bei Schichtende nicht richtig geputzt zu haben, aber das war dann eben so und mir herzlich egal. Jedoch ging alles schief. Ich hörte ein Geräusch und hatte keine andere Wahl mehr, als zu verschwinden und die Leichenreste zurückzulassen. Also rannte ich mit der Angst, entdeckt zu werden, davon und schwor mir, in Zukunft vorsichtiger zu sein.

Ende der Aufnahme

* * *

In der Wohnung von Uwe Schierwein

Geöffnet wurde ihnen von Jannik Grauner, Uwe Schierweins Enkel. Er bemühte sich um ein arrogantes, nach Jasmins Empfinden sogar affiges Auftreten und sagte süffisant: »Die Herren und Damen von der Polizei, bitte kommen Sie herein«, während er ihnen die Tür aufhielt und eine Verbeugung andeutete.

An einem ramponierten Esstisch saß Uwe Schierwein. Er rauchte, verzog keine Miene, während eine Frau, die sich als Vera Blach und Schierweins Anwältin vorstellte, wie ein Bodyguard neben ihm stand.

»Was für ein Aufgebot«, konnte es sich der Enkel nicht verkneifen, das Auftauchen der drei Beamten zu kommentieren.

Während Hauptkommissar Stutter nur milde lächelte, verzog Dohmeier genervt das Gesicht, schluckte aber eine Antwort hinunter.

»Wir danken Ihnen, dass Sie bereit sind, mit uns zu sprechen«, begann Stutter die Befragung, nachdem er sich vorgestellt und die Anwältin ihnen Plätze angeboten hatte.

Schierwein nickte, wirkte jedoch desinteressiert.

»Wir werden das hier sofort abbrechen, wenn ich der Meinung bin, dass Sie Ihre Kompetenzen überschreiten«, blaffte die Anwältin.

Stutter mochte die Frau nicht, obwohl er nicht hätte sagen können, warum das so war. Vielleicht fand er sie eine Spur zu aggressiv. Ruhig entgegnete er dennoch: »Wir ermitteln in einem Fall von Doppelmord, wir sind nicht hier, um Ihren Mandanten zu schikanieren.«

»Dann ist es ja gut«, gab sie ihm schnippisch Antwort.

»Also, was wollen Sie wissen? Welche wichtige Frage hat Ihr Berliner Kollege noch nicht gestellt.«

Stutter blickte zu Schierwein und fragte unvermittelt: »Haben Sie Pia Tanner und Pfarrer Rolf Antitz ermordet?«

»Was?« Die Anwältin war zu fassungslos, um mehr zu sagen, und sowohl Dohmeier als auch Jasmin blickten völlig perplex zu ihrem Kollegen.

Der Enkel rief: »So eine Unverschämtheit!«

Nur Uwe Schierwein blieb gelassen, grinste sogar. Das erste Mal sprach er, und Jasmin dachte sofort daran, wie er mit dieser recht angenehmen Stimme seine Opfer in sein Auto gelockt hatte.

»Sie halten wohl nichts von einem Vorspiel«, meinte Schierwein spöttisch.

»Alles zu seiner Zeit«, stieg der Hauptkommissar auf den Tonfall seines Gegenübers ein.

»Wir sollten abbrechen«, knurrte die Anwältin, aber Schierwein überging ihren Einwand und entgegnete: »Und jetzt ist also die Zeit für haltlose Beschuldigungen?«

»Nein, aber die Zeit für klare Antworten.«

Überraschenderweise lachte Uwe Schierwein auf. Es klang bitter. »Was wollen Sie hören?«, spielte er den Ball zurück.

»Die Wahrheit«, erwiderte Stutter gelassen.

»Wirklich? Ich habe gelernt, dass man am besten das sagt, was einem nützlich ist.« Sein Blick wanderte zur Anwältin, und er fragte herausfordernd: »Also, was soll ich tun?«

»Sie müssen nicht antworten«, reagierte die prompt und erinnerte an einen Hund, der gierig nach einem Knochen schnappte, der vor seiner Nase baumelte.

»Da haben Sie es«, gab Schierwein zufrieden an Stutter weiter. »Die Wahrheit ist im Moment nicht angebracht.«

»Weil Sie sich damit belasten könnten«, ließ der Beamte jedoch nicht locker und Jasmin zählte bereits die Sekunden, bis der Rausschmiss der Anwältin folgen würde.

»Nein«, erwiderte Schierwein, ohne auch dieses Mal auf die Einwände seiner Anwältin zu achten. »Die Wahrheit würde mir in diesem Fall nicht schaden. Ich habe den beiden nichts getan.« Er schnappte sich sein Tabakpäckchen und fügte süffisant an: »So, jetzt ist es raus und alle fühlen sich besser.«

»Sie kannten Pia Tanner?«, überging Stutter die Antwort mit einer weiteren Frage.

»Nein, also vielleicht dem Namen nach.«

»Sie sind ihr im Einkaufszentrum begegnet. Sie haben sie angestarrt.«

»Im Einkaufszentrum?«, mischte sich der Enkel ein. Seine Stimme überschlug sich bei dem Versuch, besonders amüsiert zu klingen. »Wissen Sie, wie vielen Menschen wir da begegnet sind?«

»Es war in der Raucherecke«, fügte Stutter gelassen an. »Frau Tanner war dort allein mit Ihnen, und Sie haben sie angestarrt.«

Schierwein hatte sich eine Zigarette gedreht und steckte sie sich nun an. »Würden Sie die Frau als attraktiv bezeichnen?«, fragte er unvermittelt.

Der Hauptkommissar war auf der Hut, entgegnete lediglich: »Spielt das eine Rolle?«

Schierwein lehnte sich entspannt zurück, bevor er mit einem amüsierten Zug um den Mund antwortete: »Ich war sehr lange Zeit im Gefängnis, ich denke, seit ich frei bin, starre ich viele Menschen aus den unterschiedlichsten Gründen an. Ich lerne jeden Tag etwas Neues.« Er tat so, als dächte er angestrengt nach, meinte dann: »Die Frauen haben alle glatte Haare, und Fahrradfahrer tragen Helme.« Es folgte ein amüsiertes Kopfschütteln. »Gibt viel zu sehen da draußen.«

»Sie waren ziemlich wütend auf den Vater von Pia Tanner. Jan Tanner hat damals gegen Sie ausgesagt.«

Wieder ereiferte sich die Anwältin, und wieder kam ihr

Uwe Schierwein zuvor. »Viele Menschen haben damals gegen mich ausgesagt. Ich hatte keine Ahnung, dass ich so unbeliebt war. Eine Gerichtsverhandlung kann einem wirklich die Augen öffnen.«

»Sie sagten, Sie würden alle Zeugen umbringen.«

»Man wird wütend, wenn einen jeder beschuldigt.«

»Der damalige Pfarrer von Gerlsee hat sich im Zeugenstand ebenfalls negativ über Sie geäußert.«

Jasmin hielt unbewusst den Atem an. Sie erinnerte sich an die Passage in den Gerichtsaufzeichnungen. Der damalige Geistliche hatte Uwe Schierwein aus der Schule, genauer gesagt dem Religionsunterricht, gekannt. Seine Ausführungen zu dem Schüler waren alles andere als schmeichelhaft gewesen:

»… Uwe liebte es, den Klassenclown zu spielen. Beeindruckte die anderen gern, vor allem die Mädchen. Sein Verhalten war aufsässig und frech. Ich habe stets für ihn gebetet und werde es auch heute tun. Schade, dass sein Weg der Sünde so vorhersehbar gewesen war …«

Schierwein, damals gerade dreiundzwanzig Jahre alt, war aufgesprungen und hatte geschrien: »Ich werde dir deinen verlogenen Heiligenschein vom Kopf reißen, du mieses …«

Der Richter hatte ihn mit einer scharfen Ermahnung daran gehindert, weitere Drohungen oder Beleidigungen auszusprechen.

Die Oberkommissarin betrachtete das Gesicht des ehemaligen Häftlings. Mit viel Fantasie konnte man sich auch heute noch vorstellen, dass er sehr charmant hatte sein können. Schierwein bemerkte ihren Blick und wandte sich ihr zu.

»Hat sich wirklich vieles geändert, auch die Beamtinnen sind hübscher geworden.«

Jasmin spürte eine Gänsehaut aufsteigen, erwiderte allerdings nichts.

Dann richtete Schierwein das Wort an Stutter. »Diesen Pfarrer Antitz habe ich überhaupt nicht gekannt, warum hätte ich ihn umbringen sollen? Der Pfaffe, der damals gegen mich ausgesagt hat, ist längst tot und wurde für seine Falschaussage sicher zur Rechenschaft gezogen.« Sein Blick wanderte zum Boden, und mit einem breiten Grinsen sagte er: »Schöne Grüße von hier oben und schmor weiter in der Hölle.«

»Eine Falschaussage?«, konnte Stutter nicht widerstehen, was natürlich die Anwältin auf den Plan rief.

»Wir werden keine Fragen zu den Straftaten beantworten, deretwegen man meinen Mandanten bereits verurteilt hat. Er hat seine Strafe abgesessen.«

»Hörte sich eben für mich so an, als wollte Ihr Mandant aus freien Stücken darüber sprechen.«

Schierwein zog an seinem Zigarettenstummel und meinte triumphierend: »Sie haben meine Anwältin gehört, keine weiteren Wahrheiten erwünscht.«

»Pfarrer Antitz und Frau Tanner hatten beide Verletzungen, die darauf schließen lassen, dass für den Mörder das Thema ›Heiligenschein‹ eine Rolle spielt. Ich nenne das bestenfalls einen erstaunlichen Zufall.« Stutter wusste, dass er damit eine Anschuldigung aussprach und das Gespräch womöglich beendet wäre, aber er hatte auch den Eindruck, dass Uwe Schierwein den Wortwechsel mit dem Polizisten genoss und er sich deshalb hinreißen lassen würde, mehr zu sagen, als gut für ihn war.

Natürlich intervenierte die Rechtsanwältin, zischte: »Was wird das? Sie wissen, dass mein Mandant ein Alibi für die Mordnacht hat.«

Stutter blickte sofort ungläubig zu dem Enkel. Mehr

musste er nicht tun. Ohne es zu sagen, wusste sein Gegenüber nun, dass ihm das Alibi des Enkels nicht genügte.

»Ich bin es gewohnt, dass mir die Menschen nicht glauben«, murmelte Schierwein.

»Sie haben damals gestanden, das hat man Ihnen geglaubt«, mischte sich das erste Mal Hauptkommissar Dohmeier ein.

»Ja, denn das war die Wahrheit, die alle hören wollten. Wenn ich jetzt sage, dass ich das in der Kirche war, dann werden Sie das doch sicher auch nicht anzweifeln. Sie werden es lieben, mir begeistert Handschellen anlegen, sich als Helden feiern lassen und heute Abend sich selbst belohnen, indem Sie Ihr kleines Frauchen vögeln. Ich könnte Ihnen also Ihren armseligen Tag retten.« Er drückte die Zigarette aus, ließ sich Zeit damit und sah dann erneut zu Dohmeier. »Oder aber ich nehme die Wahrheit, die keiner hören will, und sage aus, dass ich es nicht gewesen bin, dass ich ein Alibi habe, dass ich viel zu alt und zu müde bin, um durch die Straßen zu laufen, um Leute umzubringen, die ich nicht kenne. Ich erinnere mich kaum noch an die Gesichter meiner Ankläger, wie soll ich da wissen, wie Pia Tanner heute aussieht? Und wenn ich einen Pfarrer hätte töten wollen, dann wäre meine erste Wahl auf den aus dem Gefängnis gefallen. Eine furchtbare Nervensäge, aber der lebt trotzdem noch.«

Stutter betrachtete Uwe Schierwein. Was übersah er bei dem Mann? Sein Bauchgefühl sagte ihm, dass der etwas verbarg, etwas, das bei der Aufklärung des Falles hilfreich sein könnte.

In der Hoffnung, sein Gegenüber irgendwie aus der Reserve zu locken, und mit dem Wissen, dass er vermutlich nicht so bald die Gelegenheit zu einem weiteren Gespräch bekommen würde, fragte er deshalb: »Warum hat das so lange gedauert?«

Schierwein reagierte überrascht. »Was hat lange gedauert?«

»Der Antrag, Ihre Strafe auf Bewährung auszusetzen? Wollten Sie nicht raus, weil Sie befürchteten, rückfällig zu werden, oder weil Sie Angst vor der Freiheit hatten? Da wären Sie nicht der Erste.«

»Ich habe keine Angst«, schnauzte Schierwein gereizt. »Wenn ich Angst hätte, dann hätte ich keinen Tag da drin überlebt.«

»Zumindest hatten Sie das letzte Mal keine Angst zu gestehen«, konterte der Hauptkommissar.

Schierwein sah ihn nun voller Wut an.

Wieder stellte sich Jasmin die Verhandlung vor. Der Gerichtssaal brechend voll, die Zuschauer überzeugt von Schierweins Schuld. Die Angehörigen als Nebenkläger, weinend, schreiend, voller Zorn. Keine positiven Leumundszeugen. Die Männer beschrieben Schierwein als einen Angeber, einen Schwätzer. Die Frauen als unehrlich. Seine Ex-Freundin berichtete von seinen Lügen, wie er sie während der Schwangerschaft mehrmals betrogen und später das Kind vernachlässigt hatte. Der Staatsanwalt erwähnte Geldschulden wegen Schadensersatzansprüchen, die Folge eines durch Schierwein verursachten Unfalls mit zu hoher Geschwindigkeit. Alle trauten ihm zumindest zu, die vermissten Frauen abgeschleppt zu haben. Die Anklage zeichnete schließlich das Bild eines Perversen, der beim Sex die Kontrolle verloren hatte. Da es keine Leichen gab, konnte das jedoch nie bewiesen werden. Allerdings war das auch nicht nötig. Der Nachtwächter des Schlachthofes hatte Uwe Schierwein davonrennen sehen, man fand bei ihm außerdem das neongrüne Shirt, die verdächtige Sonnenbrille und die Fingerabdrücke einer der vermissten Frauen in seinem Auto. Es hatte schlecht für ihn ausgesehen. Vermutlich war das auch ihm bewusst gewesen, denn vor Prozessende hatte er gestanden.

Als der Richter gesagt hatte: »Sie haben das letzte Wort«, da war Uwe Schierwein schließlich zusammengebrochen und hatte ausgerufen: »Ja, ich war es, ich habe das getan und es tut mir leid!«

Jasmin riss sich von diesen Gedanken los und beobachtete das Mienenspiel des alten Uwe Schierwein. Seine Züge entspannten sich, und die Oberkommissarin wusste, dass zumindest im Augenblick kein Geständnis von ihm zu erwarten wäre.

»Ich denke, und vermutlich ist das ganz im Sinne meiner Anwältin, dass dieses Gespräch nun beendet ist«, reagierte Schierwein schnippisch.

Die Beamten erhoben sich. Man nickte sich höflich zum Abschied zu, kein Händeschütteln, kein Grußwort.

Stutter war schon fast aus der Tür, da drehte er sich noch einmal um. Er hatte eine Visitenkarte aus der Jackentasche gezogen, legte sie auf den wackeligen Tisch am Ausgang und sagte in Schierweins Richtung: »Sie sollten wissen, dass ich mich nur für die Wahrheit interessiere, die sich aufgrund der *Tatsachen* ergibt. Ich habe mich noch nie mit der abgefunden, die das Leben am angenehmsten macht.«

Damit verließ auch er die Wohnung und hörte noch, wie Vera Blach zornig meckerte: »Was für ein unverschämter Mensch.«

5

Mitten in der Nacht

Olaf hatte das Gefühl, die Welt und er seien in absoluter Harmonie verbunden. Er hatte keinen Hunger, empfand die kühle Temperatur als angenehm und machte sich um nichts mehr Sorgen. Der Alkohol hatte all das Hässliche in seinem Leben, die Verzweiflung und die Aussichtslosigkeit fortgespült wie eine Welle, die die Fußabdrücke im Sand überflutete und dadurch den Boden auf wundersame Weise glättete. Olafs Kummer war ebenfalls fortgespült und sein Dasein glattgezogen worden.

So betrunken er auch war, seinen Schlafplatz fand er immer noch. Die letzten Tage hatte er ausweichen müssen, das war nicht sehr angenehm gewesen. An einem seiner provisorischen Unterschlupfe war er verscheucht worden, am nächsten hatten ihn Jugendliche mit Fußtritten bearbeitet, sich einen Spaß daraus gemacht, den hilflosen Mann am Boden zu quälen. Plötzlich war dann die Polizei aufgetaucht, vermutlich von einem mitfühlenden Anwohner verständigt, und hatte ihn mitgenommen. Im Obdachlosenheim bekam er zwar eine warme Mahlzeit, aber wohl fühlte er sich dort nicht. Bereits am Morgen war er um die Kirche von Gerlsee geschlichen und hatte erfreut festgestellt, dass die Absperrbänder verschwunden waren.

Schade um den Pfarrer, dachte er, als ihm in den Sinn kam, dass dessen Tod auch ihm Probleme bereiten würde.

Schnell nahm er noch einen Schluck aus der Schnapsflasche – nicht, dass die schlechten Gefühle zurückkamen. Vielleicht war der neue Prediger ja auch so großzügig und ließ Olaf unter der Treppe des Seiteneingangs campieren. Im Winter hatte ihm Pfarrer Antitz sogar die Tür offen gelassen, damit er in den warmen Vorraum konnte. »Anständiger Kerl«, murmelte Olaf, als er die Kirche erreichte.

Sie lag im Dunkeln, das war gut, würde ihm eine ruhige Nacht bescheren. Aber noch bevor er die Straße zum Gotteshaus überqueren konnte, näherte sich ihm ein Auto. Er sah es nicht kommen, bekam plötzlich einen Stoß und fiel auf den Asphalt. Der Wagen war nicht schnell gefahren, trotzdem hatte der leichte Aufprall ausgereicht, um den betrunkenen Mann zu Fall zu bringen.

Sofort wurde eine Tür aufgerissen, jemand trat neben ihn, drückte Bedauern aus, stellte Fragen: »Sind Sie verletzt? Sind Sie allein? Ich habe Sie gar nicht gesehen.« Und ehe sich's Olaf versah, saß er im Wagen und war auf dem Weg ins Krankenhaus.

Olaf fühlte sich ein wenig schwindlig, eine Folge des Alkohols. Ansonsten hatte er keine Beschwerden, was er auch immer wieder betonte. Obwohl es so klang, als wollte man ihn direkt in ärztliche Obhut bringen, bewegte sich der Wagen weg von dem nahe gelegenen Klinikum.

Olaf wurde unruhig. »Dauert es noch lange?«, quengelte er und tastete seine Taschen ab. Die Flasche mit dem restlichen Schnaps hatte er beim Sturz verloren.

Offenbar war seine Nervosität so auffällig, dass man ihm direkt etwas anbot. »Im Handschuhfach finden Sie das Richtige für die Nerven. Bedienen Sie sich, trinken Sie einen Schluck«, wurde er freundlich aufgefordert.

Olaf griff zu, leerte die kleine Flasche mit wenigen Zügen und sank dann in einen alkoholgeschwängerten Schlaf.

Als man ihm später den Schädel öffnete, reagierte er kaum. Einmal kräuselte er die Nase, als sich ein schmales Rinnsal Blut von seiner Stirn in Richtung Oberlippe bewegte. Als jedoch durch den Schnitt in die Kopfhaut dicke Tropfen Blut seine Ohren und seinen Nacken berührten, blieb er regungslos. Genau genommen lag er so ruhig wie das sprichwörtliche Lamm auf der Schlachtbank.

Irgendwann schien er wach zu werden, stöhnte laut auf. Sein Schmerzempfinden kam zurück, auch wenn er vermutlich die Schnitte, mit denen man versuchte, ein Stück der Gehirnmasse auszulösen, nicht bemerkte.

Olaf glaubte, weit entfernt jemanden sprechen zu hören, versuchte aber nicht, die Augen zu öffnen. Er wähnte sich in der Klinik, falls er überhaupt einen klaren Gedanken fassen konnte.

Anzunehmen, dass er einen langsamen und qualvollen Tod starb, als man ihm kurz darauf den Bauch aufschlitzte, um die Eingeweide herauszubrechen. Vielleicht realisierte er sogar noch, wie man seine Bauchhöhle leerte und mehrere Meter Darm in eine Plastiktüte stopfte.

Während Olafs letzten Minuten sprach man ihn direkt an, so als wollte man ihn davon überzeugen, dass es richtig war zu sterben: »Mein Freund, dein Leben war zwar sinnlos, aber dein Tod, der trägt zu etwas Bedeutendem bei. Ich werde dich mit Respekt beerdigen, hab keine Sorge.«

* * *

Tonaufnahme von 1983:

Mein heutiges Thema: Vorsichtsmaßnahmen

Nach der Katastrophe im Schlachthof ist die Polizei überall. Ich werde diese Aufnahmen verstecken müssen, damit man sie nicht gegen mich verwendet, falls man auf meine Spur kommt. Das gilt auch für alles andere, was mich mit den Toten in Verbindung bringt. Ich hoffe, dass ich nichts übersehen werde. Ich gebe zu, dass ich leichtsinnig geworden bin, weil so lange niemand bemerkt hat, was ich tue. Aber selbst wenn ich momentan nicht weitermachen kann – eines Tages ergibt sich die Gelegenheit für einen Neuanfang.

Für die Zukunft habe ich bereits einen Plan. Ich werde die Leichen künftig vergraben. Am sichersten ist es, wenn ich sie vorher aufschneide und ausnehme, damit sie nicht aufquellen und sich stinkende Fäulnisgase bilden. Für den Transport zerteile ich sie und dann suche ich einen geeigneten Platz für die Beerdigung. Ich bin unvorsichtig geworden, das wird mir, sollte ich je die Gelegenheit haben, fortzufahren, nicht noch einmal passieren.

Ende der Aufnahme

* * *

Am nächsten Morgen

Jannik Grauner erwachte mit dröhnendem Schädel. Er hatte sich gestern Abend von seinem Großvater hinreißen lassen. Zu verlockend war es gewesen, die Gelegenheit zu nutzen, um ihm näherzukommen. Also hatte er Bier, Schnaps und Pizza besorgt. Bei der Pizza hatte Uwe Schierwein gemeckert und eine Currywurst verlangt, aber schließlich eingelenkt, und nach ein paar Bieren war er milder geworden. Dann kamen die Schnäpse. Jannik war das Trinken nicht gewohnt und erinnerte sich im Nachhinein nur noch spärlich an den Abend.

Mühsam erhob er sich. Offenbar hatte ihm sein Großvater das Schlafzimmer überlassen. Als Jannik das erste Mal hier übernachtet hatte, lag er auf der durchgesessenen Couch. Augenblicklich hatte er ein schlechtes Gewissen. Immerhin hatte sein Großvater neununddreißig Jahre Gefängnispritsche hinter sich, da hätte ihm eigentlich das bequeme Bett zugestanden.

Er hörte Geräusche aus dem Wohnzimmer, glaubte, Kaffee zu riechen, und hatte das Bedürfnis, sich zu übergeben. Mühsam hievte er sich aus dem Bett und schlurfte in das kleine Badezimmer. Sein Großvater hielt Ordnung. Zahnbürste, Zahnbecher, Seife, Shampoo, Rasierschaum, alles stand akkurat nebeneinander auf der Ablage. Das feuchte Handtuch hing ausgebreitet zum Trocknen über der Stange des Duschvorhangs, und schmutzige Wäsche lag bereits in der Waschmaschine. Jannik zog sich aus und quälte sich unter die Dusche, ignorierte den hämmernden Kopfschmerz und spürte, wie mit dem warmen Wasser seine Lebensgeister langsam zurückkehrten. Kurz darauf betrat er das Wohnzimmer mit der kleinen Kochnische.

Sein Großvater saß am Esstisch und drehte sich Zigaretten auf Vorrat. Jannik stellte auch hier fest, dass die Wohnung picobello war. Das Geschirr war gespült und der Aschenbecher geleert.

»Ausgeschlafen?«, fragte sein Großvater, ohne den Kopf zu heben.

»Geht so«, antwortete der Jüngere ehrlich.

»Solltest nicht so viel trinken, wenn du es nicht

verträgst«, gab ihm Uwe eine Antwort, die er nicht erwartet hatte.

Es lag kein Vorwurf darin, dennoch war Jannik enttäuscht. Er hatte geglaubt, so ein Männerabend hätte sie einander näher gebracht.

»Wir haben wohl beide über die Stränge geschlagen«, erwiderte er mit einem Lächeln.

Sein Großvater stieg nicht auf den scherzenden Tonfall ein. »Ich denke, dass man zwei Bier und zwei Schnäpse nicht so nennen kann.«

»Und ich denke, das waren mehr als zwei Schnäpse«, versuchte Jannik es weiter.

»Bei dir bestimmt, aber nicht bei mir«, blieb sein Großvater dabei. »Denkst du, ich bin trainiert im Saufen? Ich war die letzten Jahre im Knast, nicht auf Tournee mit einer Rockband.« Endlich hob er den Blick und begutachtete den Jüngeren. »Siehst scheiße aus«, sagte er grob.

»Vielen Dank auch«, giftete Jannik zurück. Er fühlte sich elend und kam sich noch dazu wie ein Idiot vor. Seine Geduld mit den Unhöflichkeiten des Alten schien im Moment ausgereizt.

Der jedoch störte sich nicht an dem Tonfall seines Enkels und schlug erneut in die Kerbe, indem er sagte: »Du solltest nichts trinken, verträgst es nicht und laberst dann einen Haufen Mist. Stehen die Weiber heutzutage auf solche Typen?«

»Was für Typen?«, schnauzte Jannik.

»Na, Labersäcke und Heulsusen«, blieb sein Großvater gelassen, und plötzlich ahmte er in jämmerlichem Tonfall einen Mann nach, der kurz davorstand, in Tränen auszubrechen. »Mein Vater versteht mich nicht, ich fühle mich einsam. Er will mir kein Motorrad kaufen, er hat mich belogen.« Seine Stimme wurde wieder normal und es war klar, dass er Jannik nachgeäfft hatte. Offenbar hatte der im alkoholisierten Zustand sein Herz ausgeschüttet. Uwe fügte nun noch ein gelangweiltes »Bla, bla, bla« an.

»Du bist …« Jannik fehlten die Worte, und der Ältere grinste ihn an.

»Ich bin was? Ein Ex-Knacki, unsensibel, undankbar?« Seine Augen verengten sich zu Schlitzen. »Darum geht es dir doch. Du willst meine Dankbarkeit. Du denkst, ich sollte dir in den Arsch kriechen, weil du mich aus dem Knast geholt hast, weil du diese Anwalt-Tussi mit der großen Klappe angeschleppt hast.«

»Vera Blach ist eine Spitzenanwältin«, ging Jannik dazwischen. »Und ja, ein bisschen Dankbarkeit wäre ganz schön. Ich habe mich wegen dir mit meinem Vater verkracht.«

»Na und?«, blaffte Uwe. »Geh deine eigenen Wege, dann kannst du tun und lassen, was du willst. Du solltest nicht so am Rockzipfel deines Vaters hängen.«

»Ja, natürlich«, reagierte Jannik verärgert. »Das ist deine Devise. Hat mein Vater deshalb alleine klarkommen müssen, hattest du Angst, er würde sich vielleicht an deinen Rockzipfel hängen?«

»Oha«, erwiderte Uwe amüsiert. »Du bist verkatert, da sollte man besser nicht anfangen zu streiten. Wer weiß, eventuell sagst du noch etwas, das dir hinterher leidtut.«

»Im Moment überlege ich mir gerade, ob es mir nicht leidtut, mit dir Kontakt aufgenommen zu haben. Ob ich es nicht bedauern sollte, mich wegen dir gegen meinen Vater gestellt zu haben. Er ist ein guter Mann, nicht so …« Jannik brach ab, aber Uwe vollendete den Satz für ihn.

»Nicht so wie ich.« Seine Züge wurden ernst. »Sag es doch einfach.«

»Ich sollte jetzt gehen«, schnappte Jannik und begann seinen Kram zusammenzusuchen. »Hast du meine Autoschlüssel gesehen?«, fragte er genervt.

Überraschenderweise griff Uwe in seine Hosentasche und

fischte den Schlüsselbund heraus. »Hier, hab gestern Nacht eine kleine Runde damit gedreht, fährt sich gut.«

»Hast du überhaupt einen Führerschein?«, schnauzte Jannik.

»Ich hatte jedenfalls mal einen«, gab sein Großvater zurück.

Der Jüngere presste die Kiefer aufeinander, da ihm nichts einfiel außer wüste Schimpfworte, die er noch für sich behalten wollte.

»Sieh mich nicht so an«, ergänzte der Ältere. »Ich bin nur mal um den Block gefahren. Du solltest den Wagen allerdings in die Werkstatt bringen. An jeder roten Ampel ist er ausgegangen.«

Wäre Jannik nicht so wütend gewesen, dann hätte er bei dieser Bemerkung gelacht. So zischte er nur: »Das ist die Start-Stopp-Automatik, hat was mit Umweltschutz zu tun.«

Sein Großvater grinste spitzbübisch. »Weiß ich doch, wollte dich nur auf den Arm nehmen. Du solltest nicht so verkniffen sein. Mach dich mal locker.«

Nun riss Jannik endgültig der Geduldsfaden. »Locker?«, kreischte er schrill. »Ich soll mich locker machen?« Und dann brach sein Zorn über Uwe nieder. »Ich hole dich aus dem Knast, stelle mich hinter dich, vertraue dir, gebe dir sogar ein Alibi für diese schrecklichen Morde an dem Pfarrer und der Frau …«

Schnell warf Uwe ein: »Darum habe ich dich nicht gebeten.«

»Nein, natürlich nicht. Du bittest ja nie um irgendetwas. Du kriegst das ja alles ganz toll alleine hin. Weißt du was?«, rief er ungehalten. »Dann mach das in Zukunft doch weiter so. Langsam verstehe ich, warum mein Vater dich nicht sehen will. Weil du nämlich ein Arschloch bist.«

Wütend rannte Jannik aus der Wohnung und ließ seinen Großvater zurück.

Der stand auf und stapfte zur Tür, um sie zu schließen.

Dann stieß er ein zorniges »Scheiße« aus, bevor er murmelte: »Das habe ich also auch wieder versaut.«

* * *

Zur gleichen Zeit im Haus von Familie Weiz

»Du warst gestern lange unterwegs«, sagte Sabine Weiz zu ihrem Mann.

Es war schwer, einzuschätzen, ob sie bewusst versuchte, einen Vorwurf aus dieser Aussage herauszuhalten und ihr das einfach nicht vollkommen gelang, oder ob sie ihn absichtlich ganz leicht mitschwingen ließ.

»Gottes Werk kennt keine Uhrzeiger«, antwortete ihr der achtundfünfzigjährige Martin Weiz mit Genugtuung.

Es war wieder einmal einer dieser Tage, an denen er sich nichts sehnlicher wünschte, als seine Frau auf der Stelle in die Hölle fahren zu sehen. Er würde dann an den Rand des Loches im Boden schleichen und beobachten, wie ihr selbstgerechtes Fleisch von den lodernden Flammen im Untergrund verschlungen wurde.

Natürlich ließ er sich nichts anmerken, schalt sich einen Sünder und spürte, wie ihm bei der Vorstellung, für diese bösen Gedanken gezüchtigt zu werden, das Blut in den Unterleib schoss.

»Du hast natürlich recht, mein Lieber«, entgegnete ihm seine fünf Jahre jüngere Frau. Als sie ihm zur Bestätigung die Hand auf den Arm legte, erschlaffte seine Erektion augenblicklich.

»War es denn sehr schlimm?«, fragte sie dieses Mal mitfühlend und er bekreuzigte sich, um ihr zu verstehen zu geben, dass es noch weit schlimmer war, als sie es sich jemals vorstellen könnte.

»Wenn ich nachts durch die Bezirke gehe und versuche,

die Sünder zu bekehren, erkenne ich überall das Werk des Teufels. Es ist schwer, aber nicht immer aussichtslos.«

Sabine sah das zwar anders, schwieg jedoch dazu. Seit ihr Mann es sich in den Kopf gesetzt hatte, regelmäßig als ehrenamtlicher Kirchenhelfer durch die Straßen von Berlin zu ziehen, um denen, die ein gottloses Leben führten, den Glauben näherzubringen, hatte er sich verändert. Sabine wusste nicht genau, welche Verlorenen sich ihr Mann aussuchte. Fragte sie nach, dann antwortete er ihm für gewöhnlich: »Mein Schatz, die Dinge, die ich nachts sehe, sollten wir nicht in unser gesegnetes Heim hineinlassen. Du kennst meine Meinung. Das Böse steckt in den Menschen, ist fest in ihren Köpfen verankert und von dort nur schwer zu entfernen.«

Pfarrer Antitz hatte die Aktion zwar nicht aktiv unterstützt, aber leider auch nicht abgelehnt. Er hatte Martin gewähren lassen und das hatte ihm Sabine übel genommen. Dieses eine Mal hätte sich Sabine gewünscht, der Pfarrer wäre wie üblich gegen Martins Alleingang gewesen.

»Wie läuft es im Pfarrbüro?«, fragte Sabines Mann und riss sie aus ihren Gedanken.

»Schwierig. Solange wir keinen neuen Pfarrer haben, sind mir die Hände gebunden. Ich kann keine Termine vergeben.«

»Hoffen wir, dass uns der Herr einen würdigen Nachfolger schickt«, warf Martin ein.

Das Ehepaar sah sich an. Was diesen Punkt anging, herrschte absolutes Einvernehmen zwischen den beiden.

»Ich habe gebetet«, erklärte Sabine. »Ihn angefleht, jemanden zu senden, der große Demut vor dem Amt hat.«

»Ja«, gab Martin mit geschwellter Brust von sich, »so grausam uns der Tod des guten Pfarrer Antitz auch vorkommen mag, dürfen wir nicht vergessen, dass es am Ende Gottes Wille war und womöglich …« Er zögerte angemessen. »Womöglich auch ein Ausdruck seines Missfallens.«

Sabine seufzte, senkte die Augen, bevor sie anfügte: »Pia Tanner war eine Sünderin, das ist allgemein bekannt. Womöglich sind die beiden vom Teufel geleitet worden.«

Martin trat auf sie zu, streichelte ihr gönnerhaft über den Rücken und erwiderte leicht überheblich: »Am Ende bekommt eben jeder, was er verdient.«

Kurz darauf verließ er das Haus, und Sabine, die noch etwas Zeit hatte, bevor sie ins Büro musste, stürmte ins Schlafzimmer. Dort durchsuchte sie seine Kleidung, roch an der Unterwäsche, suchte verbissen nach Hinweisen, obwohl sie es doch eigentlich längst wusste. Sie fühlte seinen Betrug und hatte sogar die Spuren seiner sündigen Nächte gesehen, zufällig. Auch wenn er versucht hatte, die Striemen zu verdecken. Normalerweise zogen sie sich nicht voreinander aus. Sie schob die Beschwerden der Menopause vor, um den ehelichen Pflichten zu entkommen, und er drängte sie nicht mehr, etwas, wofür sie sehr dankbar war. Aber offenbar hatte Martin immer noch Bedürfnisse. Sie verfluchte die leicht bekleideten Frauen, die ihre Brüste und ihre Hintern zur Schau stellten, ohne Scham oder Schuldgefühl, und einen guten Mann wie ihren Martin damit in Versuchung brachten. Es war nicht seine Schuld, sondern die der Frauen. Die Sünde ist eine Frau, das wusste doch jeder, und Martin war von Gott mit jener Schwäche erschaffen worden, die ihn nur schwer widerstehen ließ.

Sie entdeckte ein langes schwarzes Haar an seinem Hemd und atmete schwer. Vermutlich war er wieder bei einer dieser Nutten gewesen. Die, die ihn schlugen, die ihm Schmerz zufügten, den er augenscheinlich voller Wonne über sich ergehen ließ. Ihr Atem wurde ruhiger, die Wut verrauchte. Was war die Alternative? Diese Frage stellte sie sich nicht das erste Mal in ihrer langen Ehe. Sie hatte einen Mann geheiratet, der ihr redlich erschienen war. Ihre Eltern hatten einer

Freikirche angehört, die von den jungen Frauen Keuschheit bis zur Ehe gefordert hatte. Martin war zwar kein Mitglied, aber für Sabines Familie als gläubiger Katholik akzeptabel. Sie war naiv in die Hochzeitsnacht gegangen.

»Vertraue auf Gott«, hatte ihr die Mutter mit auf den Weg gegeben. Natürlich hatte sie sich nicht nur darauf verlassen. Auch wenn Sex zu Hause ein Tabuthema gewesen war, so hatte sie wenigstens im Sexualkundeunterricht der öffentlichen Schule einiges mitbekommen und außerdem aus den Jugendzeitschriften ihrer Klassenkameraden manches aufgeschnappt. Obwohl man ihr den Eindruck vermittelt hatte, alles sei völlig normal und natürlich, hatte sich der Sex für sie unangenehm, falsch und schmerzhaft angefühlt. Martin war nicht zärtlich und außerdem hatte er von ihr Dinge verlangt … Sie ließ sich aufs Bett fallen. Nein wenn sie darüber nachdachte, dann waren seine nächtlichen Streifzüge das Beste, was ihr passieren konnte. Sie würde einfach für ihn beten und über das lange Haar hinwegsehen. Schließlich war es ja nicht so, dass er sie verlassen wollte. Er hatte sich keine Freundin oder Geliebte zugelegt. Er benutzte die Frauen lediglich, kannte womöglich nicht einmal ihre Namen. Manchmal war Gottes Gnade schwer zu durchschauen. Aber eigentlich lösten sich gerade alle Probleme in Luft auf. Martin ließ sie im Schlafzimmer in Ruhe und der Pfarrer, mit dem sie sich nicht gut verstanden hatte, wurde demnächst beerdigt. Das Gleiche galt auch für Pia Tanner, die sie aus Schultagen kannte und deren damalige Kränkungen ihr heute noch wehtaten.

Oh ja, sie erinnerte sich an Pia und wie die sich über sie lustig gemacht hatte. Wegen ihres frommen Lebens, der züchtigen farblosen Kleider, der langweiligen Frisur und ihrer Naivität hatte man sie gehänselt. An manchen Tagen war es eine Qual gewesen, zur Schule zu gehen, und Pia stand immer ganz vorn und hatte mit dem Finger auf Sabine gezeigt, sie grausam behandelt. Es spielte keine Rolle, dass sie damals alle noch Kinder gewesen waren, dass so viel Zeit vergangen war. Die Angst, der Hass und die Scham konnte Sabine immer noch fühlen. Sie hatte Pia übrigens sofort erkannt, als sie an jenem Abend beim Pfarrer aufgekreuzt war.

* * *

Zur gleichen Zeit

Hauptkommissar Jens Stutter war nicht überrascht, als man ihm ankündigte, dass ein Freund von Pfarrer Antitz mit dem leitenden Beamten sprechen wollte.

Er nahm automatisch an, dass die Kirche jemanden geschickt hatte, der sich nach dem Stand der Ermittlungen erkundigen sollte. Dohmeier stand zwar mit den entsprechenden Stellen der klerikalen Verwaltung in engem Kontakt, dennoch war das persönliche Auftauchen eines Geistlichen nicht ungewöhnlich. Was Stutter allerdings verwunderte, waren erstens das Alter des Mannes – er schätzte ihn auf höchstens dreißig Jahre –, und zweitens der fehlende Ornat. Der unerwartete Gast trug Alltagskleidung. Stutter sah sich nach Jasmin um. Als er sie am Kaffeeautomaten entdeckte, winkte er sie zu sich.

»Wir bekommen Besuch«, sagte er leise und deutete in Richtung des Mannes, der gerade von einem Beamten durch die Büroräume zu ihnen geführt wurde.

Stutter wusste nicht, was ihn nun erwarten würde. Instinktiv rechnete er mit Vorwürfen. Vielleicht nicht so direkt, wie sie üblicherweise von Angehörigen kamen, die frustriert und in tiefer Trauer über die Gewalttat an einem geliebten Menschen ein Ventil brauchten. Dennoch würde die Kritik schmerzen, auch wenn man sie ohne Vehemenz aussprach.

Der Fremde wurde ihnen als Grischa Ullrich vorgestellt und blickte sie mit ernstem Gesicht an. Stutter betrachtete den Mann nun genauer und stellte fest, dass er von Angesicht zu Angesicht noch jünger wirkte.

Die Stimme von Ullrich war überraschend fest und tief, als er nun sagte: »Sie fragen sich, wie alt ich bin.«

Während Jasmin einen höflichen Widerspruch murmelte, gab sich Stutter geschlagen und antwortete: »Das frage ich mich tatsächlich. Tut mir leid, dass ich so direkt bin, aber ich dachte, ein Freund von Pfarrer Antitz wäre älter.«

Ein sanftes Lächeln erschien auf dem Gesicht seines Gegenübers. »Ich bin vierundzwanzig. Ich könnte ein Messdiener gewesen sein.«

Stutter schmunzelte. »Waren Sie denn einer?«, fragte er erneut unverblümt und kramte parallel dazu in seinem Gedächtnis, woher er den Namen kannte.

»Überlegen Sie jetzt, wieso Ihnen mein Name bekannt vorkommt?«, fragte Ullrich zufrieden. »Bleiben Sie direkt. Das ist etwas Gutes. *Direkt* heißt ohne Umwege, das wiederum bedeutet, sich nicht der Gefahr auszusetzen zu lügen. Hat zumindest der Pfarrer gesagt.«

»Also schön«, beendete Stutter gutmütig das Geplänkel. »Sie verraten mir, wer Sie sind und warum Sie mich sprechen möchten, und ich verspreche, meine Antworten weiterhin sehr direkt zu geben.«

»Ha«, entfuhr es dem jungen Mann. »Sie sind keiner, der gerne die Kontrolle abgibt, was?« Sein Blick wanderte zu Jasmin, von der er sich ganz offensichtlich Zustimmung erhoffte.

Die Oberkommissarin versuchte zwar, keine Miene zu verziehen, aber offensichtlich gelang ihr das nicht, denn Ullrich fügte noch ein »Das habe ich mir schon gedacht« an, so als hätte Jasmin ihm bestätigend zugenickt. Aber noch bevor Stutter ungeduldig werden konnte, gab Ullrich schnell Antwort: »Ich bin Künstler, ich habe das Mosaikfenster in der Kirche entworfen. Vermutlich haben Sie diesen winzig kleinen Zettel am unteren rechten Rand gelesen, da steht nämlich mein Name.«

»Beeindruckendes Werk«, reagierte Stutter ehrlich.

»Sie haben es erfasst, es soll beeindrucken. Freut mich, dass mir das in Ihrem Fall gelungen ist.« Es war schwer zu sagen, ob ihm das wirklich ernst war.

»Warum sind Sie hier? Und warum geben Sie sich als Freund von Pfarrer Antitz aus?« Die letzte Frage klang streng, und die Warnung, nicht die Zeit der Beamten zu verschwenden, war herauszuhören.

»Ich dachte, die lassen mich sonst nicht zu Ihnen, hoffte, dass es so einfacher wird.«

»Und was war mit der Direktheit und dem Vermeiden von Lügen?«

Ullrich wedelte mit der Hand durch die Luft. »Ich sagte nicht, dass das meine Devise ist, sondern die des Pfarrers war. Außerdem ist das mit dem Freund keine Lüge. Zumindest waren wir gute Bekannte.« Plötzlich verfinsterte sich seine Miene. Es wirkte übertrieben, beinahe schon theatralisch, als er zischte: »Ich will, dass der, der das getan hat, dafür bestraft wird.«

»Die Ermittlungen laufen«, erwiderte Stutter.

»Dann laufen sie schlecht«, schleuderte ihm der junge Mann entgegen und verschränkte, um seinen Worten mehr Kraft zu verleihen, die Arme demonstrativ vor der Brust.

»Und wieso nehmen Sie das an?«, fragte Stutter vorsichtig. Noch war ihm nicht klar, was dieser Mann eigentlich hier wollte.

»Ganz einfach, Sie haben mich noch nicht befragt.«

»Standen Sie denn in engem Kontakt mit dem Pfarrer? Soviel ich weiß, wurde das Fenster bereits Anfang letzten Jahres eingeweiht. Sahen Sie sich öfter?«

»Nein«, gab Ullrich Antwort und bemerkte, wie sich langsam Ungeduld auf den Gesichtern der Polizisten abzeichnete. Noch bevor die ihn jedoch zum Gehen auffordern konnten, fügte er an: »Wir hatten die ganze Zeit keinen Kontakt mehr, und dann plötzlich taucht er kurz vor seinem Tod bei mir auf.«

* * *

Zur gleichen Zeit im Haus von Familie Weiz

Sabine Weiz saß immer noch zwischen den zerwühlten Kleidern ihres Mannes. Sie hielt sogar seine Socken in der Hand, als sie an jenen Abend im Pfarrhaus dachte. Normalerweise blieb sie gar nicht so lange im Büro, aber ihr war ein Schnitzer im Terminkalender unterlaufen und sie hatte einiges an Telefonaten zu führen, um Taufen, Hochzeiten und Beerdigungen wieder ins Gleichgewicht zu bringen. Pfarrer Antitz hatte ihr keinen Vorwurf gemacht. So war er nicht, er ließ die Menschen lieber still leiden.

Sie hatte sich wegen des Missgeschicks schlecht gefühlt und seine gütigen Blicke und die Worte: »Nichts, was man nicht wieder hinbekommt«, waren ihr wie Häme vorgekommen. Er hatte ihr einmal gesagt, sie dürfe nicht so empfindlich sein, auch das hatte sie geärgert.

An jenem Abend verabschiedete sie sich spät vom Pfarrer, er behauptete, noch an einer Predigt arbeiten zu wollen. Sie verließ völlig gestresst das Büro und war schon am Wagen, als sie feststellte, dass sie ihre Autoschlüssel in der Schreibtischschublade vergessen hatte. Die Flüche, die ihr daraufhin über die Lippen kamen, hätten vermutlich einige Ave-Marias zur Buße bedurft. Tapfer schritt sie zurück, versuchte, beim Öffnen der Tür keinen Lärm zu machen, um sich eine weitere entsprechend demütigende Bemerkung zu ersparen, und schlüpfte schnell in ihr Büro. Da hörte sie die Frauenstimme. Die Neugier war stärker als die Vorsicht, und so wagte sie einen Blick durch den Türspalt. Pia Tanner aufgelöst in den Armen des Pfarrers. Er streichelte ihr Haar, sprach sanft auf sie ein. Sabine verstand ihn kaum, schnappte aber Worte auf wie: »Es ist schwer für mich«, und Pia antwortete etwas von wegen: »Es wird unser Geheimnis bleiben.«

Plötzlich hob der Pfarrer den Kopf und blickte zur Tür. Er musste sie gesehen haben. Sabine hasste ihn dafür. Wieder war es ihm gelungen, eine ihrer Schwächen offenzulegen. Jetzt wusste er, dass sie herumgeschnüffelt hatte. Sie stürmte aus dem Gebäude, wütend, aber auch voller Angst. Was, wenn der Pfarrer allen erzählen würde, dass sie ihn ausspionierte. Pfarrer Antitz konnte gut mit Worten, er tat den lieben langen Tag nichts anderes, als zu reden. Heute wurde sie von allen respektiert, aber was wäre, wenn der Pfarrer sie in Misskredit brächte? Sie malte sich seine Lügen aus, dachte an Pia Tanner, die mit dem Finger auf sie deuten und »Heuchlerin« rufen würde. Niemand würde ihr glauben.

Und dann hatten sich ihre Sorgen in Luft aufgelöst. Die Polizei war erschienen, hatte vom Tod der beiden erzählt und Fragen gestellt. Sabine hatte über Pfarrer Antitz und Pia Tanner geschwiegen.

Sie legte die Socken ordentlich zusammen. Ja, es war, wie Martin sagte; das Böse sitzt in den Köpfen der Menschen und ist dort nur schwer herauszubekommen. Es war gut, dass Pia Tanner tot war, und es war gut, dass der Pfarrer tot war. Sabine bekam dadurch eine zweite Chance. Vielleicht schickte Gott sogar einen Nachfolger, der dieses grauenhafte Mosaikfenster beseitigen lassen würde.

* * *

Zur gleichen Zeit im Gerlseer Revier

Der Hauptkommissar hatte beschlossen, die Unterhaltung im Besprechungszimmer fortzuführen. Da Dohmeier außer Haus war, begleiteten nur er und Jasmin den Künstler Grischa Ullrich.

Man bot dem Mann einen Kaffee an, und als jeder einen Becher dampfender Flüssigkeit vor sich hatte, begann Stutter gezielte Fragen zu stellen.

Ullrich antwortete ausführlich. »Pfarrer Antitz kam zu mir, das hat mich selbst überrascht. Wir hatten uns lange nicht mehr gesehen, und normalerweise hätte er doch auch angerufen, oder?«

Stutter zuckte mit den Schultern. »Sagen Sie es mir. War es ungewöhnlich, dass er ohne Anmeldung aufgetaucht ist?«

»Allerdings«, fuhr Ullrich fort. »Pfarrer Antitz war immer sehr darauf bedacht, unaufdringlich zu sein. Deshalb nahm ich auch automatisch an, es wäre etwas passiert.«

Jasmin unterbrach den Zeugen und fragte irritiert: »Sind Sie denn so gut bekannt gewesen, dass der Pfarrer Sie in einem Notfall aufgesucht hätte?«

Der junge Mann grinste nun breit. »Oh nein« gab er offen zu, »Sie verstehen das falsch. Ich dachte, es betrifft einen Notfall mit dem Fenster.«

»Dem Fenster?«, rutschte es der Oberkommissarin heraus, die sich im Stillen ermahnte, nicht wie ein Papagei zu reagieren.

»Ja, das Fenster«, entgegnete der andere gedehnt. Dann fuhr er sich durchs Haar, legte eine erschöpfte Miene auf und erklärte: »Sie haben ja keine Ahnung, was es uns an Kraft gekostet hat, dieses Fenster durchzusetzen.«

Als keiner der beiden reagierte, wurde er noch deutlicher: »Sie haben es gesehen, es beeindruckt die Menschen, aber es erschreckt sie auch. Mein erster Entwurf war noch intensiver, aber ich musste ihn anpassen. Das war eine richtige Schlacht, die der Pfarrer für mein Werk geschlagen hat.«

»Warum eigentlich?«, fragte Jasmin nach und merkte erst zu spät, dass sich das abschätzig anhören könnte. »Tut mir leid«, fügte sie deshalb schnell an.

»Nein, das ist eine gute Frage, die ich mir auch gestellt habe. Es gab damals eine Ausschreibung. Berliner Künstler sollten ihre Ideen präsentieren. Motive für das Fenster vorschlagen. Ich gebe zu, meiner war der Unangepassteste und ich habe mir ehrlich keine Chancen ausgerechnet. Es gab eine große Veranstaltung in der Kirche. Ich stand im wahrsten Sinne des Wortes abseits und die meisten der Gemeindemitglieder rümpften die Nase, wenn sie mich und meine Kunst inspizierten, als wäre ich ein Aussätziger. Nur der Pfarrer, der nahm sich Zeit, betrachtete meinen Vorschlag lange und fragte dann, warum ich diese Szene so gezeichnet hätte. Er meinte wohl *so wüst, so hässlich.*«

»Ich antwortete: ›Weil es nichts Schönes daran gibt, wenn man aus dem Paradies vertrieben wird, und egal, wie lange wir uns das auch einreden werden, wir haben damals das Glück verloren.‹«

Er war sehr ernst geworden und Stutter hatte sofort das Gefühl, dass der so sicher auftretende junge Mann eine entsprechend unsichere Vergangenheit hinter sich hatte.

»Ich bin ein Junkie-Kind«, sagte er wie aufs Stichwort. »Ich kam süchtig auf die Welt, weil meine Mutter sich bis zum neunten Monat vollgedröhnt hat«, erklärte er ungeniert. »Kennengelernt habe ich sie nie, sie setzte sich den goldenen Schuss nicht lange nach meiner Geburt. Fragen Sie nicht, wer mein Vater ist, ich habe keine Ahnung. Meine Großmutter hat versucht, mich großzuziehen, aber es verging kein Tag, an dem sie in mir nicht die Enttäuschung über die eigene Tochter sah, und entsprechend freudlos war unsere Beziehung. Ich leide an Epilepsie und heftigen Migräneattacken, Spätfolgen der versauten Schwangerschaft. Manchmal sind die Anfälle so stark, dass ich das Gefühl habe, mein Schädel würde explodieren. Aber nicht nur mein eigenes Schicksal ist erschreckend. Sehen Sie sich nur um. Wir leben in einer Welt, in der wir ständig von einem spitzen Pfahl zum nächsten hüpfen. Nehmen Sie nur Ihren Beruf. Denken Sie, was Sie wollen, aber die Vertreibung aus dem Paradies ist für mich der hässlichste Akt, der der Welt jemals widerfahren ist.« Dann neigte er den Kopf und sagte leichthin: »Ob verdient oder nicht, ist allerdings eine andere Frage.«

»Sie sind ein gläubiger Mensch«, stellte Stutter ganz selbstverständlich fest.

»Nein«, reagierte Ullrich regelrecht schockiert. »Überhaupt nicht. Ich glaube nicht, dass da oben …« Er deutete mit dem Zeigefinger Richtung Himmel. »… jemand sitzt und über uns wacht.« Er musste die verwunderten Gesichter der Beamten bemerkt haben und versuchte, sich zu erklären. »Ich glaube, dass irgendwer diese Geschichten in der Bibel erfunden hat, um den Menschen auf subtile Weise einen Spiegel vorzuhalten. Nehmen wir nur diese Vertreibungsgeschichte. Ich sehe es so: Wir haben uns das Paradies, das wir hätten haben können, selbst versaut und tun es immer noch.«

»Und Pfarrer Antitz kannte Ihre Einstellung?«, hakte nun Jasmin nach.

»Ja«, entgegnete Ullrich aufrichtig. »Wir führten viele Gespräche zu dem Thema. Ihm machten solche Diskussionen Spaß und er war sehr gut darin«, fügte der Künstler anerkennend an. »Ich gebe zu, dass er in mir zumindest den Wunsch geweckt hat, dass es ein höheres Wesen gibt, das eines Tages doch noch alles in Ordnung bringen könnte.«

»Sie waren also tatsächlich ein Freund von Pfarrer Antitz«, bemerkte Stutter interessiert.

»Wir hatten Respekt voreinander und ich mochte den Pfarrer. Freundschaft zu definieren, finde ich schwierig.«

»Aber er hat sie aufgesucht, kurz bevor er starb«, stellte

der Hauptkommissar eine weitere Frage, um beim Thema zu bleiben.

»Das ist richtig. Er kam ohne Voranmeldung und ich befürchtete, wie gesagt, das Schlimmste. Wir hatten uns immerhin eine lange Zeit nicht mehr gesehen. Ich dachte, er verkündet mir, dass mein Mosaikfenster entfernt wird.«

Ihm wurde erst im Nachhinein bewusst, dass seine Gesprächspartner womöglich nicht über diese Dinge Bescheid wussten.

»Mein Fenster hat ziemlich viel Stress verursacht. Nicht jeder war davon begeistert, aber Pfarrer Antitz wollte es unbedingt. Für mich war das der Durchbruch. Ich verkaufe mittlerweile Drucke davon und habe mehrere Anfragen bezüglich moderner Kirchenmalerei. Es gibt einen Markt für meine Art der Interpretation. Ich kann dank dem Pfarrer heute meinen Traum leben. Ich wollte immer nur malen.«

»Wenn ich Sie richtig verstanden habe, ging es aber bei dem letzten Besuch des Pfarrers nicht um das Mosaikfenster«, unterbrach ihn Stutter.

»Nein, er war als Privatmann bei mir. Anfangs sprachen wir vor allem über meine Arbeit und wie es mir seither ergangen ist. Ich habe ihn natürlich gefragt, warum er mich aufsucht und das zu relativ später Stunde.«

Die Beamten lauschten angespannt den Ausführungen des Zeugen, beugten sich ganz unbewusst leicht nach vorn, als er nun zum Punkt kam.

»Er antwortete ausweichend, meinte, ich sei ihm in den Sinn gekommen und er würde unsere anregenden Gespräche vermissen, dann schien er es sich plötzlich anders zu überlegen, wollte gehen. Aber ich hielt ihn zurück, bat ihn, Platz zu nehmen, und wir tranken einen Tee zusammen, so wie früher. Ich kann nicht so gut mit Menschen«, sagte Ullrich nun und hob entschuldigend die Hände. »Die meisten langweilen mich. Ich hasse es, über alltägliches Zeug zu quatschen. Aber der Antitz war anders, deshalb lud ich ihn ein zu bleiben.«

Jasmin dachte bei sich, dass Ullrich dafür, dass ihn Unterhaltungen langweilten, ziemlich weit ausholte.

»Jedenfalls«, fuhr Ullrich fort, »wirkte er auf mich nervös. Irgendetwas stimmte nicht mit ihm.«

»Geht das auch genauer?«, fragte Stutter um Geduld bemüht, da er langsam den Eindruck hatte, der junge Mann wolle sich vielleicht nur wichtigmachen, hoffe eventuell auf einen Presseauftritt, wenn er sich irgendwie als Zeuge in eine Morduntersuchung schmuggeln konnte.

»Er hatte Probleme«, entgegnete Ullrich pathetisch.

Als eine Reaktion der Polizisten ausblieb, fuhr er gereizt fort: »Pfarrer Antitz hatte nie Probleme, aber plötzlich fragte er mich, wie ich Verrat abbilden würde. Ich weiß nicht mehr den genauen Wortlaut, aber ungefähr sagte er: ›Wie bringt man die Lüge und gebrochene Versprechen auf die Leinwand?‹« Er seufzte.

»Was haben Sie geantwortet?«, wollte Stutter wissen.

Ullrich machte ein verlegenes Gesicht. »Ich antwortete: ›Unschuld wird zu Schuld, Schuld zur Scham und Scham zur Lüge.‹ Ich schlug spontan ein erotisches Bild vor, das den Ehebruch thematisiert, denn das hätte eine starke Wirkung.«

»Wie hat er reagiert?«

»Er gab mir recht, sagte: Untreue sei schlimm, aber manchmal kann man nicht jeder Seite gerecht werden. Dann stand er auf und verabschiedete sich. Ich fragte ihn, ob alles in Ordnung sei, er bestätigte das, behauptete, er hätte vergessen, dass er noch etwas vorbereiten müsse, bedankte sich für den Tee und verschwand. Wir versprachen uns, in Kontakt zu bleiben. Und dann erfahre ich, dass man ihn ermordet hat. Erst beschließe ich zu warten, dachte, die Polizei wird schon bei mir aufkreuzen. Ich wollte Sie ja nicht unnötig drängen. Aber niemand kommt und dann höre ich von der toten Frau in der Kirche und mir fällt unser Gespräch ein.

Deshalb habe ich Sie aufgesucht. Ich bin mittlerweile davon überzeugt, dass der Pfarrer zu mir kam, weil er jemanden zum Reden brauchte. Er war in einer Zwickmühle wegen der Frau. Deshalb das Gequatsche vom gebrochenen Versprechen. Es ging um sein Keuschheitsgelübde.«

»Und Sie denken, er hätte sich Ihnen anvertraut«, warf Jasmin ungläubig ein. »Sie sind weder ein Geistlicher noch in seinem Alter. Wäre das nicht ungewöhnlich?«

Ullrich verzog das Gesicht. »Als würde jeder, der gegen die Regeln verstößt, gleich zu seinem Boss rennen, um sich freiwillig anzuschwärzen. Selbst wenn er nur über seine Sünden philosophiert hätte, wäre sicher einer seiner Kollegen hellhörig geworden. Bei mir konnte er sich sicher sein, dass unser Gespräch keinerlei Konsequenzen hat.«

»Mehr hat er nicht gesagt?«, fragte Stutter sicherheitshalber noch einmal nach.

»Nee«, krähte Ullrich, »ich habe Ihnen alles erzählt. Aber wenn ich gewusst hätte, dass der Mann in so einer Krise steckte, hätte ich ihm geraten, das zu tun, wozu er Lust hat.«

»Ja, das hätte ihm sicher geholfen«, konnte sich Jasmin nicht verkneifen zu antworten.

Ullrich sah sie missbilligend an. »Natürlich hätte es das. Eine einfache Entscheidung, die Liebe oder der Job.«

»Vermutlich war es für den Pfarrer nicht ganz so einfach«, konnte sich Jasmin nicht zurückhalten, erinnerte sie diese Diskussion doch zu sehr an ihr eigenes unglückliches Privatleben.

Ihr Gegenüber grinste. Es war, als hätte er sie durchschaut, als er weise entgegnete: »Die Entscheidung ist einfach, das Schwierige ist, hinterher mit ihr zu leben.«

Stutter ging dazwischen, indem er sagte: »Ich bin froh, dass Sie uns aufgesucht haben. Wir werden gleich noch ein Protokoll aufnehmen.« Er überlegte, ob er die nächste Frage stellen sollte, entschied sich schließlich dafür. »Hätten Sie es vor diesem letzten Gespräch für möglich gehalten, dass der Pfarrer sein Keuschheitsgelübde bricht?«

Ullrich überlegte, ließ sich mit der Antwort Zeit, wägte sorgfältig ab und erwiderte schließlich: »Nein. Ich hielt ihn für einen Fels seines Glaubens. Aber«, fügte er noch an, »aber an diesem Abend, da schien es, als hätte ihn etwas aus der Spur geworfen. Als würde der Fels bröckeln.«

6

In den Räumen der Firma »Ohmfeld Bestattungen« zur gleichen Zeit

Maia Tanner saß in einem der Andachtsräume und starrte auf den einfachen Holzsarg. Es war selten, dass die Leute dieses günstige Modell für eine Erdbestattung wählten, aber manchmal ging es eben nicht anders. Die Scham, dem geliebten Menschen nicht eine würdige Abschiedszeremonie mit Prunk und Glanz zu bieten, musste dann eben aufgrund eines zu kleinen Budgets ertragen werden.

Maia fragte sich, warum ihr gerade solche unwichtigen Dinge durch den Kopf gingen. Sie würden für Pia ein teures Modell, einen glänzenden Mahagoni-Sarg, kaufen. Es spielte keine Rolle, dass man den später mit der Leiche ihrer Schwester verbrennen und nichts davon übrig bleiben würde. Selbst Frederike hatte zugestimmt und die ältere Schwester war normalerweise immer sehr praktisch. Irgendwie hatten beide das Bedürfnis, die Trauerfeier aufwendig und teuer zu gestalten.

Maia schluchzte unvermittelt auf. Sie erschrak, als ihr

eigener qualvoller Laut die Stille, die im Andachtsraum herrschte, unterbrach.

Ja, sie wollten sich freikaufen, die Schuld begleichen. Plötzlich spürte Maia eine unbändige Wut aufsteigen. Dieses Mal richtete sich die nicht gegen sich selbst, sondern gegen Frederike. Frederike mit ihrer kalten Art, ihrer Besserwisserei und dem ständigen Bestimmen. So war das seit ihrer Jugend. Erst hatte der Vater das Leben der drei Mädchen gelenkt, dann Frederike.

Sie verspürte den Drang, den Tränen ihren Lauf zu lassen, laut zu weinen und zu stöhnen, zu klagen. So vertieft bemerkte sie nicht, wie sich ihr von hinten eine Gestalt näherte.

Der dicke hellblaue Teppichboden schluckte die Schritte des Mannes. Erst als er seine Hand auf Maias Schulter legte, zuckte die zusammen.

»Was tust du da?«, schnauzte sie Viktor Ohmfeld, den Betreiber des Bestattungsinstituts, an.

»Mein Beileid ausdrücken«, antwortete der entschuldigend.

Maia verzog abschätzig das Gesicht. Sie vermied seine Nähe und er wusste das. Dennoch sahen sie sich gelegentlich. Heute sollte Maia die Blumenbestellung für die nächste Beerdigung entgegennehmen.

»Du und deine Schwester arbeitet schon wieder?«, fragte er mit unergründlicher Miene. Sein Blick fiel auf den Sarg, der vorne bereits aufgebahrt war. »Die Familie wünscht sich für den Opa eine Erdbestattung, eigentlich sollte es wegen der Kosten eine Feuerbestattung werden. Nun ja, du weißt ja, dass ich gelegentlich bereit bin, Sonderpreise zu machen, so kann ich helfen«, sagte er und sah sie erneut an. »Die Familie ist mir nun sehr dankbar. Du solltest dich mit deinen Blumenpreisen ebenfalls zurückhalten, bevor die Leute es sich aus finanziellen Gründen doch noch anders überlegen müssen.«

»Keine Sorge«, antwortete sie gereizt. »Dieser Sarg wird in der Erde begraben werden. Ich arrangiere etwas Passendes.«

»Nicht zu viel Grün, auch wenn das billiger ist«, sagte Ohmfeld spitz. »Im Sinne der Nächstenliebe wären einige Lilien schön.«

»Was weißt *du* denn von Nächstenliebe?«, zischte Maia und stand auf. Sie wollte an ihm vorbei, aber er verstellte ihr den Weg.

»Ich sehe doch, dass es dir schlecht geht. Sieht Frederike das auch?«

Maia runzelte die Stirn. »Was soll das denn jetzt?«

»Wir wissen doch beide, dass deine Schwester dich und Pia immer untergebuttert hat. Dass sie euer Leben bestimmt, dass du eigentlich anders bist als sie.«

»Was geht dich unsere Familie an?«, schnauzte sie. »Kümmere dich lieber um dein eigenes *wunderbares* Glück«, fügte sie süffisant an. »Wie geht es Linda? Muss doch komisch sein, wenn der Ehemann seine ganze Zeit mit Leichen verbringt.«

Ohmfeld trat einen Schritt näher und sie erkannte, wie sich auf seiner Stirn ein dünner Schweißfilm bildete. Eigentlich, dachte Maia, war Viktor kein unattraktiver Mann. Und er roch gut, das tat er immer – trotz der Chemikalien, die er für seine Arbeit benutzte, und der irrigen Vorstellung, dass ihn ständig eine Wolke Fäulnisgase umgeben müsste.

»Warum tust du das?«, fragte er sanft.

Sie hasste seine Unberechenbarkeit, hatte eine wütende Reaktion auf ihre Sticheleien erwartet, aber jetzt tat es ihr fast wieder leid, keine Ruhe gegeben zu haben.

»Ich tue gar nichts«, meckerte sie und schob sich an ihm vorbei.

»Soll ich mich um Pia kümmern, wenn man sie freigibt?«, rief er ihr noch hinterher.

»Nie im Leben«, schnauzte sie im Gehen und ließ Viktor Ohmfeld kopfschüttelnd zurück.

Wieder einmal fragte er sich, was er nur tun sollte. Maia bescherte ihm schon seit Langem schlaflose Nächte. Er versuchte, sie aus seinem Kopf zu bekommen, aber bei den unmöglichsten Gelegenheiten musste er an sie denken. Es war eine Qual, eine Qual, die schon viele Jahre andauerte, und er hatte keine Ahnung, wie er das beenden sollte.

»Schatz?«, riss ihn Lindas feine Stimme aus den Grübeleien.

Seine Frau war Maia offensichtlich im Flur begegnet, denn nun fragte sie überrascht: »Übernimmt *sie* etwa die Blumendeko? Als wären die auf das Geld angewiesen. Man sollte doch annehmen, dass so kurz nach dem Tod der jüngeren Schwester die Gärtnerei geschlossen bleibt. Geldgeiles Miststück«, zischte Linda.

»Vermutlich hilft ihr die Arbeit, damit klarzukommen«, versuchte Viktor einzulenken.

»Natürlich musst du das sagen«, reagierte seine Frau schnippisch. »Die wunderbare Maia Tanner ist ja ohne Fehl und Tadel.«

Er schwieg, was sie nur noch mehr in Rage brachte.

Eine Angestellte erschien und so entging Viktor einer weiteren Diskussion über Maia Tanner und Lindas Drängen, die Zusammenarbeit mit ihr einzustellen.

»Chef, die Angehörigen vom Motorradunfall sind im Büro.«

»Ich komme«, erwiderte Viktor gefasst und nickte seiner Frau mit einem traurigen Blick zu.

Linda verzog das Gesicht, als sie allein war. »Diese verfluchte Maia«, flüsterte sie wütend. »Warum hat nicht Maia anstatt Pia sterben können? Alles wäre dann einfacher«, fügte Linda leise an. Sie rückte einige Stühle gerade, strich über die Lehnen, entfernte Fussel.

Auch ihre Gedanken drehten sich zu oft um Maia Tanner. Linda war siebzehn Jahre jünger als Viktor. Vor sechs Jahren hatten sie geheiratet, kennengelernt hatten sie sich über eine Dating-Plattform. Linda war da bereits vierunddreißig gewesen. Sie wollte unbedingt eine Familie gründen, einen zuverlässigen Partner finden. Viktor hatte ihr erst bei ihrem dritten Treffen erklärt, dass er ein Beerdigungsinstitut besaß. Der damals Zweiundfünfzigjährige schien ihr dennoch eine gute Partie, gestorben wurde schließlich immer, somit konnte man von einem krisensicheren Unternehmen sprechen. Und Viktor war großzügig. Sie hatte sich das Wohnhaus neben der Firma komplett neu gestalten können, und er erfüllte ihr den Kinderwunsch. *Klein Basti* war fünf Jahre alt und ihr ganzer Stolz. Sie würde ihrem Kind alles ermöglichen können, und dafür nahm sie den Beruf ihres Mannes gern in Kauf.

Was ihr allerdings nicht behagte, war seine Verbindung zu Maia Tanner. Sie hatte ziemlich bald nach der Hochzeit bemerkt, dass Viktor ihr etwas verheimlichte. Automatisch hatte sie eine andere Frau in Verdacht, und ziemlich schnell ging ihr auf, dass es sich dabei um Maia Tanner handeln musste. Zwischen Viktor und Maia bestand eine merkwürdige Vertrautheit. Sicher, sie gingen meist schroff miteinander um, vor allem Maia verhielt sich stets unfreundlich, aber das schloss eine Affäre ja nicht aus. Es bestand offenbar eine Art Hassliebe zwischen den beiden, ein Band, gegen das sie nicht ankam. Linda hatte ihren Mann noch nie direkt darauf angesprochen. Vermutlich, weil sie Angst davor hatte, dass er gestehen und sie am Ende verlassen würde. Und dann schien es ihr auch wiederum zu fantastisch, denn eigentlich war Viktor gar nicht der Typ für eine Affäre, und dennoch nagten Zweifel an ihr.

Sie hörte Stimmen. Viktor führte die Hinterbliebenen zu den ausgestellten Särgen, da wollte sie lieber nicht dabei sein, deshalb schlüpfte sie schnell aus dem Seitenausgang. Maias Lieferwagen stand nicht mehr auf dem Hof. Schade, sie hätte gern gegen eines der Räder getreten, um den Frust loszuwerden. Dann fiel ihr Blick auf die Uhr und sie strahlte. Zeit, ihren Sonnenschein Basti aus dem Kindergarten abzuholen. Der Junge war sowieso das einzig Wichtige in ihrem Leben, warum sich also Gedanken um Maia Tanner machen?

* * *

Am späten Abend in Berlin, nahe der Oranienburger Straße

Der Einsatz war schon lange geplant. Die Beamten huschten schnell in den Hinterhof, sicherten den Seitenausgang und stürmten das Gebäude, ohne Zeit zu verlieren. Das Ziel lag im dritten Stock, einen Fahrstuhl gab es nicht. Priorität hatte, dass keine Unschuldigen zu Schaden kamen. Eine einwandfreie Koordination der Einsatzkräfte war wesentlich für solche Zugriffe.

Die entsprechende Wohnungstür wurde aufgebrochen, dann hörte man lautes Rufen, Schreie und die Anweisung, die Hände über den Kopf zu heben und sich niederzuknien.

Die Männer und Frauen in der verrauchten Wohnung waren viel zu überrascht, um zu irgendeiner Gegenwehr anzusetzen. Innerhalb kürzester Zeit war der Einsatzort gesichert, trugen die Verdächtigen Handschellen und konnten die Beweismittel beschlagnahmt werden: Rauschgift und diverse Waffen. Die Beamten waren zufrieden, es hatte sich gelohnt, wieder einmal das eigene Leben zu riskieren, um dadurch das von anderen Menschen sicherer zu machen.

Wie immer verhielten sich die Verhafteten unterschiedlich, die Beamten kannten das schon. Da gab es die, die schuldbewusst die Köpfe senkten und denen in jenem Moment klar wurde, dass man sie erwischt hatte und nun zur Verantwortung ziehen würde. Natürlich waren auch wieder einige dabei, die trotz der Beweislast behaupteten, völlig unschuldig zu sein und dass alles nur ein gewaltiges Missverständnis sei. Und ebenfalls nicht überraschend war, dass einer der Festgenommenen versuchte, seine eigene Haut zu retten, indem er den Beamten einen Handel vorschlug.

Man hatte Stutter in seinem Hotel angerufen, ein Mitarbeiter von Hauptkommissar Dohmeier hatte es übernommen, die Kollegen vom BKA zu informieren.

Jetzt standen Jasmin und ihr Vorgesetzter im Nebenzimmer und blickten durch die verspiegelte Scheibe. Im Verhörraum saß ein zwielichtiger Typ mit bis zum Bauchnabel aufgeknöpftem weißen Hemd. Er hatte eine schmale, glatt rasierte Brust, einen grau gefärbten wallenden Haarschopf, der absichtlich in verschiedene Richtungen gekämmt worden war, und einen spöttischen Gesichtsausdruck. Jasmin schätzte den Kerl auf Anfang zwanzig.

»Der ist doch gerade mal der Schulbank entsprungen und verhält sich schon wie ein abgebrühter Mafiaboss. Die werden echt immer jünger«, bemerkte sie deshalb.

»Oder wir immer älter«, warf Stutter amüsiert ein. »Sein Name ist Daniel Lohmann.«

* * *

Etwa zur gleichen Zeit im Bestattungsinstitut Ohmfeld

Viktor Ohmfeld befand sich im Keller seines Beerdigungsinstituts. Zu dieser späten Stunde war er allein. Die Mitarbeiter saßen bereits zu Hause bei ihren Familien. Falls sie in der Nacht noch jemanden abholen mussten, hatte einer der Fahrer Bereitschaft.

Linda kam nie hier herunter, sie fürchtete sich vor den

Leichen. Wenn überhaupt, dann betrat sie nur die oberen Geschäftsräume. Sie ging ganz in ihrer Rolle als Mutter und Hausfrau auf, half gelegentlich bei der Buchhaltung und schuf ihm ein gemütliches Zuhause, wofür er sehr dankbar war.

Mit einem Seufzer betrachtete er die Tote auf der Bahre. Man hatte sich auf einen offenen Sarg geeinigt, obwohl er bei einem Unfallopfer meist von einem Abschiednehmen am aufgebahrten Leichnam abriet. Aber diese junge Frau hatte sich bei dem Sturz mit dem Motorrad das Genick gebrochen und war ansonsten unversehrt geblieben, was fast an ein Wunder grenzte, wenn man den zertrümmerten Körper des Fahrers gesehen hatte, der in einem der Kühlfächer lag.

Viktor hatte beschlossen, die Tote noch heute vorzubereiten. Bei der Besprechung hatte die Mutter gezögert, gesagt, sie sehne sich danach, ihr Kind noch einmal zu sehen, aber gleichzeitig war da die Angst, den Schock nicht zu überwinden. Er würde dafür sorgen, dass der Mutter die Abschiednahme Frieden schenken würde. Und warum sollte er auch nicht gleich an die Arbeit gehen? Nach der Begegnung mit Maia Tanner stand ihm der Sinn sowieso nicht danach, sich in Lindas Nähe aufzuhalten. Er musste zunächst den Kopf freibekommen.

Während er anfing, vorsichtig die Leiche abzuwaschen, fragte er sich, wie er Maia entkommen konnte. Gedankenverloren betrachtete er das Wasser, das das helle Haar der Toten dunkler erscheinen ließ. Durch die blasse Haut schimmerten bläuliche Linien. Sie war selbst im Tod noch attraktiv.

Ein weiteres verschwendetes Leben, dachte er mitfühlend und warf der toten Frau mit den geschlossenen Augen ein Lächeln zu. Er sprach nicht mit ihnen, er betrachtete sie nur, stellte sich manchmal vor, wie ihr Leben gewesen war.

Aber gelegentlich, so wie heute, da war ihm der Tod viel

bewusster und die Leiche berührte ihn, durch die Hilflosigkeit, die er mit dem reglosen Körper verband.

Hilflos, ja, das war er auch gewesen. An jenem Abend, als plötzlich Maia Tanner in seinem Keller aufgetaucht war. Er hatte nicht mit Besuch gerechnet. Sie war noch niemals unten gewesen. Sie arbeiteten damals schon einige Zeit zusammen. Eine Kooperation, die sich einfach so ergeben hatte. Maia war eine begnadete Floristin und geschickt darin, Gestecke zu binden. Außerdem machte sie moderate Preise. Es war eine einfache Geschäftsbeziehung gewesen:

»Guten Tag! Wie viel kostet das? Auf Wiedersehen.«

Nie hatten sie über Persönliches gesprochen, nie einen Witz miteinander gemacht oder zusammen gelacht. Und dann stand sie einfach so in seinem Keller. Es war im Sommer gewesen, das würde er nie vergessen. Einer dieser Jahrhundertsommer, in denen auch die Nächte keine Abkühlung brachten. Nur in seinem Keller, da war es angenehm gewesen. Er hatte vergessen, die Tür abzuschließen, Linda war er zu der Zeit noch nicht begegnet, und so war das, was in diesem Keller geschah, auch zu niemandes Schaden gewesen.

Ihn erregte es immer noch, wenn er an den nackten, kühlen Körper dachte und wie er seine eigene Hitze gespürt hatte. Es war eine zärtliche Vereinigung gewesen, er war immer bemüht gewesen, beim Sex liebevoll und sanft zu sein. Respekt war schließlich wichtig.

Resigniert atmete er aus. Dann war es vorbei gewesen. Er mit heruntergelassenen Hosen und Maia Tanner, die ihn angestarrt hatte. Kein Wort war über ihre Lippen gekommen – und dabei hätte er sich gewünscht, sie würde etwas sagen. Sie war einfach gegangen. Und später?

Sie war nicht nett gewesen, nicht verständnisvoll oder bedauernd. Jedes ihrer Worte schleuderte sie ihm mit eisiger Kälte entgegen, als könnte sie dadurch ändern, was im Keller geschehen war. Aber es kam noch schlimmer. Die Fronten zwischen ihnen verhärteten sich und er konnte sich nicht von ihr lösen, war ihr ausgeliefert, vermutlich für immer. Er war ihr Gefangener, ihr Lakai – und er hasste es.

Zum ersten Mal sprach er mit einer der Toten: »Du hast es hinter dir, nicht wahr?«, sagte er zu der jungen Frau auf der Bahre. »Und du sollst in der Gewissheit gehen, dass du geliebt wurdest. Siehst du«, fügte er noch lächelnd an. »Die haben dir deine Lieblingskleider herausgesucht. Es wird ein schöner Abschied werden.«

Noch einmal tauchte das Bild von Maia Tanner vor seinem geistigen Auge auf und er dachte: *Wenn sie doch nur auch hier liegen würde, damit ich mich für immer von ihr verabschieden könnte.*

* * *

Vernehmung von Daniel Lohmann

Daniel Lohmann lehnte sich lässig zurück, als Dohmeier das Vernehmungszimmer betrat.

»Nee, sieh einer an«, sagte er schnoddrig, »lässt sich mal endlich jemand blicken.«

Dohmeier wirkte nicht sonderlich entspannt und Stutter im Nebenzimmer befürchtete schon, der Kollege würde sich von dem jungen Mann provozieren lassen, aber dann zeigte sich der Gerlseer Beamte von einer äußerst routinierten Seite.

In angemessenem Ton mahnte er sein Gegenüber, höflich zu bleiben, sonst würde das Gespräch jetzt und hier enden.

»Hey, ich bin gechillt«, entgegnete Lohmann großkotzig und erntete dafür eine hochgezogene Augenbraue des Polizisten.

Kleinlaut fügte er daraufhin an: »Mann, ich will nur helfen.«

»Sie wollen uns helfen, das ist anständig von Ihnen«,

erwiderte Dohmeier schnippisch. »Und angesichts der Tatsache, dass wir Sie gerade wegen gewerbsmäßigen Drogenhandels festgenommen haben, sollten Sie sich bei uns tatsächlich schnellstmöglich beliebt machen. Denn fünfzehn Jahre Gefängnis ist eine verdammt lange Zeit zum Chillen.«

»Hey«, verlor Lohmann nun völlig seine schnoddrige Art. »Ich war da nur zufällig, hatte nichts mit dem Scheiß zu tun.«

»Sie saßen nicht in der mangelhaft ausgeschilderten Damentoilette eines Klubs, als Sie die Kollegen gefunden haben. Sie hielten sich in einer Wohnung auf, in der gerade Drogen gegen Waffen getauscht wurden. Und wir sprechen hier auch nicht von ein paar Gramm Marihuana und einem Messer-Set vom Discounter. Wir nennen das organisierte Kriminalität, und das Betäubungsmittelgesetz sieht da großzügige Haftstrafen vor. Also wenn überhaupt, dann tue *ich* Ihnen hier gerade einen Gefallen, verspielen Sie Ihre Chance nicht mit blödem Gelaber. Sie haben etwas zu sagen, dann sagen Sie es, oder ich bin weg.«

Jasmin im Nebenzimmer grinste. »Kollege Dohmeier weiß, was er tut. Kein Wunder, dass er genervt ist, weil man ihm uns vor die Nase gesetzt hat.«

Stutter nickte zustimmend, wollte etwas erwidern, schwieg dann aber, da der Verdächtige im anderen Raum gerade zu sprechen begann.

»Ich hab's kapiert«, motzte Lohmann, atmete durch und sagte: »Ich war da wirklich nur zufällig, kam unangemeldet vorbei und die Wohnung war voll mit diesen üblen Typen. Ich wollte gehen, ich schwör's, aber da kamen schon Ihre Jungs, und plötzlich landete ich hier, völlig unschuldig.«

»Sie verzichten auf einen Anwalt?«, fragte Dohmeier, obwohl Lohmann das bereits gesagt hatte.

»Natürlich, ich will doch nicht, dass sich herumspricht, dass ich für einen Deal mit der Polizei zusammenarbeite. Ich bekomme doch einen Deal, oder?«

»Ich kann Ihnen nur versprechen, dass ich mich für Sie einsetze, wenn Ihre Informationen nützlich für uns sind, mehr nicht.«

»Keine neue Identität?«, witzelte Lohmann, wurde dann aber wieder ernst, als Dohmeier aufstand, um zu gehen. »Ich verschwende meine Zeit nicht mit Kindereien. Sie sagten, Sie hätten Informationen zu meinem Fall, aber ich bezweifle, dass das stimmt.«

»Ich habe ihn gesehen«, beeilte sich Lohmann, zu rufen. »Den toten Pfarrer, ich habe ihn gesehen.«

Dohmeier blieb stehen, fragte schroff: »Wo und wann?«

»In der Keki-Lounge«, antwortete der junge Mann schnell.

»*Keki-Lounge?*«, fragte der Hauptkommissar nun interessiert, war aber noch nicht bereit, sich wieder zu setzen.

»Ist einer meiner Läden«, erzählte Lohmann unaufgefordert. Und als sich Dohmeier immer noch nicht bewegte, fügte er an: »Ein Klub, Sie wissen schon …« Er verzog das Gesicht. »Mein Gott, es ist ein Puff, und? Das ist ja nicht verboten.«

Dohmeier stieß geräuschvoll die Luft aus. »Zuhälterei aber schon.«

»Hey, Sie können die Frauen fragen. Ich vermiete denen nur die Zimmer, was die da drin machen, ist deren Sache. Ich verlange Miete, sonst nichts. Die sind alle wohlgenährt und fröhlich.«

»Also schön.« Der Hauptkommissar setzte sich wieder. »Der Pfarrer war also in Ihrem Puff. Wann?«

Lohmann nannte ein Datum, und Jasmin nebenan flüsterte: »Das war fast einen Monat vor seinem Tod.«

»War er als Kunde da?«, hakte Dohmeier sofort nach.

Lohmann lachte auf, es klang schrill und ausgesprochen unmännlich. »Das wäre es wohl gewesen, was?«, konnte er nicht widerstehen, einen Spruch loszuwerden. Mühsam riss er sich zusammen. »Nein, er war kein Kunde, aber er hat einen Kunden gesucht und er war wütend. Erst dachte ich, wieder so ein Fanatiker, der uns droht, den Laden anzuzünden.« Lohmann kam eine Idee und er fügte an: »Um die solltet ihr euch mal kümmern. Ständig werde ich von den sogenannten *anständigen Leuten* bedroht.«

»Erstatten Sie das nächste Mal Anzeige«, fertigte ihn Dohmeier ab und sagte scharf: »Was war mit dem Pfarrer?«

»Er kam rein und war schlecht gelaunt. Mein Manager ist normalerweise nicht zimperlich. Aber wenn einer in so 'ner schwarzen Kluft auftaucht, dann bleibt auch unsereins erst einmal höflich. Also fragte ich ihn, was er will. Er hat mich von oben bis unten gemustert, dann irgendwelche wilden Drohungen ausgesprochen. Das war nicht gerade sehr christlich.«

»Was für Drohungen?«, blieb der Beamte stur.

Lohmann rang mit sich, gab schließlich nach und sagte: »Er hat gedroht, mit seiner Gemeinde anzurücken und jeden Tag vor meinem Laden gegen Prostitution zu demonstrieren, wenn ich ihn nicht zu einem der Gäste führe.«

Lohmann machte eine Pause, und Dohmeier zischte: »Und wie ging es weiter? Los, reden Sie schon!«

»Ich wollte keine Parade vor meinem Laden und dachte, es wäre besser, nachzugeben. Er beschrieb mir denjenigen, den er suchte, und ich sagte ihm, auf welchem Zimmer der sich aufhielt.«

Auf Dohmeiers ungeduldigen Blick hin sprach Lohmann weiter. »Der Mann war Kunde von *Lady Darkness.*«

»Lady Darkness«, wiederholte der Polizist spöttisch.

»Sie ist eine Domina, eine der besten«, entgegnete

Lohmann in einem leicht ungläubigen Ton, so als wäre Dohmeier begriffsstutzig.

»Wirklich?«, gab der gespielt überrascht zurück, wurde dann ernst und fragte: »Wie ging es weiter?«

»Der Pfarrer stürmte nach oben, ich und mein Manager hinterher und dann ging es rund. Sie wissen schon, Geschrei, Vorwürfe, fast so ähnlich, wie wenn eine Ehefrau ihren Alten bei uns erwischt.«

»Wollen Sie damit andeuten, der Pfarrer und dieser Gast waren ein Paar?«

Wieder reagierte Lohmann mit seinem dümmlichen Gekicher, bevor er sagte: »Im ersten Moment dachte ich das tatsächlich, aber dann hat sich herausgestellt, dass es wohl ums Prinzip ging. Der Pfarrer hat dem anderen vorgeworfen, den Gemeindenamen zu missbrauchen, zu heucheln, Gottes Werk zu tun, obwohl er eigentlich nur einen Grund dafür suchen würde, sich nachts aus dem Haus zu schleichen, um zu sündigen. Mann«, erinnerte sich Lohmann mit Begeisterung, »das war vielleicht ein Bild. Der andere Kerl bekommt von *Lady Darkness* gerade so richtig den Arsch versohlt, und ich meine das wortwörtlich«, fügte er mit einem Grinsen an »Und während der Typ quasi Kopf nach unten hängt und seine Eier baumeln lässt, verpasst ihm der Pfarrer noch eine verbale Rasur.«

»Wie lief das ab?«

»Der Pfarrer hat ihn zur Sau gemacht und dann gesagt, er solle es künftig sein lassen, zu behaupten, er würde als barmherziger Samariter durch die Straßen Berlins streifen. Wenn er sich in so einem Etablissement aufhalten will, wäre das seine Sache, aber dazu dürfe er nicht den Namen des Herrn missbrauchen.« Lohmann winkte ab. »Sie wissen ja, wie die Gläubigen sind, alles Moralapostel.«

»Und dann?«, ließ Dohmeier nicht locker.

»Der Pfarrer ist davongestürmt, und der arme Kerl rief panisch: ›Sagen Sie nichts meiner Frau.‹ Wir haben ihn dann abgehängt. He, ich dachte echt, der bekommt gleich einen Schlaganfall oder so, der war knallrot.« Lohmann überlegte, fügte dann an: »Dass er kopfüber hing, hat es sicher auch nicht einfacher gemacht. Jedenfalls hat ihm *Lady Darkness* ein Glas Wasser gebracht und dafür gesorgt, dass er sich schnell anzieht und verschwindet. Ich wollte nicht, dass der mir noch in meinem Laden stirbt.«

»Und der Mann, der in Ihren Laden gestürmt ist, war hundertprozentig der tote Pfarrer?«, fragte Dohmeier zur Sicherheit noch einmal nach.

»Ja klar, ich hab sein Bild im Fernsehen gesehen, als man nach Zeugen gesucht hat.«

»Da kam Ihnen aber nicht in den Sinn, uns die Geschichte zu erzählen?«, hakte der Hauptkommissar süffisant nach.

»Ist mir erst wieder eingefallen«, redete sich Lohmann heraus.

»Sie wissen nicht zufällig, wie dieser Gast hieß?«, wollte der Hauptkommissar nun wissen, obwohl er nicht wirklich mit einer befriedigenden Antwort rechnete.

»Zufällig weiß ich das ganz genau. Der Typ heißt Martin Weiz, ist verheiratet, wohnt in Gerlsee und ich könnte ihn jederzeit identifizieren, wenn Sie das wollen. *Lady Darkness* und mein Manager übrigens auch.«

»Führen Sie denn eine Kundendatei?«, fragte der Hauptkommissar pro forma. Er nahm an, dass sich Lohmann die Daten nach dem Auftritt des Pfarrers besorgt hatte, um Weiz gegebenenfalls zu erpressen.

»Ich bekam zufällig seinen Ausweis in die Hände, als wir ihm halfen, sich anzukleiden. Ich dachte, besser mal vorsichtig sein, immerhin war der nach dem Abgang des Pfarrers ziemlich wütend gewesen.« Lohmann beugte sich nun vertraulich vor. »Sie werden nicht glauben, was der gesagt hat.«

»Verraten Sie es mir«, zeigte sich Dohmeier gelassen, aber in Wahrheit hielt er die Spannung kaum aus.

»Er sagte: ›Wenn der Pfarrer versucht, mich zu ruinieren, dann werde ich ihn umbringen‹.« Lohmann richtete sich triumphierend auf. »Wie es aussieht, habe ich Ihnen gerade dabei geholfen, einen Mordfall zu lösen. Ich denke, dafür habe ich etwas Entgegenkommen bei dem Missverständnis mit den Drogen verdient.«

* * *

Kurz darauf trafen sich die drei Beamten im Besprechungszimmer. Während man Daniel Lohmann abführte, spekulierte Hauptkommissar Dohmeier zusammen mit seinen Wiesbadener Kollegen über die Bedeutung des eben Gehörten.

»Wir haben das Ehepaar Weiz gleich am Anfang der Ermittlungen befragt«, sagte Dohmeier und rief am Bildschirm das Protokoll auf.

»Ich kenne es«, bestätigte Stutter. »Da stand natürlich nichts über den Zwischenfall im Bordell.«

»Klar, dass Martin Weiz den lieber für sich behalten wollte«, warf Dohmeier ein. »Der Mann ist regelrecht bigott, genau wie seine Frau. Die haben sich während der Befragung ständig bekreuzigt und Bibelzitate vorgetragen. Ich hatte das Gefühl, ich würde den Papst vernehmen«, machte sich der Beamte Luft. »Weiz ist also ein verlogener Mistkerl«, fügte er noch an.

»Achtundfünfzig Jahre alt, ehrenamtlich im Gemeindedienst tätig, hauptberuflich Versicherungsmakler«, fasste Stutter die Fakten zusammen. »Seine Frau Sabine, dreiundfünfzig Jahre alt, Sekretärin im Pfarrbüro. Beide sagten aus, dass ihnen nichts Verdächtiges aufgefallen sei. Dass der Pfarrer keine Feinde hätte. Vom Küster wissen wir, dass die beiden nicht mit allem einverstanden waren, was Pfarrer Antitz gemacht hat. Das ist natürlich ein schwaches Mordmotiv. Allerdings verhält es sich anders, wenn der Pfarrer mit dem Wissen über die Bordellbesuche für Weiz zur Bedrohung geworden war. Wir sollten dringend das Alibi von Martin Weiz für die Mordnacht überprüfen«, sagte Stutter daher. »So, wie Sie ihn mir beschreiben«, wandte sich der Hauptkommissar an Dohmeier, »hätte er einiges zu verlieren gehabt.«

»Ich glaube zwar nicht, dass ihn Pfarrer Antitz erpresst hat«, warf Jasmin ein, »aber ich denke, dieser fromme Herr Weiz wird sich sehr unwohl in der Nähe des Geistlichen gefühlt haben. Im Prinzip konnte er sich nicht mehr sicher fühlen. Also nutzte er die Gelegenheit. Vielleicht geschah die Tat im Affekt. Er will mit dem Pfarrer sprechen, der sagt ihm auf den Kopf zu, dass er ein Heuchler ist. Ein Streit, viel Wut, und Weiz schlägt zu.«

»Und das Messer hatte er zufällig dabei?«, warf Dohmeier ein. »Gut möglich, dass die beiden gestritten haben, aber der Mord geschah meiner Meinung nach nicht im Affekt. Der Mörder kam mit einem Messer und einem Schraubenzieher in die Kirche.«

Jasmin nickte, gab ihm recht. »Dann kein Affekt«, fuhr sie fort. »Weiz hat dem Pfarrer in der Kirche aufgelauert. Er sticht und schlägt zu und bemerkt erst zu spät, dass sein Opfer nicht allein ist.«

»Vielleicht hat er die beiden auch beobachtet und festgestellt, dass der Pfarrer und Pia Tanner eine Affäre hatten«, spekulierte Dohmeier weiter. »Das hätte seine Wut sicher noch angefacht. Immerhin erwischt ihn der Pfarrer im Bordell, macht ihm Vorhaltungen und ist dabei selbst nicht besser.«

»Jetzt brauchen wir nur den Beweis oder ein Geständnis, das wäre noch besser«, warf Stutter in die Diskussion ein. »Bis dahin sollten wir jedoch Uwe Schierwein nicht vergessen.«

»Über dessen leiblichen Sohn gibt es nichts Negatives zu berichten. Wir haben gründlich recherchiert. Entweder er ist unbescholten oder ungewöhnlich raffiniert. Jedenfalls steht fest, dass er seinen Vater nicht im Gefängnis besucht hat. Was den Enkel Jannik Grauner angeht, haben wir uns umgehört. Jannik ist nicht sonderlich beliebt, gilt als rechthaberisch und cholerisch. Seine letzte Freundin hat mit ihm Schluss gemacht, weil er angeblich kontrollsüchtig ist. Seine Professoren halten ihn hingegen für ehrgeizig. Sein Tutor sagte: ›Ein Anwalt muss nicht sympathisch, sondern kompetent sein.‹«

»Wie kompetent ist er, wenn er seinem Großvater ein Gefälligkeitsalibi gibt?«, warf Jasmin ein. »Fliegt er auf, leidet vermutlich auch seine Zukunft. Ganz zu schweigen davon, dass er sich im höchsten Maße selbst verdächtig macht.«

»Schierwein hätte ein Motiv gehabt, sowohl den Pfarrer als auch Pia Tanner zu töten, bei Weiz wäre der Pfarrer das eigentliche Ziel gewesen und die Frau der tragische Kollateralschaden. Wir sollten aber auch noch die Variante berücksichtigen, bei der Pia Tanner das geplante Opfer war«, überlegte Stutter laut. »Offenbar hat sie sich seit frühster Jugend unbeliebt gemacht. Die Nachforschungen haben ergeben, dass vor allem einige Frauen wütend auf sie sind.«

»Sie sah gut aus und offenbar hatte sie den Hang dazu, sich in Ehemänner zu verlieben. Ehrlich gesagt«, gestand Jasmin ein, »ich hätte sie auch nicht gemocht. Aber seit einigen Jahren hat sie wohl niemandem mehr das Herz gebrochen. Ganz im Gegenteil, der letzte Freund hat sie wegen einer anderen verlassen. Hört sich nach ausgleichender Gerechtigkeit an.«

»Wäre es denkbar, dass jemand eine alte Rechnung mit ihr offen hat? So, wie die Frauen, die du im Café belauscht hast, es diskutiert haben?«, hakte Stutter nach.

»Schon möglich. Wenn jemand glaubt, sie hätte sein Leben ruiniert, selbst wenn das Jahre zurückliegt, dann kann da immer noch ein alter Hass schwelen. Pia taucht plötzlich wieder in Gerlsee auf, und der- oder diejenige erinnert sich an einstige Rachegelüste. Vielleicht gab es einen zusätzlichen Auslöser, oder die Person glaubt, nichts mehr zu verlieren zu haben.«

»Ich möchte noch mehr über die Familie Tanner erfahren. Wie waren die Schwestern zum Beispiel als Teenager?«

»Wirklich? Ist das nicht ein bisschen zu umfassend?«, fragte Dohmeier ungläubig.

»Ich wäre Ihnen dankbar, wenn Sie einen Ihrer Leute darauf ansetzen könnten. Gut möglich, dass das nichts bringt, aber es würde vielleicht helfen, ein besseres Bild zu bekommen«, entgegnete Stutter diplomatisch. Dann fiel ihm noch etwas ein und er fragte: »Was ist mit dem Küster, hat sich da noch etwas ergeben?«

»Nichts, außer dass er ein harmloser Mann ist, der ein sehr gläubiges Leben führt.«

»Hm«, reagierte Stutter nachdenklich. »Keine Frau, keine Kinder, keine Beziehung?«

»Nein.« Dohmeier schüttelte den Kopf.

»Warum ist er dann nicht selbst Pfarrer geworden?«, wandte sich der Hauptkommissar an seine Kollegen. »Wäre doch das Naheliegendste, oder?«

»Fragen wir ihn«, schlug Jasmin vor. »Vielleicht hat er auch so ein Geheimnis wie der ehrbare Martin Weiz.«

7

Gegen Mitternacht

Harald Tiel stand nun schon einige Zeit am Fenster und betrachtete die Kirche. Es hatte ihm stets ein gutes Gefühl gegeben, sie direkt in der Nähe zu wissen. Sie war die letzten Jahre sein Schutzraum gewesen – und jetzt hatte der Doppelmord alles verändert. Er seufzte, reckte ein wenig den Hals. Er konnte nicht bis zu dem Seiteneingang blicken. Hatte sich dort etwa etwas bewegt?

Eigentlich wollte er in der Bibel lesen, sich vielleicht einen Schluck Wein gönnen, nach den Strapazen der letzten Tage. Oder wäre das unbescheiden? Harald achtete sehr darauf, sich Vergnügungen nur in Maßen hinzugeben. Sein Blick wanderte zu dem Kreuz an der Wand. »Wie schwer muss die Dornenkrone auf deinem Haupt gelastet haben?«, sagte er voller Mitgefühl. »Du denkst, ich sollte mich zu erkennen geben?«

Noch zögerte Tiel, aber dann rang er sich dazu durch, die Pantoffel gegen die Straßenschuhe zu tauschen und mit einer Taschenlampe bewaffnet und dem großen Schlüsselbund noch einmal seine Wohnung zu verlassen. Zuvor hatte er ein paar Äpfel und ein Brötchen vom Morgen sowie etwas Käse und Wurst zusammengepackt. Auch die Flasche Wasser vergaß er nicht. Obwohl er wusste, dass die nie auf große Begeisterung gestoßen war. Aber einer musste sich schließlich um Olaf kümmern, jetzt, da der Pfarrer nicht mehr da war.

Er hatte den Obdachlosen seit dem Mord nicht mehr gesehen. Den Polizisten von ihm zu erzählen, war ihm gar nicht in den Sinn gekommen. Olaf war völlig harmlos und tat keiner Fliege etwas zuleide. Außerdem war er immer betrunken und schlief stundenlang seinen Rausch aus. Allerdings fragte sich Harald Tiel gerade, ob es eine gute Idee war, ausgerechnet mitten in der Nacht den barmherzigen Samariter zu spielen. Seine Schritte beschleunigten sich, er würde nur schnell die Sachen neben Olaf legen und dann zurück in seine Wohnung eilen. Irgendwie war ihm mulmig zumute. Die Bilder der Toten unter dem Mosaikfenster hatte er noch zu sehr im Kopf.

Sein Weg führte ihn direkt zu dem Seitenportal, dorthin, wo er geglaubt hatte, einen Schatten zu sehen. Mit der Taschenlampe leuchtete er unter die Treppe, aber der Platz war leer. Tiel legte die Vorräte neben die Stufen und fühlte sich unbehaglich. Er überlegte, ob er nicht in die Kirche gehen und beten sollte, denn das würde ihn sicher entspannen.

Da ihm die dunkle Ecke unheimlich war, wollte er nach vorn, zum Hauptportal. Er drehte sich um und sein Herz setzte für einen Moment aus. Vor Schreck ließ er die Taschenlampe fallen, keuchte: »Ich bin der Küster«, so als würde ihn das vor Schaden bewahren.

Umständlich beugte er sich vor, um die Lampe aufzuheben, aber jemand kam ihm zuvor. Kurz leuchtete man ihm ins Gesicht.

Tiel betete zu seinem Schutzengel, hatte das Gefühl, er

wäre in schrecklicher Gefahr. Wer auch immer ihm gegenüberstand, fuchtelte nun mit der Lampe herum. Tiel wusste vor Schreck nicht, was er tun sollte, dann sagte sein Gegenüber: »Ist das klug, nachts hier herumzuschleichen, nach dem, was in der Kirche passiert ist?«

Tiel stammelte erneut: »Ich bin der Küster, ich muss nach dem Rechten sehen.«

Kaum hatte er das ausgesprochen, fragte er sich, warum er dem Bedürfnis nachgab, sich zu erklären. Wäre es nicht besser, um das eigene Leben zu rennen? Plötzlich spürte er den Griff seines Gegenübers an seinem Arm. Dann das kalte Metall der Stablampe, die man ihm in die Hand drückte.

»Hier, Sie sollten die Batterien wechseln, ist nicht sehr hell.«

»Ja«, keuchte Harald, der immer noch nicht wusste, ob er nun in Gefahr war oder nicht.

»Sie haben einen Apfel verloren«, sagte der Mann schließlich amüsiert zu ihm.

Der Fremde machte keine Anstalten, sich zu entfernen oder den Weg freizugeben.

Tiel leuchtete nach dem Apfel und hob ihn auf. Dabei streifte das Licht das Gesicht des Mannes. Der Küster erkannte ihn sofort. Man hatte ihm Fotos gezeigt, gefragt, ob er den schon mal gesehen hatte. Er wusste sogar den Namen des Mannes. In seiner Panik sprach er ihn laut aus: »Uwe Schierwein«, sagte er entsetzt.

»Es ehrt mich, dass mich der Küster dieser Kirche kennt. Wie komme ich dazu?«

Harald zitterte, aber er schwor sich, auf Gott zu vertrauen, auch wenn sein Ende nun gekommen wäre. Deshalb antwortete er tapfer: »Die Polizei hat mir Ihr Bild gezeigt.«

»Ja, natürlich«, erwiderte der andere und machte immer noch keine Anstalten, Tiel durchzulassen. »Die denken ja auch, ich hätte diese Morde begangen.«

»Ich weiß nicht, was die Beamten denken«, reagierte Tiel bemüht unerschrocken. »Ich möchte jetzt gerne vorbei«, fügte er mit klopfendem Herzen an.

»Wie unhöflich von mir«, entgegnete Schierwein übertrieben freundlich. Trat großzügig zur Seite und sah amüsiert zu, wie Harald Tiel die Flucht ergriff.

Dann machte er sich noch einen Spaß daraus, zu rufen: »Ich könnte nicht vielleicht einen Blick hineinwerfen? Zwecks göttlichen Beistands und so weiter. Schließlich bin ich ein armer Sünder.« Schierwein lachte laut über seinen eigenen Witz, während Harald stolpernd die gegenüberliegende Straßenseite erreichte.

Beim Aufschließen glitt ihm zwei Mal der Schlüssel aus der Hand. Die Angst, gleich einen Schlag auf dem Kopf zu spüren, legte sich erst, als er den Hausflur betrat und die schwere Sicherheitstür hinter sich abschloss. Das gab ihm neue Kraft, die Treppen nach oben zu hasten. In seiner Wohnung machte er kein Licht, sondern schlich im Dunklen ans Fenster. Es war unheimlich, als er den Schatten eines Mannes auf dem Gehweg vor dem Hauptportal der Kirche sah, den eine flackernde Straßenlaterne lebendig werden ließ. Reglos beobachtete er, wie Schierwein sich schließlich umdrehte und davonging. Erst dann glaubte Harald Tiel, dass sein Herz sich wieder beruhigen würde. Er war dem Tod entkommen, davon blieb er überzeugt. Automatisch ging er auf die Knie, um zu beten, um seinen Dank an all die zu senden, die ihn beschützt hatten. Er wusste, was er nun zu tun hatte; Gott machte ihn zu einem Boten.

* * *

Etwas später

Der Aufnahmeknopf des digitalen Geräts wurde gedrückt. Die Stimme klang zunächst unsicher, so als wäre es der Person, die nun zu sprechen begann, unangenehm. Wie zur Bestätigung murmelte sie: »Ich werde mich nie daran gewöhnen. Die Tonaufnahmen gehen also in eine neue Runde.«

Es folgte eine Pause, die dazu diente, sich den Mord an dem Obdachlosen in Erinnerung zu rufen. Erst dann begannen die Ausführungen; zuerst zögerlich, schließlich selbstsicherer gesprochen, mit der Überzeugung, gerade Zeugnis über eine besondere Leistung abzulegen.

»Es war eine Genugtuung, in seinen Kopf einzudringen. So viele *Geheimnisse,* und ich war plötzlich mittendrin. Es machte nicht viel Mühe. Einen Menschen zu töten, ist letzten Endes einfach. Womöglich belastet es die, die es aus den falschen Gründen tun, aber wer das Recht, wenn nicht sogar die Pflicht auf seiner Seite hat, braucht nichts zu fürchten. Ich sehe in ihre Köpfe und werde jedes Mal belohnt. Mittlerweile glaube ich mehr denn je, dass das menschliche Gehirn einen eigenen Geruch hat, dass das Gehirn jedes Menschen anders *duftet.* Selbst bei einem so unsauberen Obdachlosen strömt es etwas Reines aus. Bei ihm war es der Duft von grünem Apfel, herb, stark und eben unverwechselbar. Wie ein Fingerabdruck. Ich finde es bemerkenswert. Vermutlich ist sich außer mir darüber niemand im Klaren. Eine Erkenntnis, die ich womöglich eines Tages mit der Welt teilen werde.

Auch wenn der Obdachlose aus anderen Gründen hat sterben müssen, habe ich ihn dennoch benutzt, um meiner Bestimmung zu folgen. Ich spüre, dass ich etwas Großem auf der Spur bin, und habe mich entschlossen, gegen meine selbst aufgestellten Regeln zu verstoßen. Eigentlich wollte ich abwarten, sehen, wie sich die Dinge nach dem Tod des Pfarrers entwickeln, aber das Verlangen, voranzukommen, ist größer. Deshalb plane ich, mir schon bald ein weiteres Opfer zu suchen. Und warum sollte ich deshalb ein schlechtes Gewissen haben? Am Ende schicke ich sie doch nur zurück in das herrliche Paradies, aus dem sie einst vertrieben wurden.

* * *

Am nächsten Morgen

Martin Weiz erschien auf dem Polizeirevier. Dohmeier hatte ihn angerufen und einbestellt. Der Beamte hatte Andeutungen gemacht, die es Weiz ratsam erscheinen ließen, sich nicht zu weigern.

Dennoch zeigte er seinen Unwillen, knurrte, als man ihm Stutter und Oberkommissarin Nau vorstellte: »Ihnen habe ich diesen unwürdigen Zirkus also zu verdanken.« Und ließ sich mit finsterer Miene auf dem Stuhl nieder.

Jedoch wurde er blass, als man ihn unvermittelt über seine Rechte und Pflichten aufklärte, ihn sogar fragte, ob er einen Rechtsbeistand hinzuziehen wolle.

»Wie würde das denn aussehen?«, schnauzte er ungehalten.

»Sie haben Anspruch auf einen Rechtsbeistand, auch wenn Sie sich keinen leisten können«, warf Dohmeier geduldig ein.

»Selbstverständlich kann ich mir einen Anwalt leisten«, reagierte Martin Weiz aufgebracht. »Aber sicher können Sie sich denken, dass das nicht unbemerkt bliebe. Man würde Fragen stellen und überhaupt, wer vertraut schon Anwälten? Mein einziger Fürsprecher ist Jesus Christus, er wurde gesandt, um uns zu retten.«

»Und die zehn Gebote wurden gesandt, um sich daran zu halten«, entgegnete Stutter trocken.

Er hatte nicht vor, seine Zeit mit einem Mann zu verschwenden, den er nicht mochte und für einen Heuchler hielt. Außerdem konnte er nachvollziehen, dass Pfarrer Antitz sich über Weiz geärgert hatte. Deshalb kam er direkt zur Sache: »Wir haben Zeugen, die gehört haben, wie Sie gegen Pfarrer Antitz eine Morddrohung ausgesprochen haben. Des Weiteren sind wir darüber informiert, dass Ihr Verhältnis nicht das beste war. Sie haben sich über den Geistlichen beschwert. Außerdem hat der Pfarrer gewusst, dass Sie regelmäßig ein Bordell aufsuchen und die Dienste einer Domina in Anspruch nehmen.« Stutter tat so, als würde er einen völlig durchschnittlichen Lebenslauf wiedergeben. Nicht ohne Spott fügte er noch an: »Ich vermute, der Name *Lady Darkness* ist Ihnen ein Begriff?«

Martin Weiz sank völlig in sich zusammen. Es wirkte fast so, als hätte ihm Stutter Gewalt angetan. Offenbar zeigten die Worte ähnliche Wirkung wie Faustschläge, und ganz offenbar schmerzte es ihn, in solcher Deutlichkeit die eigenen Sünden vorgeführt zu bekommen.

»Ich hoffe«, holte Stutter zum finalen verbalen Knockout aus, »Sie haben ein Alibi für die Mordnacht, ansonsten müssten wir uns Ihr Haus sehr genau ansehen.«

Fassungslos starrte Weiz die Beamten an. Sein teigiges Gesicht, sonst von einem fahlen Weiß, glühte dunkelrot. Er war hin- und hergerissen zwischen Scham und Wut. Letzteres siegte. »Sie unverschämter Kerl, was glauben Sie, mit wem Sie hier sprechen? Ich bin ein anständiger Mann. Gott prüft uns alle und manchmal, da bestehen wir diese Prüfungen nicht. Beschimpfen Sie mich als Ehebrecher, aber hüten Sie sich, mich einen Mörder zu nennen.«

»Sie sprachen also keine Drohungen gegen den Pfarrer aus?«, fragte Stutter gelassen nach.

»Ich war wütend, ja. Der Mann hat mich wie einen

Schuljungen vorgeführt. Er hat mich beschimpft und ich habe im Eifer des Gefechts unschöne Dinge gesagt.«

»Wo waren Sie in der Mordnacht?«, reagierte der Hauptkommissar unbeeindruckt.

»Zu Hause, bei meiner Frau.«

»Wir werden Ihre Frau befragen müssen«, sagte Stutter, dieses Mal mit leichtem Bedauern. Es galt jedoch nicht Martin Weiz, sondern dessen Ehefrau Sabine. Der Hauptkommissar hatte nicht die Absicht, die Beziehung der beiden ins Wanken zu bringen. Selbstverständlich würde sie wissen wollen, warum diese Fragen gestellt wurden. Danach begann dann eine Zeit der Zweifel und Sorgen. Stutter konnte nur hoffen, dass Martin Weiz wenigstens kein Feigling war und seiner Frau die Wahrheit sagen würde.

»Sie suchen an der falschen Stelle«, schnauzte der nun. »Der Tod des Pfarrers hat nichts mit mir zu tun. Hinterfragen Sie lieber einmal das Liebesleben dieses Geistlichen. Pia Tanner hat einen entsprechenden Ruf. Stellen Sie sich denn nicht die Frage, warum man die beiden zusammen gefunden hat?«

»Kennen Sie darauf denn die Antwort?«, hakte der Beamte interessiert nach.

Weiz gewann etwas von seiner Selbstsicherheit zurück. Er richtete sich auf und erinnerte Jasmin dabei an einen Sack Kartoffeln, den man zurechtrückte. »Die Tanners haben eine Vorgeschichte«, warf er ihnen ein Häppchen hin.

Die Oberkommissarin traute dem Mann durchaus zu, dass er nun irgendetwas Gemeines erfinden würde, nur um die eigene Haut zu retten, aber sie kannte Stutters Haltung, wusste, dass der jede Aussage zunächst ernst nahm.

Zufrieden bemerkte Weiz, dass man ihm die volle Aufmerksamkeit schenkte. »Ich wollte nichts sagen, weil es sich nur um ein Gerücht handelt, aber jetzt, wo Sie mich quasi dazu nötigen …« Er ließ das so stehen und man konnte deutlich erkennen, dass er sich voller Behagen in die Opferrolle begab. Die roten Wangen wurden blasser, der Schweißfilm auf seiner Stirn trocknete, sein Atem ging gleichmäßiger. Die Zeichen der Scham verschwanden, machten Martin Weiz' Selbstherrlichkeit Platz.

»Also, was können Sie uns über die Familie Tanner mitteilen?«, blieb Stutter dennoch geduldig.

»Mein Vater war ein einfacher Mann. Er arbeitete als Klempner, und die Tanners gehörten zu seinen Kunden. Bei uns wurde nicht geklatscht, nur damit Sie das richtig verstehen. Meine Mutter war eine gottesfürchtige Frau und mein Vater ein guter Katholik. Es war selten, dass er sich über andere Menschen geäußert hat.« Weiz sagte das voller Bewunderung, und doch konnte er nicht verbergen, dass er es genoss, endlich den Klatsch und Tratsch loszuwerden, den er so viele Jahre hatte zurückhalten müssen, um nicht als unchristlich zu gelten.

Trotzdem ließ er sich erneut von dem Beamten bitten.

»Nun gut«, sagte er gönnerhaft und Jasmin sah sich darin bestätigt, dass sie einen äußerst unsympathischen Menschen vor sich hatten. »Jan Tanner hatte einen guten Ruf, als Tierarzt aber auch als Ehemann und Vater. Was seine Frau anging, konnte man sagen, dass sie im Allgemeinen als zart und kränklich galt. Aber mein Vater kam an jenem Abend nach Hause und sagte zu meiner Mutter: ›Diese beiden führen keine glückliche Ehe, würde mich nicht wundern, wenn die sich eines Tages scheiden lassen.‹«

Man starrte Weiz an, aber der lehnte sich zurück und wirkte sehr von sich überzeugt.

»Und das bedeutet nun was?«, hakte Stutter dieses Mal nicht ohne Ungeduld nach.

»Jeder dachte, die beiden seien ein Traumpaar, aber mein Vater wusste es besser.«

»Das schließen Sie aus einer Bemerkung, die Sie als Kind aufgeschnappt haben?«, mischte sich nun Dohmeier ein.

»Sind Sie im Ernst davon überzeugt, dass das eine hilfreiche Information für uns ist?«

»Sie sind die Polizei, es erstaunt mich, dass Sie nicht Ihre eigenen Schlüsse ziehen«, gab Weiz überheblich zurück. »Frau Tanner starb bald darauf. Angeblich ein Unfall. Die Familie war im Urlaub, die Mutter machte morgens einen Spaziergang mit den Hunden und stürzte ab. Oder aber«, sagte er mit einem hinterhältigen Gesichtsausdruck, »sie wollte ihren Mann verlassen und …«

»Jetzt werfen Sie Jan Tanner den Mord an seiner Frau vor, nur um von sich abzulenken. Ist das denn wirklich …« Dohmeier ereiferte sich und Stutter griff ein.

»Ich denke nicht, dass Herr Weiz diese Anschuldigungen leichtfertig ausspricht. Wir haben gefragt und er antwortet«, wandte sich der Hauptkommissar an Dohmeier. Dann sah er wieder in Weiz' Richtung. »Ich würde Sie bitten, weiterzusprechen, denn im Sinne der Wahrheitsfindung sind uns Hinweise von aufmerksamen Personen willkommen.«

Weiz warf einen kurzen triumphierenden Blick zu Dohmeier. Jetzt, da man ihm Respekt zollte, wurde er erst recht gesprächig. »Ich sage nicht, dass er seine Frau umgebracht hat!«, schnell schlug er das Kreuzzeichen und stammelte: »Gott bewahre. Ich vermute, dass diesem Unfall vielleicht ein Streit vorausgegangen ist. Frau Tanner war schließlich sportlich und viel mit den Hunden unterwegs, das war kein Geheimnis. Sie ist oft gewandert. Das weiß ich von Frederike, wir sind fast gleich alt, kannten uns aus der Jugendgruppe. Vielleicht war Frau Tanner an jenem Morgen wegen ihrer Eheprobleme gestresst und unaufmerksam. Jedenfalls blieb Jan Tanner durch den Unfall eine Scheidung erspart. Danach hat Frederike die Rolle der Mutter übernommen und raten Sie mal, mit wem das liebe Töchterchen damals abhing?«

»Mit wem?«, fragte Stutter pflichtschuldig.

»Uwe Schierwein. Ich habe die zwei kurz vor der Verhaftung zusammen gesehen. Er hat sie auf seinem Motorrad mitgenommen.«

Auch wenn die Beamten es versuchten, konnten sie ihre Überraschung nicht ganz verbergen.

Weiz setzte noch einen drauf, indem er meinte: »Und dann sagt der besorgte Papa gegen den Liebhaber seiner Tochter in einem Mordprozess aus. Vermutlich hatte er Angst, er würde nun die nächste Frau aus seiner Familie verlieren.« Weiz seufzte laut. »Diese Familie ist nicht normal. Frederike ist Junggesellin seit dem Tag von Schierweins Verhaftung, Maia lebt in ihrer eigenen Welt. Ihr Mann hat sie verlassen. Seither verbringt sie die meiste Zeit in ihrem Gewächshaus. Und Pia …« Er lachte laut auf. »Das arme Kind war verloren«, besann er sich, eine milde Beschreibung von der jüngsten Schwester zu geben. Jasmin sah ihm jedoch an, dass er sie gern als die Hure Babylon bezeichnet hätte, als er nun erklärte: »Sie hat sich in die Arme der Männer geworfen, als würde sie dort Trost finden.« Es schwang auch etwas Neid mit, als er sagte: »Sie war nicht wählerisch.«

Offenbar hatte er trotzdem nicht das Interesse von Pia Tanner erweckt.

»Für mich steht jedenfalls fest, dass nicht der Pfarrer das Ziel war, sondern Pia. Die Tanner-Familie ist nicht gottgefällig. Sie sollten dort nach dem Motiv suchen.«

»Wir werden das natürlich überprüfen«, antwortete Stutter höflich, auch wenn ihm ganz andere Worte auf der Zunge lagen.

Weiz entschied sich, zum Abschluss noch etwas Demut zu zeigen, und fügte an: »An diesem Abend in jenem Etablissement«, begann er umständlich, »da habe ich meinen Gott enttäuscht, das weiß ich. Es war eine Ausnahme und es ist seither nie wieder geschehen.«

Man konnte ihm die Lüge förmlich ansehen, und Jasmin hätte ihm gern damit gedroht, das zu überprüfen, schwieg aber.

»Die Standpauke von Pfarrer Antitz war berechtigt gewesen und meine im Affekt ausgesprochene Drohung unangebracht. Niemals hätte ich die Hand gegen den Pfarrer erhoben oder jemand anderen. Ich hatte mich längst mit ihm ausgesprochen. Sie wissen ja, dass zwischen dem Vorfall und dem Mord einige Wochen lagen.« Er tat immer noch so, als wollte er sich entschuldigen, aber eigentlich sagte er ihnen, dass sie damit nie vor Gericht durchkommen würden.

»Wie gesagt, wir überprüfen Ihr Alibi«, blieb Stutter professionell.

Kaum war Weiz aus dem Raum, entlud sich Jasmins Zorn, und sie blaffte: »Was für ein ekelhafter Typ. So ein Widerling.«

Dohmeier blickte Stutter verärgert an, während er sagte: »Das sehe ich genauso.«

Der Hauptkommissar verzog das Gesicht und murmelte: »Tut mir leid, ich wollte Sie nicht bloßstellen.«

»Und warum haben Sie es dann getan?«, ereiferte sich der Gerlseer Kollege. »Sie haben mir quasi den Mund verboten.«

Stutter zog die Augenbrauen in die Höhe. »Na schön«, sagte er genervt. »Dann überlegen Sie einmal, warum ich das getan habe. Sie unterbrechen einen Zeugen während einer Befragung und verhindern so, dass wir Informationen erhalten. Ich war gezwungen, auf diese Weise einzugreifen, um die Quelle nicht versiegen zu lassen. Ganz egal, wie abstoßend wir den Mann finden oder ob wir ihm glauben. Zunächst wollte ich hören, was er zu sagen hat. In diesem verzwickten Fall kann jeder Hinweis nützlich sein, da stößt man eine Quelle nicht vor den Kopf. Halten Sie künftig Ihre persönlichen Gefühle raus. Glauben Sie, ich will mit Martin Weiz mehr Zeit verbringen als nötig? Trotzdem muss ich mir anhören, was er zu sagen hat.«

Jasmin befürchtete, Dohmeier würde nun noch wütender werden, aber er lenkte ein, stieß geräuschvoll die Luft aus und sagte kleinlaut: »Ich hab mich hinreißen lassen, kommt nicht wieder vor.«

Stutter nickte ihm zu und ließ es dabei bewenden, indem er sagte: »Und jetzt sollten wir anfangen, das eben Gehörte auseinanderzunehmen.«

Doch die Besprechung musste noch warten, denn ein aufgeregter Harald Tiel wollte dringend zu den Beamten.

* * *

Während Stutter sich des Küsters annahm, fuhren Oberkommissarin Nau und Hauptkommissar Dohmeier zum Pfarrbüro. Sie wollten dort mit Sabine Weiz sprechen. Vermutlich hatte sie ihr Mann längst instruiert, aber es war sowieso nicht anzunehmen, dass seine Frau gegen ihn aussagen würde. Wahrscheinlicher war, dass sie von ihrem Zeugnisverweigerungsrecht Gebrauch machte. Dennoch wollten die Beamten hören, was sie zu sagen hatte.

Sabine Weiz wirkte über ihr Auftauchen nicht überrascht. Spitz sagte sie zur Begrüßung: »Jetzt benötigt mein Mann also ein Alibi.«

»Er hat Ihnen sicher gesagt, warum«, ließ es sich Dohmeier nicht nehmen, zu antworten.

»Eine Verfehlung, ein unbedachtes Wort, ausgesprochen vor vielen Wochen«, erwiderte sie gereizt.

»Sie waren nicht verwundert?«, warf Jasmin wie nebenbei ein.

Die Oberkommissarin kannte sich mit Betrug und enttäuschter Liebe aus. Sollte Frau Weiz eben erst erfahren haben, was ihr Mann mit *Lady Darkness* getrieben hatte, dann wäre ihre Haltung sicher eine andere. Aber Sabine Weiz wirkte keineswegs so, als wären ihr die Verfehlungen neu, weder waren ihre Augen vom Weinen gerötet, noch hatte man den Eindruck, ihre Gedanken würden um das Scheitern der Ehe kreisen.

Die Frage brachte Sabine Weiz ins Stocken. Endlich bot sie den Beamten an, sich zu setzen, vermutlich um eine Antwort hinauszuzögern. Sogar eine Tasse Kaffee schlug sie vor.

Jasmin sah sich um, alles war aufgeräumt und wirkte steril. Sie dachte an das Pfarrbüro ihres Vaters. *Geordnetes Chaos* nannte er das dort herrschende Durcheinander. Ihr Blick glitt durch die Tür, in dem Raum dahinter hatte vermutlich Pfarrer Antitz gearbeitet. Die Oberkommissarin konnte gestapelte Kartons erkennen, also war nicht viel Zeit verschwendet worden, um das Büro auszuräumen. Die Beamtin nahm an, dass dafür Sabine Weiz verantwortlich war.

Mit einem freundlichen Lächeln stellte die ihnen nun die Kaffeebecher vor die Nase.

Glaubt die wirklich, damit werde ich meine Frage vergessen?, überlegte Jasmin im Stillen, bevor sie nachhakte. »Sie waren also nicht überrascht, von den sexuellen Aktivitäten Ihres Mannes zu erfahren?« Sie wählte absichtlich eine direktere Ausdrucksweise, wollte die Frau aus der Reserve locken.

Sabine setzte sich den Beamten gegenüber und zitierte: »Wer ohne Sünde ist, der werfe den ersten Stein.«

»Sie wussten es also«, ließ Jasmin die Frau nicht vom Haken.

»Ich weiß, was für ein guter Mann Martin ist. Aber überall lauert die Versuchung. Er wurde schwach, ja, das ist beschämend. Aber er hat seinen Fehler eingesehen und in der Nacht, in der man den Pfarrer und diese Frau ermordet hat, da war er bei mir.«

»Und das würden Sie auch vor Gericht aussagen?«, mischte sich Dohmeier ein.

»Natürlich«, entgegnete Sabine gereizt.

»Mit einem Schwur auf die Heilige Bibel?«, fasste Jasmin lauernd nach.

»Was wollen Sie damit andeuten? Dass ich lüge?«, reagierte Sabine zornig.

»Tun Sie es?«, blieb Jasmin unnachgiebig.

»Ich denke, ich habe Ihnen alles gesagt, was Sie wissen wollten. Trinken Sie Ihren Kaffee in Ruhe aus, ich werde mich in der Zwischenzeit wieder meiner Arbeit widmen.« Sie stand auf, machte Anstalten, in das Büro des Pfarrers zu gehen.

Jasmin hielt sie zurück. »Gibt es schon einen Nachfolger?«

Sabine antwortete mit einem knappen »Nein«.

»Denken Sie, dass der nächste Pfarrer das schöne Mosaikfenster austauschen lässt?«, fragte sie provozierend nach.

Die Frau von Martin Weiz drehte sich ruckartig zu ihr um. »Wie kann man dieses Machwerk als *schön* bezeichnen? Es ist eine grauenvolle Darstellung. Dieser sogenannte Künstler hat nicht mehr alle Tassen im Schrank«, rutschte es ihr heraus. Sofort errötete sie und hob die Hand vor den Mund. Dann jedoch entspannte sie sich etwas und meinte: »Vielleicht sollte ich nicht so reden, aber dieser junge Mann ist nicht normal und Pfarrer Antitz wusste das ganz genau. Vermutlich wollte er ihn auf seine Art retten, meinte es gut mit ihm, aber am Ende musste auch er einsehen, dass das ein Fehler gewesen war.«

»Und wie darf ich das verstehen?«, fasste Jasmin neugierig nach.

Mit einem triumphierenden Blick sagte Sabine Weiz: »Weil sie am Ende in Streit gerieten. Grischa Ullrich ist ein undankbarer Mensch.«

»Gab es denn Probleme zwischen ihm und dem Pfarrer?«, wunderte sich Dohmeier. »Sie haben bisher nichts dergleichen erwähnt.«

»Niemand hat mich gefragt«, erwiderte sie irritiert.

»Also was genau ist zwischen Ullrich und Pfarrer Antitz

vorgefallen?«, forderte sie der Hauptkommissar auf, zu sprechen.

»Als das Fenster fertig war, fand eine Art Einweihungsfeier statt. Die Presse war hier und zahlreiche Schaulustige. Jedenfalls wurde Ullrich bekannt, aber das war ihm noch nicht genug. Er kam doch allen Ernstes auf die Idee, in der Kirche eine Ausstellung seiner zahlreichen anderen widerlichen Machwerke zu organisieren.«

»Und der Pfarrer war dagegen«, schloss Jasmin aus dem eben Gehörten.

»Gottlob«, bestätigte Sabine. »Er erklärte Ullrich, dass ihm das zu weit gehen würde, er wolle schließlich keinen Verkaufsraum aus der Kirche machen. Außerdem hielt er es für unnötig, diejenigen zu provozieren, die sich noch an das Fenster gewöhnen mussten. Ullrich ist daraufhin wütend aus dem Büro gestürmt und meinte noch, dass der Pfarrer das bereuen würde.«

»Und was geschah dann?«

Sie schien nicht zu begreifen.

»Wie ging es weiter?«, wurde Dohmeier deutlicher.

»Gar nicht«, reagierte Sabine verwundert darüber, dass das nicht aus ihren Ausführungen hervorging. »Der Pfarrer hat es ihm nicht erlaubt und Grischa Ullrich ward nie wieder gesehen. Nur dieses schreckliche Fenster ist von ihm geblieben. Aber er taucht immer mal wieder in der Zeitung auf, also scheint es ihm gut zu gehen.«

»Ich frage Sie noch mal, warum Sie uns das bisher verheimlicht haben.«

»Ich habe nichts verheimlicht«, blaffte Sabine. »Das liegt ein Jahr zurück und gewiss war das nicht das Erste, woran ich gedacht habe, als man mir die Nachricht von Pfarrer Antitz' Tod überbracht hat.«

»Und was war das Erste?«, hakte Jasmin nach. »Was war Ihr erster Gedanke, als Sie von dem Mord hörten?«

Eine leichte Röte legte sich auf Sabines Gesicht. Sie

zögerte, sagte dann aber sehr leise: »Ich dachte«, fasste sie sich ein Herz, »ich dachte, dass das überhaupt nicht zu Pfarrer Antitz passt.«

* * *

Etwas später auf dem Revier

»Es *passt nicht* zu Pfarrer Antitz?«, reagierte Stutter verblüfft, als man ihm von Sabine Weiz' Aussage erzählte. »Das ist wirklich eine seltsame Formulierung.«

»Nun, sie ergänzte noch, dass er immer so bemüht gewesen sei, das Richtige zu tun«, fügte Jasmin an.

»Na, das ist nicht gerade ein Garant dafür, nicht ermordet zu werden«, warf ihr Kollege mit gerunzelter Stirn ein. »Wir hatten im Gegenteil schon viele Opfer, die genau deshalb sterben mussten.«

»Jedenfalls denke ich nicht, dass das Ehepaar Weiz im großen Stil um den Pfarrer trauern wird«, stellte Dohmeier fest und Jasmin nickte zustimmend.

»Außerdem wusste Sabine Weiz von den nächtlichen Bordellbesuchen ihres Mannes. Vielleicht hat es ihr gar nicht ihr Mann, sondern der Pfarrer erzählt. Wer weiß, was das bei ihr ausgelöst hat? Der Bote der schlechten Nachricht macht sich meist auch unbeliebt. Nicht ungewöhnlich, dass sich eine Abneigung gegen den entwickelt, der uns die Dinge sagt, die wir nicht hören wollen.«

»Das Ehepaar könnte es auch gemeinsam gewesen sein«, schlug Dohmeier vor, »und jetzt geben sie sich gegenseitig ein Alibi.«

»Wir können das jedenfalls nicht ausschließen. Lassen Sie jemanden die einschlägigen Etablissements abklappern. Vielleicht wird es uns nützlich sein zu wissen, ob Martin Weiz mittlerweile geläutert ist oder uns angelogen hat. Die

Kollegen sollen besonders aufmerksam sein, wenn es um die Mordnacht geht. Ich will das Ehepaar Weiz nicht ausschließen, genauso wenig wie Uwe Schierwein.« Daraufhin gab Stutter wieder, was ihm Harald Tiel über seine Begegnung mit Schierwein erzählt hatte. »Außerdem«, fuhr der Hauptkommissar fort, »vermisst Tiel einen Obdachlosen, der regelmäßig unter der Treppe am Seiteneingang geschlafen hat. Sein Name ist *Olaf*. Tiel gab uns eine Beschreibung. Die Kollegen sollten sich deshalb in den Obdachlosen-Unterkünften und an den bekannten Treffpunkten umhören. Tiel beschreibt den Mann zwar als völlig harmlos, aber wir müssen ihn natürlich überprüfen. Womöglich hat dieser Olaf in der Mordnacht etwas gesehen.«

»Warum streift Schierwein um einen Tatort?«, überlegte Dohmeier laut.

»Nicht der Erste, der an den Ort seines Verbrechens zurückkehrt«, schlug Jasmin vor und sah zu Stutter.

»Ich bin nicht gegen eine weitere Befragung des Mannes, halte sie allerdings zu diesem Zeitpunkt für verfrüht. Seine Anwältin wird uns erklären, dass Uwe Schierwein ein freier Mann ist, der seine Spaziergänge zu jeder Tages- und Nachtzeit unternehmen kann und dem es freisteht, die Kirche von Gerlsee auch um Mitternacht zu besichtigen.«

Seine Kollegen stimmten ihm zu.

»Womöglich legt er es darauf an, uns zu provozieren«, spekulierte Stutter weiter, »deshalb würde ich mir gerne einen besseren Eindruck von ihm verschaffen.«

»Ich habe den ehemaligen Leiter der Justizvollzugsanstalt ausfindig gemacht«, warf Dohmeier daraufhin ein. »Er kommt in ein paar Tagen aus seinem Urlaub bei der Tochter in Bayern zurück.«

»Gut, ich werde mit ihm sprechen, dann sehen wir weiter. Ach übrigens«, fiel ihm noch ein, »ich habe Harald Tiel gefragt, warum er selbst kein Priester geworden ist. Seine Antwort hat mich ebenfalls überrascht. Er sagte, damals, als es darum ging, sich zum Priesterseminar anzumelden, habe er das Gefühl gehabt, nicht würdig zu sein. Sein Kopf sei nicht frei von sündigen Gedanken gewesen. Im Nachhinein bedauert er es, nicht diesen Weg eingeschlagen zu haben. Mittlerweile wisse er nämlich, dass diese Gedanken mit der Zeit verschwinden.«

»Nicht frei von sündigen Gedanken?«, wiederholte Jasmin spöttisch. »Klingt ja richtig dramatisch. Macht ihn das verdächtig?«

»Schwer zu sagen«, antwortete ihr Stutter nachdenklich. »Ich hatte eigentlich den Eindruck, dass er nicht der Typ ist, der jemanden bekehren will. Ich schätze den Mann so ein, dass er einfach ehrlich versucht, seinen Glauben zu leben. Er wirkt nicht wie jemand, der sich berufen fühlt, Gottes Werk zu tun, indem er die angeblichen Sünder zur Strecke bringt, aber ich kann mich auch täuschen.« Dann rieb er sich nachdenklich das Kinn und meinte: »Ich war auch zu vertrauensselig, was diesen Künstler Grischa Ullrich angeht. Wir werden ihn erneut befragen müssen. Mich interessiert brennend, warum er uns nichts von dem Streit erzählt hat, wo er doch sonst so mitteilsam war.«

»Kann ich übernehmen«, schlug Dohmeier vor. »Mich kennt er noch nicht, das wird ihn vielleicht nervös machen, wenn er etwas zu verbergen hat.«

»Gute Idee«, stimmte Stutter zu. »Dann sehen wir mal, was für Geheimnisse wir noch ausgraben können …«

8

Einige Tage später im Haus von Frederike Tanner

Die Vormittagssprechstunde war lang gewesen und Frederike eigentlich zu müde, um sich noch mit Maia zu unterhalten, die ihr in letzter Zeit sowieso immer wieder Vorhaltungen wegen Pia machte. Natürlich sagte sie es nicht freiheraus, aber die versteckten Andeutungen genügten.

»Was willst du?«, fragte Frederike deshalb ihre Schwester, als die im Wartezimmer auftauchte.

»Wir müssen reden«, sagte Maia trocken.

»Wenn es wieder wegen Pia ist, dann bitte nicht jetzt. Ich bin müde.«

»Es geht nicht um Pia, es geht um Mutter.«

Mit einem Schlag war Frederike hellwach. »Mutter? Was soll das heißen?«

»Die Polizei stellt Fragen«, erklärte die Jüngere zornig.

Frederike atmete tief durch. »Das war zu erwarten, man durchleuchtet die Familiengeschichte des Mordopfers«, erklärte sie ihrer Schwester.

»Aber ist es nicht furchtbar, dass man nun auch noch

unsere Eltern mit hineinzieht?«, jammerte Maia, die sich von der Schwester mehr Betroffenheit gewünscht hätte. Viktor Ohmfeld schien recht zu behalten, Frederike verstand sie nicht.

»Natürlich ist es furchtbar«, gab ihr die Ältere zumindest recht, während sie die Stufen nach oben in die Wohnung stieg. Maia folgte ihr und dachte dabei, wie unterschiedlich sie doch waren: die große starke Frederike und daneben Maia, die unscheinbare graue Maus.

»Woher weißt du das überhaupt?«, wollte Frederike nun wissen.

»Hat mir eine Kundin erzählt, die den Mund nicht halten kann. Mir wäre es lieber, ich wüsste nichts davon. Und es geht nicht nur um Mutter«, warf Maia zögernd ein.

Frederike belegte sich im Stehen eine Scheibe Brot mit Wurst und Käse und schnitt sich eine Tomate klein.

»Die Fragen auch nach unserer Verbindung zu Uwe Schierwein.« Maia beobachtete, wie Frederike das scharfe Messer durch die rote Tomatenhaut führte und das Gemüse in hauchdünne Scheiben zerlegte.

»Ist doch klar, der ist der Hauptverdächtige«, erwiderte Frederike.

Maia murmelte: »Sicher, aber offenbar geht es da auch um dich und ihn.«

Der kurze Aufschrei und ein wüster Fluch ließen Maia zusammenschrecken.

»Herrgott«, meckerte Frederike, »jetzt habe ich mich auch noch in den Finger geschnitten. Gib mir das Pflaster«, schnauzte sie ungehalten.

Während Maia der Schwester half, sich zu verarzten, fragte sie zaghaft: »Warum fangen die jetzt damit an?«

Frederike reagierte wütend: »Was weiß ich? Du und deine ständigen Fragen, das nervt langsam.«

»Aber wenn sie sich nach uns erkundigen, bedeutet das dann nicht, dass sie uns nicht glauben?«

»Die erkundigen sich über alle. Heute war sogar eine Frau in der Praxis, die felsenfest behauptet, sie sei beim Kaffeekränzchen mit ihren Betschwestern ausspioniert worden. Angeblich hätte sich eine Fremde an ihren Tisch gesetzt. Erst hat sie sich nicht darüber gewundert, aber später kam sie dann auf die Idee, dass es vielleicht eine Detektivin sein könnte, so wie im Fernsehen. Und weißt du, warum sie das geglaubt hat?«

Maia schüttelte pflichtschuldig den Kopf.

»Weil sie eine blühende Fantasie hat. Die Leute haben nicht genug zu tun und reimen sich aus lauter Langeweile die tollsten Dinge zusammen.«

»Die Befragungen laufen, das ist kein Hirngespinst«, widersprach Maia.

»Natürlich laufen die, das ist auch gut so. Die Polizei muss schließlich ihren Job machen.«

Maia sah Frederike unsicher an.

Schließlich seufzte die Ältere. »Ich verspreche dir, dass alles in Ordnung kommt.«

»Hoffentlich«, murmelte Maia, riss sich dann aber zusammen und sagte: »Ich wollte mit dir noch besprechen, welches Lokal wir für die Trauerfeier anmieten sollen.«

»Ein Lokal?«, fragte Frederike überrascht. »Ich dachte, wir machen das hier?«

Maia verzog das Gesicht. Sie wirkte verbittert. »Ich will es schön, ich will etwas Besonderes für Pia.« Plötzlich begann sie zu weinen.

Frederike lenkte schnell ein. »Hast recht, lass uns in ein Lokal gehen, das wäre in ihrem Sinn.«

»Ja, das wäre es«, gab Maia kalt zurück. »Dann würde es wenigstens einmal nicht nach *deinem* Willen gehen.«

»Das schon wieder«, reagierte Frederike müde.

Maia gab ihr keine Antwort darauf, sondern drehte sich zum Gehen um, hielt dann aber noch einmal inne und sagte trotzig: »Ich habe beschlossen, die Zusammenarbeit mit Ohmfeld einzustellen.«

Frederike sah die jüngere Schwester an.

Maia hatte nicht den Eindruck, dass die Ältere überhaupt verstand, worum es ihr ging, obwohl es ihr eigentlich hätte klar sein müssen. »Ich habe mich dazu entschlossen und zwar endgültig.«

»Deine Entscheidung«, antwortete Frederike.

»Ja, das ist es und außerdem …« Maia schluckte, es fiel ihr schwer, es auszusprechen, aber dann fasste sie sich ein Herz und sagte: »Ich überlege, von hier wegzugehen. Pias Tod, Schierweins Rückkehr – vielleicht ist es an der Zeit, Gerlsee zu verlassen.« Ihr Blick wurde weicher und sie wandte sich eindringlich an Frederike. »Versprich mir, darüber nachzudenken. Wir könnten zusammen gehen, vielleicht eine Zeit lang reisen und uns dann einen Ort zum Leben suchen. Ich verkaufe die Gärtnerei, du gibst die Praxis an jemanden ab. Es würde funktionieren.« Mittlerweile klangen ihre Worte wie ein Flehen.

»Wieso sollten wir das tun? Gerlsee ist unser Zuhause.«

Maias Blick verfinsterte sich. *Typisch, es muss ja wieder nach deinem Kopf gehen*, schien sie damit sagen zu wollen, aber sie sprach ihre Anschuldigungen nicht aus, sondern erklärte mit einem Schulterzucken: »Ich werde ein schönes Lokal für Pia aussuchen.«

Frederike sah ihr nach, schüttelte den Kopf und flüsterte: »Ihr habt es mir immer schon schwer gemacht, euch zu beschützen.«

* * *

Maia bediente gerade eine Kundin, die sich nicht zwischen gelben und roten Tulpen entscheiden konnte. Obwohl der Strauß am Ende nicht mehr als zwanzig Euro kosten sollte, ließ sich die Dame ausführlichst beraten und alle möglichen Varianten vorführen. Maia blieb geduldig. Es gab gerade keine andere Kundschaft und auf etwas Anspruchsvolleres konnte sie sich sowieso nicht konzentrieren. Sie hatte ihren beiden Angestellten Anweisungen gegeben, das musste heute genügen. Die Idee, Gerlsee zu verlassen, erschien ihr immer verlockender.

»Wir könnten doch auch die weißen Blumen da versuchen«, krähte die Kundin und riss Maia aus ihren Gedanken.

»Sicher«, murmelte die und machte sich nicht mehr die Mühe zu erklären, dass die »*weißen Blumen da*« Lilien waren.

»Nein«, entschied sich die Frau, »das gefällt mir nicht, dann vielleicht doch so, wie Sie es vorgeschlagen haben. Die Roten und das grüne Zeug.«

»Gerne«, blieb sie als geübte Verkäuferin freundlich und sah sich mehr denn je in ihrem Wunsch bestätigt, das Geschäft aufzugeben. Warum sollte sie sich mit anstrengenden Menschen herumplagen, die sie mit Sonderwünschen nervten und am Ende nicht einmal bereit waren, anständige Preise zu bezahlen?

Die Unzufriedenheit von Maia wuchs, als die Frau auch noch eine Geburtstagskarte umsonst dazuhaben wollte.

Aber auch dieses Mal blieb sie höflich, obwohl sie davon ausging, dass die Frau nur deshalb bei ihr haltgemacht hatte, weil die Blumenecke im Discounter zwei Straßen weiter bereits ausverkauft war.

Zum Abschied bekam sie dann auch noch ein »Sind ja nicht gerade billig, so ein paar Blümchen« zu hören.

Offenbar fiel der Kundin jedoch auf, dass diese Bemerkung unangebracht war, und so fügte sie gönnerhaft an: »Allerdings haben Sie sich wirklich Mühe gegeben.«

Auch das klang eher wie Kritik, und Maia war froh, als sich die Tür hinter der Frau schloss.

Aus dem angrenzenden Gewächshaus hörte sie die Angestellten miteinander scherzen und dachte automatisch an Pia. Pia hatte gern gelacht, konnte richtig albern sein. Wann hatten sie sich so voneinander entfremdet? Sie hatte der Jüngsten im Stillen immer vorgeworfen, sie im Stich gelassen zu haben, dabei war es doch eigentlich genau umgekehrt gewesen. Vielleicht hätte sie damals mit Pia weggehen sollen, dann wäre sicher alles anders gekommen. Und Frederike? Die wäre allein klargekommen, hätte getan, was auch immer sie der Meinung war, tun zu müssen, und ihr eigenes Leben gelebt.

So in Gedanken versunken, stapelte sie lustlos einige leere Plastiktöpfe übereinander, als das harmonische Glockenspiel der Eingangstür einen neuen Kunden ankündigte.

»Ich komme gleich«, rief sie in den Verkaufsraum, ohne sich umzudrehen.

Kurz darauf trat sie mit einem Lächeln in den Laden. »Oh Gott«, entfuhr es ihr und sie spürte ihr Herz schlagen.

»Das ist dann wohl zu viel der Ehre«, sagte der Mann ihr gegenüber mit einem amüsierten Grinsen.

Sie wusste nicht, wie sie reagieren sollte, und stammelte ungeschickt: »Was kann ich für dich tun?«

Sofort kam ihr in den Sinn, dass eine solche Frage an Uwe Schierwein zu stellen, die Gefahr in sich barg, eine unangenehme Antwort zu erhalten.

»Ich dachte«, sagte der jedoch charmant, »ich kaufe eine gelbe Rose.«

»Gerne«, reagierte Maia mit bebenden Lippen und eilte zu der Vase mit den langstieligen gelben Rosen.

Sie versuchte, nicht zu hetzen, dennoch misslang es ihr, Ruhe zu bewahren. Sie stach sich sogar an einer der Dornen und hob den Finger schnell an die Lippen, um das Blut abzulecken.

»Hast du dich verletzt?«, fragte Schierwein übertrieben besorgt.

»Geht schon«, murmelte sie und wickelte die einzelne Blume in ein helles Papier.

»Wusstest du, dass gelb die Farbe des Verrats ist?«, fragte er harmlos, während er einige Eurostücke aus der Tasche kramte. Er ließ sich Zeit.

»Nein«, antwortete ihm Maia ehrlich und betete dafür, dass entweder weitere Kunden oder wenigstens einer ihrer nichtsnutzigen Angestellten den Verkaufsraum betreten würde.

»Sie ist auch die Farbe des Neids. Geächtete wurden ebenfalls damit gekennzeichnet.«

»Interessant«, entgegnete Maia fahrig.

Mittlerweile hatte er die drei Euro zusammen.

»Tja«, erwiderte er gut gelaunt. »Im Gefängnis hat man viel Zeit zum Lesen.«

Sie war fast erstarrt, nickte nur, weil ihr gar nichts anderes einfiel.

Dann endlich drehte er sich um und sagte freundlich: »Viele Grüße auch an Frederike.«

Maia schloss die Augen, hörte das Glockenspiel und betete dafür, dass der Mann verschwunden war, wenn sie die Lider wieder heben würde.

»Alles in Ordnung, Chefin?«, erschreckte sie einer ihrer Mitarbeiter.

»Ja«, reagierte sie atemlos, »alles bestens. Außer dass Uwe Schierwein gerade hier war und eine einzelne gelbe Rose gekauft hat.«

Der Angestellte wusste nicht, wer Uwe Schierwein war. Er nahm einfach an, dass sich seine Chefin über den schlechten Umsatz ärgerte, und sagte daher lapidar: »Womöglich gefällt ihm die eine so gut, dass er wiederkommt und mehr davon kauft.«

Maia war froh, dass man ihr keine weiteren Fragen stellte. Sie ärgerte sich sowieso darüber, dass sie für einen Augenblick die Fassung verloren hatte. Deshalb antwortete sie dankbar: »Ja, vielleicht hast du recht. Man sollte immer vom Besten ausgehen.«

Dennoch griff sie, sobald sie wieder allein war zum Telefon.

Frederike am anderen Ende der Leitung hatte Mühe, den Wortschwall zu verstehen, dann endlich sagte Maia mit klarer Stimme: »Er war hier und er lässt dir *Grüße* ausrichten.«

* * *

Zwei Tage später

Maia Tanner arbeitete noch spät in der Gärtnerei. Zu Hause wäre ihr die Decke auf den Kopf gefallen, und den Abend mit Frederike verbringen wollte sie nicht. Es gab zu viele Unstimmigkeiten.

Mehr denn je verspürte Maia den Wunsch, Gerlsee zu verlassen, aber zunächst war da noch Pias Beerdigung und außerdem die Angst, allein gehen zu müssen. Was sich anfangs so verlockend angehört hatte, erwies sich bei näherer Betrachtung als Weg in die Einsamkeit. Zumindest kam es Maia so vor. In Gerlsee hatte sie wenigstens ihre Pflanzen, aber allein in irgendeinem Hotelzimmer am anderen Ende der Welt, was sollte sie da tun? Frederike zeigte sich stur. Zumindest hatte sie insoweit eingelenkt, dass die beiden Schwestern nach der Beisetzung einen einwöchigen Urlaub machen wollten. Die Frage, wie es danach weitergehen sollte, beschäftigte Maia jedoch Tag und Nacht. Nur inmitten ihrer Pflanzen schienen die Sorgen von ihr abzufallen.

Liebevoll betrachtete sie die Orchideen, die sie selbst aufgezogen hatte, stupste mit dem Zeigefinger an eine der Luftwurzeln und meinte gut gelaunt: »Du sehnst dich also wieder einmal nach einem größeren Topf.« Dann streifte sie durch den Gang mit den Kräutern, sog erst den starken Minzgeruch und anschließend den süßlichen Duft des Lavendels ein, bevor sie sich daran erinnerte, dass es Zeit war, ihren grünen Lieblingen die verdiente Nachtruhe zu gewähren.

Sie selbst spürte nun auch die eigene Müdigkeit und beschloss daher, nach oben zu gehen. Kaum erreichte sie jedoch den Verkaufsraum, blieb sie wie angewurzelt stehen. Ihr Blick fiel auf die Scherben an der Eingangstür – das Glas war zerschlagen; sie hatte in dem weitläufigen Gewächshaus jedoch nichts gehört. Vermutlich hatte auch das ständige Brummen der Bewässerungsanlage das Klirren übertönt. Aber das spielte im Moment keine Rolle, denn ihre ganze Aufmerksamkeit galt dem Augenpaar, welches sie mit unverhohlenem und brennendem Hass anstarrte.

»Was hat das zu bedeuten?«, fragte sie tapfer, obwohl sie die Antwort eigentlich bereits kannte.

Was folgte, passierte wie im Zeitraffer. Das Messer schnellte nach vorn, doch sie blieb reglos und fühlte sich in diesem Moment wie eine Außenstehende, die den Angriff nur beobachtete.

Die scharfe Klinge wurde tief in Maias Eingeweide gerammt. Ihr Körper verkrampfte sich – sie keuchte, versuchte den Messergriff zu fassen, taumelte dabei rückwärts und rutschte schließlich an der Wand nach unten. Sie atmete stoßweise, der Sauerstoff schien nicht mehr bis in ihre Lunge zu gelangen. Während ihr Blut aus dem Mund tropfte, versuchte sie zu sprechen: »Das ist nicht richtig«, hauchte sie und ihr Gegenüber seufzte.

»Nicht richtig? Was für *unnütze* letzte Worte. Natürlich ist es richtig, und das weißt du auch.«

Mit einem Ruck wurde das Messer aus Maias Bauch gezogen. Blut strömte aus der Wunde, verteilte sich in ihrem Schoß. Es sah aus, als hätte Maia eine kurze rote Schürze umgebunden. Sie schnappte vergebens nach Luft, dann trübte sich ihr Blick, am Ende starrte sie anklagend ins Leere. Maia Tanner war tot. Ihre Leiche glich einem Bettler, der sich an einer Straßenecke niedergelassen hatte und in sich zusammengesunken demütig auf ein paar Almosen wartete. So wollte man sie jedoch nicht zurücklassen; ihr lebloser Körper wurde grob ins Gewächshaus gezerrt. Blut verteilte sich dabei auf dem Boden und hinterließ eine dunkelrote Spur.

Schließlich wurde sie zwischen den Pflanzentischen abgelegt. Kurz darauf wanderte ein Schraubenzieher um ihren Schädel, markierte sie mit dem gleichen Mal, das man auch bei ihrer Schwester Pia und dem Pfarrer hinterlassen hatte, jedoch war das noch nicht genug. Die Gestalt, die nun im Halbschatten zwischen Verkaufsraum und Gewächshaus stand, richtete den Blick auf die Vasen mit den Schnittblumen.

»Ja«, hörte man ein leises Flüstern, »das ist eine prächtige Idee.«

* * *

Am nächsten Morgen

Viktor Ohmfeld war tief in Gedanken versunken, als er sich an den Frühstückstisch setzte.

Seine Frau fragte harmlos: »Was wollte Maia Tanner denn gestern?«

»Nichts Besonderes«, gab er Antwort und erinnerte sich mit gemischten Gefühlen an das Auftauchen der Frau.

Linda schenkte ihm Kaffee nach und plapperte munter über eine Sommerveranstaltung im Kindergarten. Klein Basti saß auf seinem Stuhl und schlug mit einem Löffel auf das hart gekochte Frühstücksei seines Vaters. Es war ein allmorgendliches Ritual zwischen ihnen. Der Junge haute so lange drauf, bis die Schale sprang. Meistens dauerte es eine Weile, und das Kind genoss den Lärm, den es machen durfte.

Es war das erste Mal, dass Viktor die Beherrschung verlor. »Herrgott«, brüllte er plötzlich, »kannst du das vielleicht ein Mal sein lassen?« Gleichzeitig riss er dem völlig verstörten Jungen den Löffel aus der Hand und schleuderte ihn Richtung Spüle, wo er geräuschvoll gegen die Emaille donnerte.

»Viktor!«, rief Linda entsetzt und Bastian fing an zu weinen.

Sie wollte ihm Vorwürfe machen, aber auch dazu hatte er keinen Nerv.

»Nicht jetzt«, fuhr er sie an und stürmte aus dem Raum. Er musste einen klaren Kopf bekommen, brauchte Ruhe, am besten würde er sich in den Keller zurückziehen. Er musste sowieso noch die Seniorin aus dem Altenheim vorbereiten. Die Verwandten wünschten sich eine Trauerfeier im großen Stil.

Kurz darauf trat Viktor an den Stahltisch und schlug die Abdeckung zurück. Plötzlich überwältigte ihn ein tiefes Gefühl der Ruhe. Hier war er in seinem Element, hier hatte er alles unter Kontrolle. Kein schreiendes Kind, keine meckernde Frau; nur die Toten und er.

Für einen Augenblick war er versucht, sich einfach neben den Leichnam zu legen, die Augen zu schließen und so zu tun, als könnte er nichts mehr fühlen.

Es klopfte an der Tür, dann hörte er das Rufen seiner Angestellten: »Herr Ohmfeld, haben Sie es schon gehört?«

Sofort spürte er, dass das nur eines bedeuten konnte – schlechte Nachrichten kündigten sich an. Er atmete durch, bedeckte die Tote wieder und öffnete die Tür.

Seine Angestellte sah bleich aus, mit bebenden Lippen sagte sie schließlich: »Maia Tanner ist tot. Man hat sie ermordet!«

* * *

Die Streifenbeamten hatten den Eingang der Gärtnerei abgesperrt. Trotzdem war der Mord an Maia Tanner bereits durchgesickert und auch der Name Uwe Schierwein hatte sich längst durch die sozialen Medien gearbeitet.

»Dieser hirnlose Idiot«, konnte es sich Hauptkommissar Dohmeier nicht verkneifen zu sagen, als sie die Menschenmenge vor dem Geschäft der Toten sahen. Die Beschimpfung galt Niklas Pfeffer, dem zweiundzwanzigjährigen Angestellten der Toten, der am Morgen die Leiche gefunden und daraufhin nicht nur die Polizei, sondern die komplette Internetgemeinde verständigt hatte.

»Interessant ist allerdings, dass er bereits gestern einen Post abgesetzt hat, in dem er höchst dramatisch beschreibt, wie der *Fleischwolf-Mörder* Uwe Schierwein eine gelbe Rose in der Gärtnerei gekauft hat.«

»Wurde das von Maia Tanner gemeldet?«, fragte Stutter in Richtung Dohmeier.

Der schüttelte den Kopf, griff aber parallel zum Telefon und informierte sich bei der Dienststelle. Das Letzte, was sie jetzt gebrauchen konnten, war ein nicht ernst genommener Hilferuf des Mordopfers.

Erleichtert erhielt der Gerlseer Beamte die Rückmeldung, dass sich Maia Tanner in den letzten Tagen nicht mit der Polizei in Verbindung gesetzt hatte.

Die drei Beamten erreichten das Absperrband. Einer der Uniformierten hob es an, damit sie passieren konnten.

Trotz der morgendlichen Stunde war es bereits brütend warm. Sie betraten den dem Gewächshaus vorgelagerten Verkaufsraum und hatten sofort das Gefühl, gegen eine Wand zu laufen. Die Schutzanzüge, die sie anlegen mussten, machten den Aufenthalt nicht gerade erträglicher. Einer der Kriminaltechniker deutete zu dem großen Deckenventilator. »Das Belüftungssystem einzuschalten, wäre zu riskant. Könnte Spuren zerstören.«

Die schwüle Hitze aus dem Gewächshaus hatte sich überall ausgebreitet. Augenscheinlich hatte der Täter die Verbindungstür offen gelassen.

Zu der Hitze kam der intensive Duft einiger Pflanzen. Jasmin fühlte sich an einen Besuch in einer Münchner Parfümerie erinnert. Er hatte ihr unbedingt ein exklusives Parfum schenken wollen und sie sollte sich etwas aussuchen; die Verkäuferin hatte unzählige Probeflaschen angeschleppt. Am Ende konnte sie nichts mehr auseinanderhalten und ihr war schlecht geworden. Er hatte sie aufgezogen und ihr dann später in dem kleinen italienischen Lokal einen Flakon überreicht, der an zwei verschlungene Herzen erinnern sollte. Sie wusste noch, wie er gesagt hatte: »Für immer und ewig.«

»Jasmin«, sagte Stutter und berührte sie am Arm. »Alles in Ordnung?« Offenbar glaubte der Kollege, ihr sei schlecht geworden, deshalb fragte er: »Geht es dir gut? Du kannst gerne an die frische Luft.«

»Nein«, wehrte sie sofort ab. »Ich war nur in Gedanken.«

Er sah sie skeptisch an, drängte sie aber nicht weiter, meinte lediglich: »Wir müssen nach hinten.«

Im Gewächshaus wurde der Duft der Blumen und Kräuter noch intensiver und vermischte sich mit dem der feuchten Erde.

Maia Tanner lag auf dem Boden. Die Blutspur ließ keinen Zweifel daran, dass sie vorn im Laden erstochen und anschließend nach hinten geschleift worden war. Man hatte nicht versucht sie gerade hinzulegen oder sie in irgendeine Pose zu rücken. Sie lag verrenkt auf dem rauen Betonuntergrund. Die Beine leicht gespreizt, der Schuh des rechten Fußes fehlte. Die Kollegen hatten ihn neben den Bodenvasen gefunden. Die Arme schmiegten sich nicht an den Körper an, sondern wirkten seltsam verdreht. Das Blut aus der rund um den Schädel verlaufenden Wunde war angetrocknet und gab ihrem Gesicht den Anschein, dass man sie geschlagen hätte. Aber der Gerichtsmediziner konnte das bereits ausschließen. Dennoch wirkte der Mord durch das viele Blut besonders brutal. Und auch die Tatsache, dass man über der Toten beinahe schon liebevoll gelbe Rosen ausgebreitet hatte, verstärkte diesen Eindruck noch.

Das Absurde war das eigentlich Problematische bei dieser Tat. Stutter nahm das mit gemischten Gefühlen zur Kenntnis. Ein Mord war immer ein grausames Verbrechen. Aber solche Inszenierungen glichen Kampfansagen: »Pass auf!«, schienen sie zu bedeuten. »Ich habe keine Hemmungen zu töten, ich höre nicht auf und ich bin gut darin.« Zumindest empfand es Stutter so, als er auf die tote Maia Tanner blickte.

Einige der gelben Rosen hatten blutgetränkte Blätter, waren damit vollgesaugt und wirkten fast schwarz. Und dann überkam Stutter eine unbändige Wut. Uwe Schierwein war hier gewesen, hatte eine gelbe Rose gekauft und nun war Maia Tanner tot. Genau wie ihre Schwester Pia, die sich von Schierwein bedroht gefühlt hatte. Und er? Was hatte er getan? Er hatte gezögert, hatte sich auf sein Bauchgefühl verlassen, sich womöglich geirrt und nun war wieder jemand gestorben. Der Gedanke, die Schuld daran zu tragen, überwältigte ihn fast.

»Wo ist sie?«, schrie jemand und plötzlich stand Frederike Tanner vor der Ladentür.

Die Polizisten hinderten sie daran, das Geschäft zu betreten, aber sie wehrte sich, kreischte und schlug sogar um sich.

Stutter eilte nach draußen. »Sie darf auf keinen Fall hier hinein«, gab er strenge Anweisung.

Als Frederike den Hauptkommissar entdeckte, verzog sich ihr Gesicht. Hasserfüllt brüllte sie: »Das ist Ihre Schuld, Ihre Schuld!«, dann sackte sie in die Knie.

Es war, als hätte sie alle Kraft verloren. Sie hockte auf dem Boden und weinte. Die Beamten rückten betreten von ihr ab.

Frederike schluchzte. »Das hätte nicht sein müssen, das hätte doch nicht sein müssen«, stammelte sie.

Jasmin eilte zu ihr. Sie sprach auf die Frau ein und half ihr schließlich, sich aufzurichten. Fragend sah sie sich um. »Wo können wir hin?«

Einer der Streifenkollegen deutete mit dem Finger zu einem Nebengebäude. Jasmin geleitete die Frau gefolgt von Stutter in den Schuppen. Hier wurden offenbar Gartenwerkzeuge aufbewahrt. Außerdem diente der Nebenbau den Angestellten als Aufenthaltsraum. Es gab einen alten Campingtisch, zusammengewürfelte Stühle, einen Kühlschrank, ein Waschbecken und sogar einen Heizkörper. Im Winter war es hier sicher ungemütlich, aber bei den sommerlichen Temperaturen hielten die Steinwände die Hitze angenehm ab.

Jasmin bugsierte Frederike auf einen der Stühle. Dann füllte sie ein Glas mit Wasser und reichte es der Frau zusammen mit einer Rolle Küchenpapier, mangels Taschentüchern.

Frederike Tanner schluchzte und sah eine ganze Weile nicht auf. Zwischendurch murmelte sie: »Das hätte nicht sein müssen, das war nicht nötig.«

Die Oberkommissarin sah Hilfe suchend zu Stutter. »Vielleicht wäre es besser, einen Krankenwagen zu rufen«, sagte sie leise, woraufhin Frederike ein vehementes »Nein« von sich gab.

»Nein«, sagte sie dann ruhiger, »ich will nicht in ein Krankenhaus, was soll ich da? Ich möchte bei meiner Schwester sein.«

»Haben Sie irgendeine Ahnung, was passiert ist?«, fragte Stutter behutsam, wunderte sich aber nicht, als ihm Frederike ins Gesicht schleuderte: »Ja, ich weiß genau, was passiert ist. Sie und Ihre Kollegen haben meine beiden Schwestern auf dem Gewissen«, zischte sie aufgebracht. »Warum haben Sie dieses Monster freigelassen? Solange er im Gefängnis war, ging es uns gut, aber nein …« Sie wurde lauter. »Sie müssen ihn entlassen und das Erste, was er tut, ist, mir meine Familie zu nehmen. Ich hatte Ihnen erzählt, dass Pia Angst hatte. Warum wurde er, nachdem er Pia und den Pfarrer umgebracht hat, nicht verhaftet?«

»Weil er ein Alibi besitzt«, antwortete ihr Stutter trocken.

»Dann lügt jemand für ihn«, schnauzte Frederike.

»Warum haben Sie es nicht der Polizei gemeldet, als Schierwein bei Ihrer Schwester aufgetaucht ist? Wir haben das erst heute erfahren, und zwar nur deshalb, weil ein Angestellter gestern einen entsprechenden Post in den sozialen Netzwerken abgesetzt hat. Warum kamen Sie nicht zu uns? Ich gehe doch davon aus, dass Maia Ihnen von Schierweins Besuch erzählt hat, oder?«

»Das war kein Besuch«, schnauzte die Tierärztin, »er hat sich als Kunde ausgegeben und eine Scheißrose gekauft.«

»Eine gelbe Rose.«

»Was auch immer«, giftete sie.

»Warum kein Anruf bei uns?«

»Weil …« Sie zögerte, blickte an den Beamten vorbei und blinzelte heftig. »Maia wollte es nicht und ich habe mich von ihr dazu überreden lassen, keine Meldung zu machen. Ich hätte mich über ihre Wünsche hinwegsetzen müssen, aber ich tat es nicht.« Sie sah mit verzerrtem Gesicht zu den Polizisten. »Sie haben recht«, sagte sie nun und streckte das Kinn kämpferisch nach vorn. »Nicht Sie haben Schuld, sondern ich. Das ist alles meine Schuld. Ich habe nicht auf meine Schwester aufgepasst. Ich habe sie umgebracht.«

»Maia war erwachsen«, versuchte Stutter die Frau zu beruhigen. »Sie hatte offenbar ihre Gründe, uns nicht einzuschalten. Ich möchte es nur verstehen. Warum hat Maia uns nicht informiert?«

Frederike seufzte. »Sie sagte, wenn Schierwein der Mörder von Pia wäre, dann hätte die Polizei ihn längst verhaftet. Sie nahm vielmehr an, dass er den Plan hatte, uns zu provozieren, uns Angst zu machen. Weil unser Vater damals gegen ihn ausgesagt hat. Sie wollte sich nicht von ihm einschüchtern lassen, obwohl sie seinen Auftritt unheimlich fand.«

»Hat Schierwein irgendetwas gesagt, als er im Laden Ihrer Schwester war?«

Frederike presste die Lippen aufeinander, sie hatte ganz offensichtlich keine Lust, weitere Auskünfte zu geben.

Stutter versuchte es auf eine andere Art. »Ich versichere Ihnen, dass wir alles daransetzen, diese gemeinen Morde aufzuklären. Aber dazu brauche ich Ihre Hilfe.«

»Sie spionieren uns aus«, warf ihm Frederike unvermittelt an den Kopf. »Sie stellen Fragen über meine Eltern, über uns Schwestern.« Sie zögerte. »Über mich.«

»Ja, das tun wir«, antwortete Stutter ehrlich. »Was das angeht, habe ich keine andere Wahl. Ich muss Informationen sammeln, um den Fall lösen zu können.«

»Warum fragen Sie mich nicht direkt? Warum sind Sie nicht zu mir gekommen?«

»Erstens wäre ich das noch, zweitens ist oft mehr als ein Zeuge notwendig, um einen Sachverhalt richtig zu erfassen, und drittens stellt sich die Frage, ob Sie denn bereit gewesen wären, mir alles zu erzählen.«

Sie senkte den Kopf. Dicke Tränen kullerten über ihr

kantiges Gesicht. Sie tropften auf ihre Jeans, hinterließen dort runde, dunkle Flecken.

»Sie wollen wissen, was zwischen mir und Uwe vorgefallen ist, oder?« Sie hob den Blick immer noch nicht, knüllte stattdessen das Küchenpapier in ihren Händen und seufzte.

»Ich war gerade achtzehn Jahre alt und ich hatte keine Ahnung von Männern. Ich habe mich fast ausschließlich um die Schule und meine jüngeren Geschwister gekümmert. Wir hatten Abiturfeier, trafen uns in der Disco. Ich war das erste Mal angetrunken und da gab es diesen Jungen.«

»Uwe Schierwein«, ergänzte Stutter.

Sie hob den Kopf und nickte leicht. »Ich hatte ihn natürlich schon gesehen, wenn ich mit Papa beim Schlachthof war. Alle sahen ihn. Die Jungs wollten ihn als Kumpel, die Mädchen waren reihenweise in ihn verliebt. Er fuhr ein ziemlich cooles Auto, hatte ein Motorrad. In den Achtzigern hatte nicht jeder schon mit achtzehn den Führerschein und schon gar keinen eigenen fahrbaren Untersatz. Uwe Schierwein war etwas Besonderes und sah gut aus.«

»Er hatte ein Kind«, warf Jasmin ein.

»Ja, aber damals hieß es, seine Ex-Freundin sei ein gemeines Miststück und würde ihm den Zugang zu dem Sohn verweigern. Die Mädchen haben ihn alle bedauert und jede wollte seine Aufmerksamkeit. Aber natürlich war das nur seine Masche. Uwe Schierwein konnte schon immer hervorragend lügen.« Sie sah auf, schnäuzte sich die Nase. »Das machte ihn vermutlich so anziehend. Er sagte dir das, was du hören wolltest. Und dann interessierte sich dieser fantastische Typ auch noch für mich.«

»Sie waren ein Paar?«

»Keine Ahnung, nein, jedenfalls«, stammelte sie, »an diesem Abend war er auch da und er hat mich erkannt, sagte: ›He, bist du nicht das Mädchen aus dem Schlachthof?‹«

»Na ja, heute hört sich das alles blöd und naiv an, aber das waren andere Zeiten und ich war wirklich unerfahren in solchen Dingen. Jedenfalls kamen wir ins Gespräch und irgendwann fragte er mich, ob ich mit ihm eine Runde mit dem Motorrad drehen wollte. Und natürlich wollte ich. Ich hoffte damals noch, dass uns alle sehen würden, aber da war kaum jemand auf dem Parkplatz. Im Nachhinein konnte ich natürlich froh sein.« Dieses Mal blickte sie Stutter an. »Kurz darauf wurde er nämlich verhaftet. Jedenfalls fuhr er mit mir auf eine Anhöhe, vermutlich hatte er da schon eine Menge Mädchen hingebracht, und dann hat er mich geküsst. Sehen Sie mich an«, sprach sie grimmig weiter. »Ich bin keine Schönheit, das war ich nie. Ich war immer größer, breiter und kräftiger als meine Freundinnen. Ich hatte weder Maias zierliches Wesen noch Pias weibliche Formen.« Sie kämpfte gegen die Tränen an. »Dass sich ein Junge wie Uwe Schierwein für mich interessierte, war schon außergewöhnlich.« Sie machte eine wegwerfende Handbewegung. »Sicherlich hätte er mir das Herz gebrochen, aber das Gefängnis ließ mir zumindest die Illusion, dass er es ernst gemeint hatte.«

Sie atmete durch. »Ich wurde damals von ihm entjungfert. Mir ist das immer noch peinlich. Maia wusste das und hatte auch deshalb kein Interesse daran, uns und Schierwein in den Fokus der Polizei zu bringen. Außerdem wollte sie weg von hier, alles hinter sich lassen. Sie hatte genug von Gerlsee, von Schierwein und von der Trauer. Ich habe versucht, ihr das auszureden.« Frederike zeigte ein gequältes Lächeln. »Dabei hätte ich sie gehen lassen müssen. Sie hat meinetwegen ihr Leben verloren.«

»Derjenige, der sie getötet hat, ist dafür verantwortlich«, versuchte Jasmin sie zu beruhigen.

»Hat Ihr Vater von Ihrer Beziehung zu Schierwein gewusst?«, kam Stutter nochmals auf die Vergangenheit zu sprechen.

Frederike gab einen herben Laut von sich. Unter anderen Umständen hätte sie vermutlich aufgelacht, aber so sagte sie nur: »Mein Vater lebte in einer anderen Welt. Er war vor allem eines, nämlich Arzt, Veterinär«, fügte sie nicht ohne Bewunderung an. »Er war Tag und Nacht erreichbar. Es gab keine Wochenenden oder Feiertage für ihn. Die Tierbesitzer haben ihn geliebt. Und er konnte gut mit den Vierbeinern umgehen. Besser als mit den Zweibeinern, etwas, das ich von ihm geerbt habe.« Sie lächelte eine Sekunde, als sie sich an ihren Vater erinnerte, wurde dann aber wieder ernst. »Nein, er hat es nicht gewusst. Ich glaube sogar, dass ihm gar nicht bewusst war, wie schwer es für uns drei war, ohne Mutter aufzuwachsen. Mich hat es da sicher am meisten getroffen«, sagte sie ohne Selbstmitleid. Es war einfach nur eine Feststellung. »Maia und Pia konnten mit ihren Problemen zu mir kommen, aber ich musste mich selbst durchschlagen. Meine Schwestern haben mir immer vorgeworfen, zu sehr auf Papas Spuren zu wandeln, aber es war eben das Einzige, was ich gut konnte.« Sie senkte den Kopf und murmelte: »Ich bin seine Nachfolgerin geworden und jetzt fühle ich sogar seine Einsamkeit.«

Stutter schien es der richtige Moment, eine Frage bezüglich der Mutter zu stellen. »Sie sprechen von dem tödlichen Unfall Ihrer Mutter?«

Frederike nickte. »Wie gesagt, ich habe schon gehört, dass Sie sich danach erkundigen.«

Der Hauptkommissar wollte sich erklären, aber Frederike unterbrach ihn mit einem schnellen »Nein, nein«. Sie sah ihn direkt an. »Stellen Sie Ihre Fragen.«

»Wie war die Ehe Ihrer Eltern?«

Wenn es sie überraschte, dass der Beamte das wissen wollte, ließ sie es sich nicht anmerken.

Ohne zu zögern, sagte sie: »Schwierig zu beantworten«, was wiederum Stutter verblüffte.

Offenbar war Frederike bereit, Auskunft zu geben, denn sie sprach unaufgefordert weiter. »Ich nehme an, Ihnen wurden Gerüchte zugetragen. Vor allem, was den kränklichen Zustand meiner Mutter anging. Aber das ist nicht die

Wahrheit. Meine Mutter war körperlich kerngesund, sie hatte ein anderes Problem.«

Niemand drängte die Frau und so konnte sie sich in Ruhe überlegen, wie sie ein für sie so schmerzliches Thema am besten darlegen sollte.

»Mein Vater hat meine Mutter angebetet. Ich erinnere mich sogar noch daran, wie glücklich wir waren. Alles fing nach Pias Geburt an. Es war ein schleichender Prozess. Meine Mutter verlor ihre Lebensfreude, wurde unberechenbar, hatte starke Stimmungsschwankungen. Manchmal lag sie tagelang im Bett und dann plötzlich erschien sie, als wäre nichts gewesen, und war voller Tatendrang. Heute würde man von einer ausgeprägten Depression sprechen.«

»Ihre Mutter starb 1980, auch da wurden solche Diagnosen schon gestellt und behandelt.«

»Ja, aber meine Eltern kamen aus einer anderen Zeit. Und wenn wir ehrlich sind, dann sind doch heute noch viele Betroffene bei dem Thema Depressionen zurückhaltend. Ich nehme an, meine Eltern glaubten, damit klarzukommen.«

»Und der Unfall?«, fragte Stutter behutsam.

Frederike schüttelte den Kopf. »Es war schrecklich«, gestand sie. »Alles lief so gut, wir waren im Urlaub, auf einem Bauernhof in den Bergen. Mutter liebte die Berge, das Wandern. Sie war mit den Hunden unterwegs. Als die beiden ohne sie zurückkamen, da ahnten wir schon, dass etwas passiert sein musste. Der Bauer begleitete meinen Vater. Sie fanden sie auf einem Felsvorsprung. Sie war an einer engen Stelle ausgerutscht und abgestürzt. Danach war mein Vater nicht mehr derselbe. Er hatte früh seinen Bruder verloren, kurz nach dem Krieg, und nun seine geliebte Ehefrau. Ich glaube, wenn es uns drei nicht gegeben hätte, wäre er verloren gewesen.«

Sie sah Stutter direkt ins Gesicht. »Ich weiß, was Sie denken. Sie unterstellen, dass sich meine Mutter umgebracht hat. Ehrlich gesagt, ist auch das möglich. Allerdings war sie an diesem Tag guter Dinge, hat sich mit einem Lachen bei uns verabschiedet. Sie drehte sich sogar noch einmal um und rief meinem Vater und uns Kindern zu: ›Bis später!‹«

Wieder seufzte sie. »Ich fand es immer leichter, an einen Unfall zu glauben.«

Sie schwieg, atmete schwer und meinte dann: »Kann ich Maia sehen?«

»Im Moment nicht«, sagte Stutter bestimmt. »Später, nach der Untersuchung durch den Gerichtsmediziner.« Er vermied absichtlich das Wort »Autopsie«.

»Ich weiß, was jetzt mit ihr passiert«, entgegnete Frederike jedoch bitter. »Aber danke, dass Sie versuchen, mich zu schonen. Das bin ich nicht gewohnt und …« Sie suchte nach den richtigen Worten, meinte schließlich: »Es tut mir leid, dass ich Sie so angegangen bin. Ich weiß nur nicht, wohin mit meiner Wut. Erst Pia, dann Maia. Sie sagten, Schierwein hat ein Alibi für den Mord an Pia.« Sie kräuselte spöttisch die Lippen. »Natürlich hat er das, er hat immer gewusst, wie er bekommt, was er will.«

»Er wurde verurteilt, saß im Gefängnis«, warf Stutter ein.

»Dann hatte er ein Mal Pech, aber wie ich ihn kenne, hat er die Zeit da drin genutzt, um etwas auszuhecken. Sie können sicher sein, dass er damals nicht erwischt wurde, weil er einen Fehler gemacht hat. Die Polizei hatte lediglich Glück. Ich hoffe, Sie sind ebenso vom Schicksal begünstigt.«

»Hat er versucht, mit Ihnen Kontakt aufzunehmen?«, ging Stutter nicht auf ihren Kommentar ein.

»Er hat anscheinend über die Farbe Gelb fabuliert, davon gesprochen, dass man früher die Geächteten damit gekennzeichnet hat, und schließlich war er so reizend gewesen, mir durch Maia Grüße ausrichten zu lassen. Was denken Sie? War das nun Höflichkeit oder eine Drohung? Jedenfalls«, sagte sie und ballte die Hände zu Fäusten, »sollte er sich besser nicht in meiner Nähe blicken lassen.«

9

In der Wohnung von Uwe Schierwein zur gleichen Zeit

Uwe Schierwein saß am Küchentisch und drehte sich eine Zigarette. Auch Jannik war anwesend und Vera Blach, die Anwältin.

»Was haben Sie sich dabei gedacht?«, fragte sie scharf. »Wieso gehen Sie ins Geschäft dieser Frau?«

»Neugierde«, antwortete Schierwein knapp.

»Du spinnst«, schnauzte Jannik. »Du legst es regelrecht darauf an, wieder im Knast zu landen. Ich frage mich langsam, ob du nicht …«

»Was?«, unterbrach ihn Schierwein mit schneidender Stimme. »Was fragst du dich? Ob ich es getan habe? Ob ich den Pfarrer und die beiden Tanner-Schwestern kaltgemacht habe?«

»Nein«, wehrte Jannik ab, der seine Andeutungen bereits bereute.

»Natürlich fragst du dich das«, erwiderte Schierwein nun ruhiger und konzentrierte sich erneut auf seine Zigaretten.

»Ihr beide fragt euch das, das kann ich euch ansehen. Also, Frau Anwältin, was soll ich nun tun? Gestehen?«

Vera Blach fixierte ihren Mandanten. Sie hatte seine Vertretung pro bono übernommen, hatte sich dadurch ein Plus für ihren Lebenslauf erhofft und musste nun befürchten, dass ihr die Wohltätigkeit um die Ohren flog. Trotzdem blieb sie professionell. Ihr Blick wanderte zu Jannik. »Ihr Enkel muss zwar als naher Verwandter nicht gegen Sie aussagen, kann es aber, wenn er will. Daher rate ich eigentlich allen meinen Mandanten grundsätzlich dazu, Geständnisse welcher Art auch immer nur mir gegenüber zu machen. Als Ihre Anwältin unterliege ich der Schweigepflicht. Ich kann es mir nicht anders überlegen, im Gegensatz zu einem Familienmitglied.«

Schierwein unterbrach seine Tätigkeit und blickte erst zu Vera Blach, dann zu seinem Enkel, bevor er sagte: »Sie haben recht, der Junge soll gehen.«

»Was?« Jannik fuhr aus allen Wolken. »Du hast mich doch angerufen, dich darüber beschwert, dass die Presse vor deiner Tür steht. Ich habe Frau Blach informiert, und jetzt schmeißt du mich raus?«

»Kannst ja später wiederkommen«, erwiderte sein Großvater gelangweilt.

Jannik stand auf und schnaufte verächtlich. »Langsam habe ich von dir echt die Schnauze voll.« Wütend stapfte er davon und ließ die Tür hinter sich geräuschvoll ins Schloss fallen.

Vera Blach begab sich zu dem Stuhl, auf dem gerade Jannik gesessen hatte, und nahm Platz. Sie richtete sich auf und wirkte sehr förmlich, als sie fragte: »Nun, was haben Sie mir zu sagen?«

»Würde es Sinn machen, die jüngsten Morde zu gestehen?«, stellte er, ohne zu zögern, eine Gegenfrage.

»Wenn Sie Ihr Gewissen erleichtern wollen, dann ja.« Er

reagierte nicht sofort und sie hakte nach: »Wollen Sie denn Ihr Gewissen erleichtern?«

»Wenn ich der Mörder des Pfarrers und der beiden Frauen wäre und Sie wüssten das, würden Sie dann noch hier mit mir sitzen? Ich meine, selbst wenn Sie jetzt um Hilfe rufen würden, hätte ich genug Zeit, Sie zu erwürgen.«

Vera hatte nur wenige Sekunden zu entscheiden, ob sie das ernst nehmen musste und wie sie am besten reagieren sollte. Ohne es zu wollen, streifte ihr Blick den Messerblock auf der Anrichte.

»Vergessen Sie es«, sagte Schierwein, der das bemerkte, während er gelassen über das Blättchen seiner Zigarette leckte. »Sie wären nicht schnell genug, ich hätte Sie vorher auf dem Boden.«

Obwohl das Herz der Anwältin heftig gegen die Brust hämmerte, lehnte sie sich scheinbar entspannt zurück. »Wenn Sie in den Knast zurückwollen, brauchen Sie mich nicht umzubringen. Ich habe Sie rausgeholt, ich bekomme Sie auch wieder rein. Nur so unter uns«, sagte sie hämisch, »das ist für uns Anwälte ziemlich einfach.«

»Oh ja, das weiß ich«, reagierte Schierwein müde.

Sie sah ihn herausfordernd an, rechnete mit einer weiteren Drohung, befürchtete aber nicht mehr, dass er sie wirklich angreifen wollte. Vermutlich war das eben ein Test gewesen. Abgesehen davon waren sich doch die meisten Straftäter darüber bewusst, dass ihr Anwalt oft noch der einzige Verbündete war, den sie hatten. Das gab den Rechtsbeiständen wiederum eine Art Welpenschutz.

»Sie überlegen, ob ich ausgerechnet meine Anwältin zu meinem Opfer machen würde. Sie denken, weil ich Sie ja noch brauche, tue ich das nicht. Aber wenn ich ein gefährlicher Psychopath bin, dann wäre mir das doch egal, oder?«

Wieder beschlich Vera das Gefühl, in der Falle zu sitzen, und sie wusste nicht, was sie sagen sollte, etwas, das sehr selten vorkam.

Als hätte er das eben nicht gesagt, sprach Schierwein weiter. »Ich war übrigens auch bei der Kirche und habe den Küster erschreckt.«

»Wieso?«, schnappte Vera und schüttelte verständnislos den Kopf.

»Ich habe mehrere Frauen umgebracht, anschließend ihre Körper zerlegt und durch einen Fleischwolf gedrückt, bis unten nur noch grobe Hackmasse herauskam. Brauche ich da einen Grund, den Küster zu erschrecken oder jemandem eine gelbe Rose abzukaufen?«

»Sie haben Ihre Strafe abgesessen und sind frei. Wenn Sie das bleiben wollen, rate ich Ihnen dringend davon ab, weitere Aktionen dieser Art zu starten. Maia Tanner wurde ermordet und wie man den sozialen Medien entnehmen kann, hat der Täter sie mit gelben Rosen überschüttet.«

»Hab's gehört«, sagte er flapsig.

»Die ganze Welt weiß, dass Sie dort waren.«

»Und jetzt möchten die mich da unten lynchen«, gab er resigniert Antwort. »Schon klar.«

»Die hoffen wohl eher auf ein Interview.«

Irritiert hob Schierwein den Kopf. »Ein Interview?«

»Ja, natürlich. Die Presse reißt sich darum. Man hat mich angesprochen, die bieten eine schöne Summe.«

»Ich werde dafür bezahlt, dass ich Fragen beantworte?«, hakte er nach, und Vera Blach hatte das erste Mal, seit sie den Mann kannte, das Gefühl, dass er regelrecht naiv war.

Dann fiel ihr seine lange Zeit im Gefängnis ein. Natürlich hatte er dort Fernsehen und eingeschränkten Zugang zu modernen Medien gehabt, dennoch hatte er neununddreißig Jahre abgeschottet gelebt.

»Nun ja«, begann sie zu erklären. »Die Dinge haben sich vielleicht seit 1983 etwas geändert.« Sie entschied sich, das, was sie sagen wollte, positiv zu verpacken, und meinte daher: »Die Menschen sind liberaler, jedem wird Gehör geschenkt. Man interessiert sich für Schicksale, auch für die von

Menschen, die gegen die Regeln der Gesellschaft verstoßen haben.«

»Dann gebe ich ein Interview. Arrangieren Sie eines, für das ich gut bezahlt werde.«

Sie verzog das Gesicht und wusste, dass es jetzt an der Zeit war, die Kehrseite der Medaille zu erwähnen, gequält fuhr sie fort: »Ehrlich gesagt würde ich Ihnen davon abraten. Die werden Ihnen auch eine Menge unangenehmer Fragen stellen. Man wird versuchen, Sie aufs Glatteis zu führen, zu manipulieren und am Ende schaden Sie sich mit so einem Interview.« Sie sah ihm an, dass er noch nicht überzeugt war, und ergänzte: »Wenn Sie etwas mit den Morden zu tun haben, wäre es besser, zu schweigen.«

»Mein letzter Anwalt hat mir zum Gegenteil geraten und ich saß daraufhin viele Jahre im Knast. Sie hätten das anders gehandhabt, oder?«

Vera vermied es normalerweise, schlecht über Kollegen zu sprechen. Sie dachte an das alte Sprichwort von der Krähe, die einer anderen kein Auge aushackt. Allerdings war der damalige Strafverteidiger von Uwe Schierwein längst tot, und so konnte sie niemandem ins Gehege kommen. Daher antwortete sie freiheraus: »Ja, ich hätte es anders gemacht.«

»Wie?«, fragte Schierwein neugierig.

»Ich hätte Sie entweder gleich gestehen lassen, denn nur dann wäre die Chance auf ein milderes Urteil noch möglich gewesen, kein langer Prozess, keine Zeugen, die alles noch schlimmer machen. Oder aber ich hätte bis zum Ende und darüber hinaus auf nicht schuldig plädiert.«

»Nach dem Geständnis war ich erledigt. Keine Chance auf eine Änderung des Urteils, egal wie sehr ich meine Unschuld beteuert hätte.« Seine Miene verfinsterte sich. »Oh nein, ich werde nie wieder etwas gestehen, das sollten Sie vielleicht wissen, wenn Sie meine Anwältin bleiben möchten.«

»Die Polizei wird hier auftauchen und Sie nach Ihrem Alibi für den Mord an Maia Tanner fragen.«

»Scheint denen nicht so dringend, sonst wären die doch schon längst hier«, warf Schierwein ein.

»Unterschätzen Sie die Beamten besser nicht. Ich habe mich informiert. Dieser Hauptkommissar Stutter ist so eine Art *Legende* beim BKA. Seine Aufklärungsquote ist enorm. Den schicken Sie immer dahin, wo es richtig brennt. Es gab zum Beispiel einen Fall in Rostock …« Sie brach ab. »Wenn er so gut ist, wie man sagt, dann ist er nur deshalb noch nicht hier, weil er etwas ausheckt.«

»Sie denken also, er wird den Täter finden.« Schierwein sah sie lauernd an.

»Vermutlich«, entgegnete sie ruhig. »Deshalb rate ich Ihnen dringend, auf mich zu hören. Also, haben Sie ein Alibi für letzte Nacht, als man Maia Tanner ermordet hat?«

Schierwein widmete sich wieder seinen Zigaretten. Mittlerweile hatte er eine ansehnliche Menge gedreht und sie aufeinandergestapelt, so als wollte er einen Miniaturholzstoß nachbilden. »Jannik soll mir eines geben.«

»Das will ich jetzt nicht gehört haben«, sagte Vera gereizt.

Schierwein zuckte mit den Schultern. »Die können meine Wohnung durchsuchen. Ich habe nichts von den Opfern hier und auch keine Tatwaffen oder so.«

Vera sah streng zu der Bierflasche auf der Fensterbank, in der eine gelbe Rose steckte.

Er folgte ihrem Blick. »Schön, nicht wahr?«, sagte er mit einem Schmunzeln.

»Ich weiß nicht, was Sie gerade für ein Spiel spielen, aber ich halte es für gefährlich. Sprechen Sie auf keinen Fall ohne mich mit der Polizei.«

Schierwein gab ihr keine Antwort darauf, sondern meinte entschlossen: »Ich möchte ein Interview geben.«

Erneut wollte sie widersprechen, aber er blieb stur. »Ich werde das auf alle Fälle machen, mit oder ohne Ihre Hilfe.«

Sie lenkte ein. »Dann lassen Sie mich wenigstens einen seriösen Kanal aussuchen.«

»Nehmen Sie den, der am meisten zahlt. Ich überlege, mir ein Auto zu kaufen, so eines wie Jannik hat. Mit Start- und Stopp-Automatik und einem Hill-Holder und vielleicht mit Allrad.«

Vera Blach zog die Augenbraue in die Höhe. Angesichts der Tatsache, dass ihr Mandant nicht gerade zimperlich war, und als Rache dafür, dass er sie zu Tode erschreckt hatte, entgegnete sie daher: »Der Wagen wird Ihnen im Gefängnis nichts nützen. Machen Sie am besten rechtzeitig ein paar Fotos davon, die Sie dann in Ihrer Zelle aufhängen können.«

Überraschenderweise amüsierte ihn ihre Bemerkung und er gluckste vergnügt. »Wir hätten viel Spaß miteinander gehabt, wenn wir uns damals begegnet wären.«

Er grinste und Vera musste zugeben, dass er dabei sogar charmant wirkte.

Trotzdem schnappte sie: »Sie wären nicht mein Typ gewesen.«

Daraufhin lachte er vergnügt auf und sagte süffisant: »Ich wäre ihr Typ gewesen, und wie ich das gewesen wäre.«

Sie schüttelte den Kopf, fragte sich, ob aus der Morddrohung von eben nun ein ganz offensichtlicher Flirt geworden war, und machte Anstalten zu gehen.

Er hielt sie kurz zurück, rief: »Vera!« Sie stockte, drehte sich noch einmal um.

Seine Augen strahlten und er sagte ernst: »Sie sind eine Wahnsinnsfrau.« Dann nickte er und wandte sich ab.

Sie verließ die Wohnung, und Schierwein murmelte: »Ich hätte dich vor neunu nddreißig Jahren flachgelegt, Frau Anwältin. Das ist mal sicher.«

* * *

In der Nacht

Der behandschuhte, blutverschmierte Finger drückte den Aufnahmeknopf: »Heute muss ich mein Werk fortsetzen«, erklang eine feste Stimme. »Ich hatte mich schon vor Tagen auf die Suche nach einem passenden Opfer gemacht. Es war nicht befriedigend, die anderen zu töten, da es mich nicht vorangebracht hat. Aber da ich sie nicht verschwinden lassen konnte, ging es nur so. Bei ihm hier spielt das jedoch keine Rolle.«

Die Leiche des Mannes lag unter einem Blätterhaufen versteckt. Sein Unterleib war aufgeschnitten worden, *aufgebrochen*, so wie es ein Jäger mit einem erlegten Hirsch machen würde.

»Ich bin abgewichen, habe mir erst den Mann besorgt, ihn getötet und versteckt. Ich konnte nicht riskieren, ihn in meiner Nähe aufzubewahren. Überall Polizei, so wie damals. Seine Gedärme haben bereits die Wildschweine gefressen, soll mir recht sein. Irgendetwas hat aber auch an seinen Beinen genagt. Anzunehmen, dass Ratten für das entstellte Gesicht verantwortlich sind.

Natürlich bearbeite ich sie lieber unversehrt. Ich bevorzuge warme Körper, frische Körper, die nicht bereits stinken und vor sich hin faulen.« Eine Weile folgte kein Kommentar. Lediglich die Geräusche der Nacht wurden mit dem Aufnahmegerät eingefangen.

Der Platz war gut gewählt, etwas versteckt und dennoch erreichbar. Der kleine Wald lockte zwar immer wieder Besucher an, aber das Unterholz war dicht. Die schmale Lichtung blieb verborgen und in der Nacht traute sich sowieso niemand hierher. Es war so dunkel, dass selbst die starke Taschenlampe Mühe hatte, die Schwärze zu durchdringen.

Im Moment war ihr Kegel auf den Kopf des Mannes gerichtet. Umständlich wurde ein breiter Schraubenzieher angesetzt, ein Stein diente als Hammer. Das provisorische Stemmeisen tat sich schwer, aber irgendwann gelang es dann doch, den Schädel zu öffnen.

Kurz darauf meldete sich wieder die Stimme zu Wort: »Es duftet noch«, sagte sie und es wurde fast schon genüsslich am Gehirn des Toten geschnuppert. »Es duftet nach Zimt, ja, ganz klar, Zimt.« Es folgte ein leichtes Seufzen. »Nach dem Obdachlosen schien mir ein weiterer Landstreicher eine gute Wahl. Solche Menschen werden selten vermisst, und wenn doch, nimmt ihr Verschwinden niemand ernst. Außerdem kann man sie leicht überreden mitzukommen. Geld, Alkohol, die Aussicht auf Drogen. Wer so weit unten angekommen ist, hat nichts mehr zu verlieren. Nicht einmal das Risiko, zu sterben, schreckt diese Menschen ab, denn selbst das ist am Ende ein Gewinn für sie, eine Erlösung. Tja«, gingen die Ausführungen weiter, »und dann kommt ihr alle ins Paradies.«

Ein Messer wurde vorsichtig und mit Bedacht geführt, um möglichst große Teile des Gehirns aus dem Schädel zu schneiden. Jedes einzelne Stück wurde ins Licht der Taschenlampe gehalten, begutachtet und abgetastet, als handle es sich um eine besondere Frucht, eine teure Delikatesse. Die ganze Zeit über wurden parallel dazu Kommentare in das Aufnahmegerät gesprochen. Jeder Nervenstrang, jede Windung, jede Faser und Drüse fand Erwähnung, jedes noch so kleine Detail wurde festgehalten. Akribisch und hingebungsvoll, als gelte es, einen geliebten Menschen zu beschreiben, um ihn für immer in Erinnerung zu behalten. Am Ende folgte erneut das Riechen. Dabei wurde das wulstige Gewebe nahe an die Nase gehalten, um das *Bouquet* besser aufnehmen zu können. Die letzten Sätze glichen fast einer Liebeserklärung – bevor die Aufnahme stoppte, wurde voller Hingabe und

Nostalgie vermerkt: »Wie immer ist der Duft eine Entschädigung für die grausame Vorarbeit, die ich leisten musste. Er gibt mir Trost, erinnert mich an vergangene, bessere Zeiten.«

10

Am nächsten Morgen

Hauptkommissar Dohmeier hatte heute endlich Gelegenheit, den Künstler Grischa Ullrich zu treffen. Leider hatte sich der Mann die letzten Tage im Ausland aufgehalten, genauer gesagt in Polen, um dort an einer Wanderausstellung für moderne Kunst teilzunehmen. Wie die Beamten von Ullrichs Manager erfuhren, wurden die Werke in mehreren polnischen Städten präsentiert. Daher stellte es sich als zu aufwendig heraus, Ullrich nachzureisen.

Die Beamten hatten keine andere Wahl gehabt, als auf die Rückkehr des Mannes zu warten. Dohmeier erreichte die Wohnung des Künstlers am frühen Morgen. Er wusste, dass Ullrich, laut seines Managers, in der Nacht zurückgekehrt war.

Es dauerte einen Augenblick, bis jemand auf das Läuten reagierte. Der Polizist drückte mehrmals den Klingelknopf, bevor ihm ein verschlafen wirkender Mann mit verstrubbelten Haaren und blasser Haut öffnete. Dohmeier bemerkte die leichte Alkoholfahne und den übernächtigten Blick.

»Was ist denn?«, blaffte Ullrich ungehalten.

Der Beamte zückte seinen Dienstausweis und antwortete reserviert: »Wir haben noch einige Fragen bezüglich Pfarrer Antitz.«

Sein Gegenüber rollte mit den Augen. »Jetzt?«, krähte er gereizt. »Erst meldet sich keiner von euch und dann steht ihr zu nachtschlafender Zeit auf der Matte.« Er ließ die Tür offen und verschwand in der Wohnung.

Dohmeier verstand das als Einladung und folgte dem Mann.

Im Flur lehnten ein Koffer und rechteckige Pakete an der Wand. Der Hauptkommissar nahm an, dass sich Bilder des Künstlers darin befanden.

»Sie haben ausgestellt?«, fragte Dohmeier beiläufig.

Ullrich blieb stehen und drehte sich zu ihm um. »Offenbar wissen Sie ja schon Bescheid.«

»Ihr Manager war so freundlich«, fügte Dohmeier an.

Ullrich bat den Polizisten mit einer Handbewegung, ihm zu folgen, und meinte spöttisch: »Wenn Sie mich gesucht haben, dann scheint es ja tatsächlich wichtig zu sein.«

»Wir haben die Angewohnheit, die Menschen nur wegen wichtiger Dinge aufzusuchen«, antwortete Dohmeier schnippisch.

Ullrich zog einen der schweren Vorhänge auf, und Tageslicht strömte in den loftartigen Raum, der offenbar Atelier, Wohnzimmer und Küche zugleich war. Eigentlich hätte man ihn als aufgeräumt bezeichnen können. Allerdings bemerkte der Beamte eine leere Wodkaflasche, die auf dem niedrigen Tisch lag, daneben stand eine halb volle.

Wenn Ullrich die gestern nach seiner Rückkehr allein geleert hatte, dann, so dachte Dohmeier, *hat der junge Mann womöglich ein Alkoholproblem.* Er beobachtete Ullrich genau, während der sich eine Zigarette anzündete und den Kaffeeautomaten betätigte. Seine Hände zitterten jedoch nicht und auch sonst wirkte er zwar müde, aber fit.

Offenbar sogar fit genug, um zu registrieren, dass Dohmeier misstrauisch die Flaschen beäugte.

»Das habe ich gestern nicht alleine konsumiert«, sagte er spöttisch. »Ich feiere zwar gern, verliere aber ungern die Kontrolle«, fügte er noch an und sah herausfordernd zu dem Polizisten.

Dem stieg der Zigarettenrauch in die Nase, und für eine Sekunde schienen alle seine guten Vorsätze und der fast erste Monat ohne Rauchen vergessen.

Aber er riss sich zusammen, bat nicht um eine Kippe, sondern fragte stattdessen unfreundlicher als beabsichtigt: »Sie kamen also gestern Nacht zurück?«

»So ist es«, erwiderte Ullrich, der wohl ein gutes Gespür für Menschen hatte und neugierig fragte: »Stört Sie der Rauch?«

»Nein, natürlich nicht«, reagierte Dohmeier verärgert darüber, dass man ihn so leicht durchschauen konnte. »Ihre Wohnung, Ihr Recht zu rauchen.«

»Oder aber«, antwortete Ullrich, »meine Wohnung, meine Gastgeberpflicht, es nicht zu tun.« Tatsächlich drückte er die Zigarette aus, ließ eine Tasse Kaffee aus der Maschine und bot seinem unerwarteten Gast ebenfalls eine an.

Dohmeier lehnte ab. Nicht, weil er nicht gerne einen Schluck getrunken hätte, sondern vielmehr deshalb, weil er das Gefühl hatte, man würde ihm gerade das Zepter aus der Hand nehmen. Etwas, das sich mit einer polizeilichen Befragung nicht vertrug.

»Setzen Sie sich«, bot ihm der Künstler höflich Platz an.

Dieses Mal stimmte Dohmeier zu und wählte einen Sessel. Erst jetzt entdeckte er an der gegenüberliegenden Wand eine Reihe von Gemälden; jedes beinahe mannshoch. Sie hatten zwar unterschiedliche Motive, dennoch glichen sie einander. Dohmeier hatte das Bedürfnis wegzuschauen, konnte es allerdings nicht. Auf keinen Fall gefielen ihm die

Bilder. Er fand sie eklig, abstoßend und doch konnte er den Blick nicht abwenden.

»Ich nenne sie die ›menschlichen Sinne‹, fehlen aber noch zwei: Tasten und Fühlen.«

»Aha«, war der einzige Kommentar, der Dohmeier einfiel. Gerne hätte er die vier Bilder fotografiert, um sie später Stutter zu zeigen, da das aber einer Erklärung bedurft hätte, versuchte er sie sich einzuprägen. Ähnlich abartige Gestalten wie bei dem Mosaikfenster verkörperten das Hören, das Sehen, das Schmecken und das Riechen. Vor allem Letzteres ließ den Beamten das Gesicht verziehen. Es zeigte eines dieser augenlosen Wesen, das eine gewaltige Nase besaß, die es in einen Berg aus blutigem Fleisch drückte. Man konnte Innereien erkennen und Gedärme, die dem Schnüffelnden um den Hals hingen. Auf dem Kopf des Monsters saß eine aus Orchideenblüten geflochtene Krone. Und im Hintergrund sah man eine Mauer, die auf den ersten Blick wirkte, als wäre sie aus Backsteinen aufgetürmt worden, aber beim zweiten Hinsehen erkannte man, dass es sich um übereinandergestapelte Särge handelte.

»Sie müssen nicht sagen, dass sie Ihnen gefallen«, unterbrach Ullrich das Schweigen, das entstanden war. Zufrieden fügte er noch an: »Ich bin schon dankbar zu sehen, dass es Sie fasziniert.«

»Mich fasziniert?«, reagierte Dohmeier etwas zu schrill.

Ullrich grinste. »Vielleicht sollte ich besser sagen: Dass es Sie berührt.«

»Aber nicht im positiven Sinne«, gab der Polizist offen zu.

»Das ist auch nicht das Ziel«, schien Ullrich deshalb nicht enttäuscht. »Was auch immer es bei Ihnen auslöst«, philosophierte er mit einem lässigen Schulterzucken. »Wichtig ist nur, dass hier drin etwas passiert.« Er deutete sich mit dem Zeigefinger an die Stirn.

»Es ist etwas passiert, da kann ich Sie beruhigen«, warf

Dohmeier nun gelassen ein. »Aber ich möchte doch lieber für mich behalten, was genau es war.«

Ullrich lachte. »Sie sind nicht so diplomatisch wie der andere, was?« Er spielte auf Stutter an, aber Dohmeier war deshalb nicht verärgert.

»Jeder auf seine Art«, gab er süffisant zurück und warf noch einmal einen vielsagenden Blick auf die Bildreihe.

Ullrich lachte erneut, murmelte: »Wirklich nicht diplomatisch. Also, was wollen Sie?«, fragte er und lehnte sich entspannt auf der Couch zurück.

»Warum haben Sie nicht erwähnt, dass Sie seit einem Jahr mit dem Pfarrer zerstritten sind?«

Der Ton des Polizisten traf bei Ullrich einen Nerv. Sofort verlor er seine Leichtigkeit, setzte sich aufrecht hin und seine Züge verhärteten sich. »Wir hatten keinen Streit.«

»Sie rannten nicht aus dem Büro von Pfarrer Antitz?« Dohmeier tat nun so, als würde er auf dem Handy nach seinen Notizen und dem genauen Wortlaut suchen, dabei kannte er die Aussage von Sabine Weiz auswendig. Schließlich zitierte er emotionslos: »›Ullrich ist daraufhin wütend aus dem Büro gestürmt und meinte noch, dass der Pfarrer das bereuen würde.‹«

»Du meine Güte«, reagierte Ullrich nun gefasst. »Das liegt ewig zurück, außerdem war ich am nächsten Tag bei ihm in der Kirche und habe mich entschuldigt. Das hat Ihnen die Weiz sicher nicht verraten.«

Dohmeier blieb stumm und Ullrich setzte nach: »Ist doch klar, dass die Ihre Zeugin ist. Klatscht vermutlich in die Hände, jetzt, wo der Pfarrer weg ist.«

»Wie darf ich das verstehen?«, fragte Dohmeier direkt.

»Die hatten nicht gerade ein gutes Arbeitsverhältnis. Dazu kam noch, dass diese Frau völlig unfähig ist. Ich an der Stelle von Antitz hätte die längst gefeuert. Die versagt schon, wenn sie eine einfache Nachricht ausrichten soll. Als ich wegen meines Entwurfs für das Mosaikfenster öfter im Büro des Pfarrers war, habe ich einiges mitbekommen. Vergessene Termine, falsche Auskünfte, fehlerhafte Schreiben. Außerdem glaube ich nicht, dass der Pfarrer der Frau vertraut hat. Wir sind oft in die Kirche oder spazieren gegangen, wenn er mit mir etwas besprechen wollte. Ich bin mir sicher, dass die Frau ihn ausspioniert hat. Und deren Ehemann ist sowieso das Allerletzte. Der hat den Pfarrer regelrecht gehasst. Damit sollten Sie sich befassen und nicht mit mir.«

»Wir werden auch das untersuchen, aber zunächst möchte ich wissen, worum es in dem Streit überhaupt ging.«

Ullrich wiederholte, was Ihnen bereits Sabine Weiz erzählt hatte. Nochmals betonte er, dass es am nächsten Tag zu einer Entschuldigung und Versöhnung gekommen sei.

»Aber Sie können mir niemanden nennen, der das bezeugen kann?«

»Natürlich nicht, das war ja schließlich etwas, das man nur unter vier Augen bespricht.«

Dohmeier fragte den Künstler nach den Tanner-Schwestern.

»Die kenne ich nicht, nur aus der Presse«, antwortete Ullrich.

Und dann fiel dem Beamten noch der vermisste Obdachlose ein.

»Olaf? Ja, an den erinnere ich mich, hat immer unter der Treppe am Seiteneingang geschlafen. Warum? Was ist mit dem Mann?«

»Er ist verschwunden«, gab Dohmeier ehrlich Auskunft.

»Komisch«, meinte der Künstler, »er schien mir nie der Typ zu sein, der durch die Welt reist. Ist doch merkwürdig, oder?«, sagte er unvermittelt. »Man sollte annehmen, dass wenn jemand so frei ist, er sich einen besseren Platz sucht. Vielleicht im Süden, wo das Leben auf der Straße angenehmer ist. Stattdessen harrt er die kalten und nassen Nächte in Deutschland aus.«

»Wir sind eben Gewohnheitstiere«, stieg Dohmeier

darauf ein und fragte im nächsten Atemzug: »Wo waren Sie eigentlich, als der Pfarrer starb?«

»Solche Fragen gehören wohl zu Ihren Gewohnheiten«, entgegnete Ullrich süffisant.

Der Hauptkommissar reagierte nicht auf den Kommentar, sondern wartete geduldig auf die Antwort.

»Ich nehme an, ich war zu Hause. Meine Gewohnheit ist es nämlich, nachts zu schlafen.«

* * *

Nach dem gestrigen Gespräch mit seiner Anwältin hatte Uwe Schierwein entschieden, einen kleinen Ausflug zu machen. Die Presse umging er, indem er einen Kellerausgang benutzte und durch den Hinterhof verschwand.

Die Tatsache, dass man ihn im Fernsehen sehen wollte, hatte ihn überrascht. Er erinnerte sich noch gut an die Verhandlung vor neununddreißig Jahren. Die wenigen Male, die er dabei mit der Bevölkerung in Kontakt gekommen war, hatte er nicht gerade als angenehm abgespeichert. Er war beschimpft, verflucht und attackiert worden. Heute noch spürte er die Narbe von dem Backstein, der ihn schmerzhaft am Kopf getroffen hatte. Damals war niemand bemüht gewesen, die Wunde zu versorgen. Selbst sein Anwalt hatte seine Bitte um besseren Schutz ignoriert. Jedenfalls hatte Schierwein schnell gelernt, dass es besser war, keine Angst zu zeigen. Noch besser war es, anderen Angst zu machen. So lebte es sich am allerbesten. Und da er wusste, wie das ging, würde er auch genau das tun, wenn es ihm sinnvoll erschien.

Ein wenig erstaunte ihn, wie zielsicher er das Beerdigungsinstitut der Ohmfelds fand. Vor knapp vierzig Jahren hatte es natürlich anders ausgesehen. Vor allem war es kleiner gewesen. Nur ein Haus mit Leichen im Keller.

Schierwein grinste bei der Erinnerung an den Sohn des alten Ohmfelds. Ein schwächlicher Typ, etwas jünger als

Uwe und immer ein gutes Opfer für einen Spaß. Die anderen hatten gegrölt und sich auf die Schenkel geklopft, wenn Uwe einen seiner Sprüche zum Besten gegeben hatte. Er erinnerte sich daran, wie er den kleinen Ohmfeld gefragt hatte, ob er denn auf dem Weg zu seiner eigenen Beerdigung sei. Dann hatte er so getan, als wollte er den Jungen verprügeln, und Klein Ohmfeld rannte davon, als wäre der leibhaftige Teufel hinter ihm her. Damals hatte Uwe das lustig gefunden und auch die anderen hatten gelacht wie bei der Wette mit der Puppe und dem Schredder.

Es war doch nur ein Witz gewesen, hatte er später im Prozess ausgesagt, aber da war allen das Lachen bereits vergangen. Und schließlich gab es auch noch die Geschichte mit der eingeschlagenen Fensterscheibe.

Mittlerweile hatte Schierwein die Eingangstür erreicht. Aus dem ehemaligen Häuschen war ein doppelt so großer Flachbau geworden. Die Außenfassade glänzte weiß, und graue breite Streifen gaben dem Gebäude modernen Schick. Schierwein wusste nicht, was er erwartet hatte, aber die hübsche junge Frau in der engen schwarzen Hose überraschte ihn dann doch. Sie hatte große Brüste, die er anzüglich betrachtete.

»Nette Bluse«, sagte er, ohne einen Hehl daraus zu machen, dass ihm gefiel, was er sah.

»Was kann ich für Sie tun?«, fragte die nun gelangweilt, so als hätte sie die unpassende Bemerkung des Fremden gar nicht gehört.

»Oh, da gäbe es so einiges«, erwiderte Schierwein anzüglich, und dieses Mal rollte sein Gegenüber mit den Augen.

»Was willst du, Opa?«, schnappte sie genervt und fügte dann noch an: »Betteln ist hier nicht erlaubt.«

Schierwein schreckte das nicht ab. Er blieb gelassen, meinte stattdessen: »Sag deinem Boss, Uwe Schierwein ist hier und möchte sich beraten lassen.«

Plötzlich veränderte sich die Haltung der Frau. Sie sah den Mann gespannt an. »Sie sind Uwe Schierwein?«

»Ja, der bin ich«, antwortete er und war auf der Hut.

Er nahm an, sie würde nun mit der Polizei drohen, aber stattdessen stand sie auf einmal neben ihm, zückte ihr Handy und fragte: »Können wir ein Selfie machen?«

»Sicher«, entgegnete Schierwein und war überrascht, wie nahe sich die junge Frau an ihn drängte, um ein Foto zu schießen.

»Super«, sagte sie begeistert, »das ist der Hammer!«

Offenbar hatte Ohmfeld bemerkt, dass sich vor seiner Haustür etwas abspielte, und platzte in die Fotosession.

»Was ist denn hier los?«, fragte er vorwurfsvoll.

Die junge Frau hatte kein schlechtes Gewissen, unternahm nicht einmal den Versuch, sich zu entschuldigen oder zu erklären, sondern meinte nur lapidar: »Besuch für Sie«, bevor sie die beiden Männer stehen ließ und im Gebäude verschwand.

Dabei blickte sie die ganze Zeit auf ihr Handy, um den gelungenen Schnappschuss schnell im Netz zu verteilen.

»Hallo Viktor«, begrüßte Schierwein den anderen mit einem hinterhältigen Grinsen.

»Warum bist du hier?«, blaffte der und zeigte deutlich seine Abneigung.

»Ich dachte, ich könnte mich darüber informieren, was es heute so kostet zu sterben.« Er grinste breit, dieses Mal so, als könnte er kein Wässerchen trüben, und brachte Ohmfeld damit auf die Palme.

»Was soll das werden? Einer deiner weiteren Versuche, mich in Angst und Schrecken zu versetzen? Dieses Mal als Ex-Knacki anstatt als Prolet?« Ohmfeld winkte ungeduldig ab. »Ich bin erwachsen und lasse mir deshalb auch von dir nichts mehr gefallen.«

»Das ist gut«, meinte Schierwein freundlich. »Sehr gut.« Und dann, als wäre zwischen ihnen alles in bester Ordnung, fragte er freundlich: »Kann ich mir dann jetzt die Särge ansehen?«

Ohmfeld rang mit sich. Er hätte dem anderen gern die Tür gewiesen, aber irgendetwas sagte ihm, dass es womöglich besser war, kein Aufsehen zu erregen. Was sollte er tun, wenn sich Schierwein weigern würde zu gehen? Die Polizei rufen? Das hätte nur einen Tumult zur Folge. Seine Angestellte würde sofort alles in den sozialen Netzwerken posten und damit die alte Geschichte noch mehr hochkochen, Linda bekäme es an den Nerven, Basti wäre dann die ganze Zeit unausstehlich und dadurch sein Friede massiv gestört. Da wählte er doch lieber das kleinere Übel.

Sollte sich Uwe Schierwein die Särge ansehen, seine blöden Kommentare abgeben und dann wieder verschwinden. Angst musste Viktor vor dem *heutigen* Schierwein gewiss nicht haben. Der war nämlich längst nicht mehr so überlegen und stark wie damals. Eigentlich sah er sogar etwas kränklich aus. Mit einer übertriebenen Geste bat er: »Bitte, dann folge mir.«

* * *

Währenddessen war Stutter auf dem Weg zu dem ehemaligen Leiter der Haftanstalt, in der Schierwein seine Strafe abgesessen hatte. Das Einzige, was gelegentlich seine Gedanken unterbrach, war das Navi, das ihm die Richtung wies.

Der Hauptkommissar hätte nicht sagen können, was er sich von dem Gespräch erhoffte – vielleicht war es ihm einfach ein Bedürfnis, mehr über Uwe Schierwein zu erfahren. Konnte der wirklich so leichtsinnig sein und die letzten Jahre in Freiheit dazu verwenden, Rachepläne zu verwirklichen, noch dazu an Menschen, die ihm nichts getan hatten? Erneut stolperte Stutter über die Tatsache, dass erst durch das Eingreifen des Enkels Schierwein bereit gewesen war, Bewährung zu beantragen. Warum hätte er die Tanner-Schwestern töten sollen? Deren Vater, Jan Tanner, hatte eine Aussage gemacht, die sicher nicht entscheidend für das Urteil gewesen war. Außerdem lebte der Mann schon lange nicht mehr. Ging es vielleicht um Schierweins Beziehung zu Frederike? Hatte er sich von ihr im Stich gelassen gefühlt, wollte er sie mit dem Mord an den Schwestern bestrafen?

»Links abbiegen«, unterbrach ihn die angenehme Frauenstimme, und er schimpfte: »Geht das auch ein wenig früher?«

Als hätte sie ihn verstanden, erhielt er zur Antwort eine Mahnung: »Erlaubte Höchstgeschwindigkeit 30 km/h.«

»Schon gut«, brummte er und dachte an die Aussage des Angestellten von Maia Tanner, den Stutter für einen ziemlichen Einfaltspinsel hielt, aber das hatte er bei der Vernehmung natürlich für sich behalten:

»Ja, ich habe Schierwein gesehen. Er hat gegrinst, so richtig unheimlich, und dann ist er mit der gelben Rose verschwunden.«

»Und Frau Tanner?«, hatte man Niklas Pfeffer gefragt.

»Die hat nicht gegrinst, die war gestresst. Aber anders als sonst.« Natürlich hakte man sofort nach, fragte den jungen Mann, wie das zu verstehen sei.

Niklas gab sich Mühe und erklärte: »Die Chefin war immer angespannt, immer am Arbeiten, immer alles korrekt, jeder Handgriff musste da sitzen. Kein Humor, wenn Sie verstehen. Aber als der Mann den Laden verlassen hatte, stand sie ganz steif da und hatte die Augen geschlossen. Natürlich habe ich sie gefragt. Sie sagte: ›Uwe Schierwein hat eine einzelne gelbe Rose gekauft‹, und ich dachte, die ärgert sich über den miesen Umsatz.«

»Und dann ist Ihnen eingefallen, wer Uwe Schierwein ist, und Sie haben diesen Post abgesetzt«, stellten die Beamten fest, ohne das Missfallen darüber zu verbergen.

Jasmin las den Text sogar vor: »Heute hat meine Chefin

den *Fleischwolf-Mörder* Uwe Schierwein bedient. Der hat eine gelbe Rose gekauft … #unheimlicheErlebnisse #Berühmtheiten #spannenderArbeitsplatz«.

»Ich gebe ja zu, dass das womöglich etwas indiskret war«, gestand der junge Mann. »Aber ich habe sonst eben nicht viel zu berichten.«

»Schon gut«, wiegelte Stutter ab, der keine Lust hatte, dem Angestellten zu erklären, dass er dadurch dem Täter direkt in die Hände gespielt hatte. Die Inszenierung des Tatorts mit den gelben Rosen hätte nun nicht nur Schierwein, sondern jeder andere machen können, der den Post im Netz gelesen hatte.

Deshalb fragte der Hauptkommissar geduldig: »Wie war das, als sie heute Morgen zur Arbeit kamen?«

»Die Tür war kaputt, das Glas eingeschlagen. Nicht, dass das schwierig wäre, ist ja kein Panzerglas. Also dachte ich, vielleicht Kinder mit einem Fußball. Ich ging hinein, rief nach der Chefin, dachte, sie ist vielleicht noch oben in ihrer Wohnung, dann sah ich das Blut.« Er schüttelte sich. »Oh Mann, das war heftig«, sagte er, und auch wenn seine Ausdrucksweise nicht wirklich respektvoll klang, merkte man ihm an, dass ihm die Bilder noch zu schaffen machten. »Wie sie da lag, all das Blut und die Rosen.« Er wurde blass und jemand fragte, ob er ein Glas Wasser brauche.

Nein, er habe nichts angefasst, sondern sofort die Polizei verständigt, dann seine Kollegin, seine Mutter, einen Freund und schließlich sei ihm noch Frederike Tanner eingefallen. Er erwähnte nicht, dass er erneut einen Post in den sozialen Medien abgesetzt hatte, um den Mord zu verkünden, aber das wussten die Beamten ohnehin bereits.

Auch dafür hätte ihn Stutter ohrfeigen können. Ihm wäre es lieber gewesen, man hätte die älteste Schwester in ihren eigenen vier Wänden über das erneute Unglück informiert und sie nicht an den Tatort gerufen. Aber auch das ließ sich im Nachhinein nicht ändern, dafür hatte er dann eine eindringliche Warnung ausgesprochen und Niklas Pfeffer darauf hingewiesen, dass weitere Posts dieser Art die polizeilichen Ermittlungen gefährden könnten.

»Ich schwör's, ich mache das nicht mehr«, hatte der versichert, doch Stutter glaubte ihm nicht.

Das permanente »Ziel erreicht, Ziel erreicht« riss ihn erneut aus seinen Gedanken. Er entdeckte das Einfamilienhaus mit der entsprechenden Nummer auf der linken Straßenseite.

* * *

Zur gleichen Zeit, im Beerdigungsinstitut Ohmfeld

»Interessant«, kommentierte Schierwein den Rundgang durch den Ausstellungsraum. »Was kostet denn nun so ein Teil?«, fragte er auf die gleiche Weise, wie er vermutlich auch einen Autohändler nach dem Preis eines Cabrios gefragt hätte.

»Das ist ein Eichensarg, zudem innen mit reiner Seide ausgeschlagen, der ist sehr hochwertig verarbeitet«, konnte Viktor dann doch nicht aus seiner Haut und antwortete ausführlich.

»Aha«, reagierte Schierwein und runzelte die Stirn. »Und in dem würde ich dann verbrannt werden.«

Es war für Viktor schwer zu durchschauen, ob sein Gegenüber wirklich ernsthaft die eigene Bestattung plante oder etwas anderes hinter dem Besuch steckte. Vielleicht war Schierwein mittlerweile verrückt geworden. Plötzlich wurde Viktor bewusst, wen er da vor sich hatte. Nach der Inhaftierung hatte man noch eine ganze Weile über den *Fleischwolf-Mörder* gesprochen. Gruselgeschichten beim Zelten, die davon handelten, dass Schierwein ausgebrochen sei und jeden zerstückeln würde, den er unterwegs träfe. Er hatte Viktor geärgert und lächerlich gemacht. Er war das typische Großmaul gewesen, beliebt und gut aussehend. Viktor hatte zwar nie dazugehört und das als Jugendlicher bedauert, aber mit einem Mal sah er das anders. Er betrachtete seinen ehemaligen Widersacher und dachte nur, wie armselig Schierwein mittlerweile war. Ein alter Mann, der sein Leben verpasst hatte und nicht mit Mitleid rechnen konnte.

»Und was kostet das Ding jetzt?«, drängte ihn Schierwein zu einer Antwort.

»Zweieinhalbtausend Euro«, gab ihm Viktor Antwort.

»Echt jetzt?«, stieß sein Gegenüber überrascht hervor. »Da hätte ich wohl in das Bestattergeschäft einsteigen sollen.«

»Bist du doch«, rutschte es Viktor heraus und er hätte hinterher selbst nicht mehr sagen können, wieso er sich nicht zurückgehalten hatte.

Schierwein sah ihn an. Es war ein eigenartiger Blick, in dem eine Frage zu liegen schien.

Aber Viktor wich ihm nicht aus, sondern sprach einfach weiter: »So einen Sarg würde man nicht für eine Feuerbestattung verwenden, der ist für eine Erdbestattung gedacht. Aber das bleibt natürlich dir überlassen.«

Immer noch schwieg Schierwein, dann wandte er Viktor den Rücken zu und strich mit der Hand über das Eichenholz, tastete den Seidenbezug ab und drehte langsam eine Runde um den Sarg.

Viktor hätte sich gewünscht, er würde das sein lassen.

»Du hast damals behauptet, ich hätte eure Fensterscheibe eingeschlagen, nicht wahr?«

»Was spielt das für eine Rolle?«, antwortete Viktor und verschränkte die Arme vor der Brust.

»Hat mich bei meinem Prozess so aussehen lassen, als wäre ich ein Vandale.«

»Du *warst* ein Vandale«, wehrte sich Ohmfeld. »Du hast Straßenschilder abgerissen, Mülleimer demoliert, überall

Dreck verteilt, Straßenlaternen ausgetreten und weiß Gott was noch.«

»Aber eure Fensterscheibe habe ich nicht eingeworfen. Trotzdem ist die Polizei bei mir aufgetaucht und ich bekam einen Vermerk in den Akten, weil dein Vater das angezeigt hat. Angeblich, weil du mich beobachtet hättest.«

»Du liebe Güte, diese alte Geschichte beschäftigt dich?« Viktor lachte auf. »Du hast mich gehänselt und gequält und ich habe es dir heimgezahlt. Ich denke, meine Falschaussage ist bereits verjährt.«

»Du gibst es also zu?«, fragte Schierwein lauernd.

»Ja, natürlich, falls du mich jetzt also umbringen willst, dann bitte«, entgegnete Viktor resigniert.

Uwe Schierwein betrachtete sein Gegenüber neugierig. »Du hast keine Angst vor mir?«, fragte er interessiert.

»Ist das denn wichtig?«, erwiderte Ohmfeld genervt.

»Nein, es ist ...« Schierwein suchte nach den richtigen Worten, sagte schließlich: »Unerwartet.« Bevor ihm Viktor eine Antwort geben konnte, fügte er an: »Ich denke, ich will nicht verbrannt werden. Also wäre das das richtige Modell für mich?«

Ohmfeld wunderte sich zwar über den abrupten Themenwechsel, war gleichzeitig aber auch erleichtert, dass das Gespräch wieder eine andere Richtung nahm.

»Na ja«, sagte er deshalb, »es gibt auch günstigere Modelle.«

»Sollte mich vielleicht in einem Pappkarton beerdigen lassen«, erwiderte Schierwein grinsend.

Als Viktor zögerte zu widersprechen, sah ihn der andere fragend an.

»Im Rahmen der Feuerbestattung biete ich tatsächlich solche Modelle an. Allerdings sind das keine Pappschachteln, sondern aus Recyclingmaterial hergestellte Särge. Willst du einen sehen?«

»Klar«, ließ sich Schierwein nicht zweimal bitten. Der

Besuch bei Ohmfeld war viel interessanter, als er erwartet hatte.

* * *

Das Potsdamer Einfamilienhaus im Stadtteil Babelsberg wirkte verwunschen. Den Garten vor dem Haus schien man liebevoll zu pflegen, ließ den Pflanzen aber auch ausreichend Freiraum, sodass der Eindruck einer wilden Sommerwiese entstand.

Stutter sah eine Gestalt am Fenster, die ihm zunickte, kurz darauf öffnete sich die Haustür.

Adam Lauer, ein Mann um die siebzig, winkte eifrig und Stutter grüßte zurück.

»Sie sind der Hauptkommissar aus Wiesbaden, Stutter, nicht wahr?«, empfing man ihn mit einem herzlichen Händedruck. »Kommen Sie rein.«

Der alte Dielenboden quietschte unter ihren Schritten, und der Duft von Kaffee stieg Stutter in die Nase. Man führte ihn in ein Wohnzimmer, an dessen Wänden unzählige Bilder hingen. Alle zeigten Pflanzen, Blüten oder Bäume. Sie waren vom Hausherrn selbst gemalt, worauf die gut lesbare Signatur und die Staffelei in der Ecke am großen Fenster schließen ließen.

»Die sind schön«, sagte Stutter automatisch, bevor er sich auf den Sessel niederließ, den man ihm anbot.

»Mein Hobby. Seitdem der Arzt mir geraten hat, dringend etwas gegen den hohen Blutdruck zu unternehmen, schlucke ich täglich eine Handvoll Tabletten, lasse mir von meiner Frau alles verbieten, was Spaß macht, laufe mit albernen Stöcken durch den Park wie ein Skifahrer, der vergessen hat, dass man Schnee zum Fahren braucht, und male, um meine Nerven wieder zu beruhigen, nachdem ich mich über all das fürchterlich aufgeregt habe.«

Stutter lachte amüsiert und der andere zwinkerte ihm zu.

»Sie werden gleich den besten Bohnenkaffee der Welt kosten dürfen, während man mir eine Tasse Gemüse aufkocht, das weder wie Kaffee riecht noch so schmeckt.«

Aufs Stichwort erschien Frau Lauer und brachte ein Tablett. Ihr Mann verzog das Gesicht, als man ihm einen Becher hinstellte, während Stutter dampfenden Kaffee aus einer edlen Porzellantasse serviert bekam.

»Ich hab's gesehen«, kommentierte Frau Lauer die Schnute ihres Mannes. Gleichzeitig warf sie Stutter den Blick einer belustigten Mutter zu, die sich über die Versuche der Kleinen amüsierte, sich ihren Verboten zu widersetzen.

»Gehen Sie nie in Pension«, sagte Lauer kurz darauf. »Ab diesem Zeitpunkt hat man mehr Aufgaben und Pflichten als je zuvor.«

Er schlürfte geräuschvoll an seinem Becher und ließ Stutter Zeit, ebenfalls einen Schluck zu nehmen.

»Sie sind also wegen Uwe Schierwein hier?«, fragte der ehemalige Direktor der Justizvollzugsanstalt und beobachtete sein Gegenüber genau. Bevor Stutter antworten konnte, fügte er an: »Man hat ihn noch nicht verhaftet, soviel ich weiß. Obwohl es diese Morde gegeben hat. Das heißt, entweder Sie verdächtigen ihn nicht, was wiederum nicht der Fall sein kann, sonst wären Sie nicht hier, oder aber Sie verdächtigen ihn, können dem Mann jedoch nichts beweisen. Deshalb brauchen Sie vermutlich mehr Informationen.«

»Sie sind sehr scharfsinnig«, erwiderte Stutter freundlich.

»Nicht nötig, mir zu schmeicheln. Eine Schlussfolgerung, die jeder Viertklässler mit Krimi-Erfahrung gezogen hätte.« Er nippte erneut am Becher und ergänzte: »Ich habe jede Menge Enkel, alles verwöhnte Klugscheißer.«

Der Hauptkommissar musste grinsen und dachte wieder einmal, dass man in manchen Berufen vermutlich ohne Humor verloren wäre.

»Würden Sie Schierwein die jüngsten Morde zutrauen?«, fragte er nun direkt.

Der ehemalige Gefängnisdirektor antwortete nicht sofort, sondern gab einen undefinierbaren Brummton von sich. »Sie fallen gleich mit der Tür ins Haus«, sagte er noch scherzend, wurde dann aber ernst. »Schierwein ist ein spezieller Fall«, fuhr er schließlich fort. Er zuckte mit den Schultern, meinte dann: »Natürlich ist jeder Insasse anders, aber es gibt doch Ähnlichkeiten. Und auch wenn das heute nicht mehr modern ist, kann man sagen, die meisten Menschen draußen wie drinnen passen in eine bestimmte Schublade. Schierwein zuzuordnen, ist jedoch schwierig.«

»Sie halten ihn für unberechenbar?«, folgerte Stutter daraus.

»Nein, das meinte ich nicht. Ich würde eher sagen, dass dieser Mann äußerst flexibel sein kann.«

»Flexibel?«, wiederholte Stutter sichtlich überrascht.

»Sie kennen die Akten. Schierwein hat bis zum Schluss des Prozesses gewartet, bevor er ein Geständnis ablegte. Dann, als es um ein Wiederaufnahmeverfahren ging, hat er angeführt, dass das Geständnis nur auf Anraten seines Anwalts erfolgt war. Man hat ein neues Verfahren abgelehnt. Das Zurückziehen des Geständnisses reichte nicht, vermutlich auch, weil die Beweise so eindeutig für Schierweins Schuld sprachen, mit oder ohne Geständnis. Anzunehmen, dass sich sein Anwalt durch das Geständnis am Ende eine mildere Strafe erhofft hat, was jedoch nicht passiert ist.«

»Sie halten Schierwein für einen flexiblen Menschen, nur weil er einmal gesteht und dann widerruft?«

»Nein.« Lauer hob abwehrend die Hände. »Ich halte ihn für flexibel, weil er sich anpassen konnte. Er kam zu uns, und ich dachte, der überlebt hier keinen Tag. In den ersten Wochen fanden wir in seiner Zelle ein selbst gebasteltes scharfes Werkzeug. Trotz Kontrollen gelingt es immer irgendwem, so etwas zu schmuggeln oder anzufertigen. Meistens wird es als Verteidigungswaffe genutzt, aber in Schierweins Fall dachte ich sofort an Selbstmord.«

»Hat er das zugegeben?«

»Nein, auch weil er eines auf keinen Fall wollte, und zwar in die Psychiatrie eingewiesen werden.«

»Obwohl es dort für ihn vielleicht einfacher gewesen wäre?«

»Ich habe mich damals mit ihm unterhalten. Schierwein hatte die Vorstellung, dort mit Medikamenten vollgepumpt zu werden und völlig ohne Kontrolle über Geist und Körper zu verrotten. Jedenfalls hat er sich angepasst. Er sprach nie wieder davon, dass sein Geständnis eine Lüge gewesen sei. Wenn ihn jemand fragte, ob er der *Fleischwolf-Mörder* sei, dann bestätigte er das mit einem knappen Ja. Das machte den anderen Angst. Sie hielten sich von ihm fern und erfanden Geschichten über ihn. Schierwein wurde innerhalb kürzester Zeit regelrecht gefürchtet. In all den Jahren hat niemand versucht, ihn zu provozieren oder anzufassen. Schierwein war ein mustergültiger Insasse. Er bekam mit den Jahren einige Privilegien und wenn man nicht wusste, was ihm zur Last gelegt wurde, dann war man versucht, daran zu zweifeln, dass er überhaupt ins Gefängnis gehörte. Klingt sicher komisch, aber ihm hat der geregelte Tagesablauf gutgetan. Er hat sich mit dem Leben im Gefängnis arrangiert.«

»So gut, dass er nicht einmal mehr gehen wollte, als er es gekonnt hätte?«

»Ja, das ist allerdings nicht so überraschend, wie Sie denken. Gelegentlich passiert das, gerade bei Langzeitinsassen. Die Angst, draußen ins Leere zu laufen, kann gewaltig sein. Ich denke, das war auch bei Schierwein der Fall. Er bekam nie Besuch oder Post.«

»Und dann tauchte der Enkel auf«, warf Stutter ein.

»Wie ich gesagt habe, flexibel. Der Enkel drängt ihn, besorgt sogar eine Anwältin, und Schierwein lässt sich darauf ein. Aber zu der Zeit war ich nicht mehr da, das weiß ich nur von einem ehemaligen Kollegen.«

»Und was hatte Schierwein in all den Jahren getan? Hatte er Freundschaften geschlossen, einen Job?«

»Freundschaften eher nicht. Wie gesagt, man hielt Abstand. Er war nicht besonders ehrgeizig, Bildungsangebote lehnte er ab. Aber er fing an zu lesen, kümmerte sich um die Bücherei.« Lauer grinste. »Aber nicht, dass Sie jetzt denken, er hätte die alten Klassiker studiert. Schierwein las Western. Erinnern Sie sich noch an die dünnen Groschenromane?«

Stutter nickte und der andere sprach weiter. »Später hat er sich dann die Krimis vorgenommen. Einmal meinte er, er würde die nur lesen, weil er darauf hofft, eines Tages ein Buch in die Finger zu bekommen, in dem der Täter schlauer ist als der Detektiv.«

»Halten Sie Schierwein für clever?«

Wieder wägte der ehemalige Direktor seine Worte sorgfältig ab. »Flexibel, anpassungsfähig, ja. Die meisten werden sich erst darüber klar, was Gefängnis bedeutet, wenn sich die Türen hinter ihnen schließen. Und ob Sie es glauben oder nicht, manche zerbrechen schon an einer Haftstrafe von wenigen Monaten. Wie gesagt, als ich Schierwein das erste Mal sah, dachte ich, der packt das niemals. Er wirkte völlig verängstigt, hilflos und dann, als klar war, dass sich an seiner Situation nichts mehr ändern würde, da nahm er das gefasst hin. Was seinen Intellekt angeht, hatte ich immer den Eindruck, dass er schlau genug ist, sich von anderen das abzugucken, was ihm nützlich sein könnte, aber ich denke nicht, dass er ein kriminelles Genie ist oder besondere Raffinesse besitzt. Allerdings …« Er hob entschuldigend die Arme. »Vielleicht ist er doch viel schlauer, als ich denke, und er hat mich all die Jahre getäuscht.«

»Keine Anzeichen dafür, dass er irgendeine Art von Rache plante oder dass er auf jemanden von außen wütend war?«

»Der Einzige, der mir dazu einfällt, ist sein Anwalt. Nachdem alle Rechtsmittel erfolglos ausgeschöpft oder abgelehnt worden waren und das Urteil unabänderbar schien, hat er ausdrücklich verlangt, dass man den Mann nicht mehr zu ihm lassen sollte.«

»Wollte er einen anderen Anwalt?«

»Die Frage wurde ihm gestellt und er antwortete darauf, dass er dem nächsten Anwalt, den er zu Gesicht bekommt, das Genick bricht. Ansonsten ist mir nicht bekannt, dass wir außer diesem scharfen Werkzeug jemals wieder etwas Verdächtiges in seiner Zelle gefunden hätten.«

»Wäre er auch flexibel genug, um nach all den Jahren plötzlich Rachegefühle zu entwickeln?«

»Sicher, vielleicht ist ihm erst draußen aufgegangen, was er alles verpasst hat. Für Langzeitinsassen ist es schwer, wieder Anschluss zu finden. Freunde, Familienmitglieder sind irgendwann ihren eigenen Weg gegangen. Kinder haben eigene Kinder, wollen keinen Kontakt mehr zum *Ex-Knacki*.« Er setzte das Wort in imaginäre Anführungszeichen und meinte bedauernd: »Vergebung ist manchmal aber auch viel verlangt. Ein Autodiebstahl ist da sicher etwas anderes als mehrfacher Mord oder Vergewaltigung. Und es ist ja auch nicht so, dass jeder, der im Gefängnis saß, danach ein besserer Mensch ist. Manche Ehefrau ist froh, wenn der gewalttätige Gatte für lange Zeit weggesperrt wird. Wenige bekommen eine neue Chance, aber manch einer hat die vielleicht auch nicht verdient.« Er seufzte. »Tut mir leid, ich habe zu viele Rückfällige erlebt. Sie kennen sicher selbst die Statistiken.«

»Ja, leider«, gab Stutter zu und dann fiel ihm noch etwas ein. »Könnten Sie sich vorstellen, dass Schierwein ein Verbrechen begehen würde, um wieder ins Gefängnis zu kommen?«

»Schierwein war einer der wenigen Lebenslänglichen, vielleicht hatte ich ihn daher mehr im Blick. Aber ich war der Leiter der Justizvollzugsanstalt, nicht sein Freund. Ich kann deshalb nur raten. Möglich wäre es natürlich, aber ich frage mich dann, warum er nicht einfach ein Geständnis ablegt und zugibt, dass er für die jüngsten Morde verantwortlich ist?«

»Vielleicht spielt er ein Spiel. Testet aus, ob er dieses Mal davonkommt.« Stutter runzelte nachdenklich die Stirn. »Für die Morde am Pfarrer und Pia Tanner hat er ein Alibi von seinem Enkel. Natürlich haben wir ihn gleich nach dem Mord an Maia Tanner befragt. Seine Anwältin war anwesend und teilte uns mit, dass er zur Tatzeit im Bett gelegen hatte, dieses Mal ohne Zeugen. Er gibt zu, im Blumengeschäft gewesen zu sein, auch den Kauf der Rose streitet er nicht ab, was sinnlos wäre, da bereits die ganze Welt darüber Bescheid weiß. Allerdings behauptet er, nichts mit dem Mord zu tun zu haben.«

»Ist sicher gerade nicht einfach. Niemand möchte, dass Schierwein der Täter ist, da das unser System schlecht aussehen lässt. Gleichzeitig soll der Fall zügig gelöst werden, und Schierwein bietet sich als Hauptverdächtiger an.«

»Ich hätte es nicht besser zusammenfassen können«, gestand Stutter ein und runzelte die Stirn. »Womöglich hat Schierwein auch den Plan, dieses Mal der Täter zu sein, der schlauer ist als der Detektiv.«

* * *

Zur gleichen Zeit in Gerlsee

Schierwein hatte sich einen Kostenvoranschlag für seine eigene Beerdigung ausdrucken lassen. Er dachte an das bevorstehende Interview und das Geld, das man ihm bot. Damit könnte er die Ausgaben decken, oder aber er verwendete sein Honorar für Nutten.

Im Knast hatte er von Frauen geträumt. Am Anfang war es schlimm gewesen, aber dann mit den Jahren verschwanden die sexuellen Fantasien immer mehr. Ehrlich gesagt wusste er nicht, ob er überhaupt noch seinen Mann stehen konnte. Früher, da war er ein echter Verführer gewesen. Sie hatten gestöhnt unter seinen Berührungen und er hatte sie alle in die Kiste gebracht. Aber heute? Was, wenn ihn eine der Nutten auslachte? Die waren jünger und völlig anders als die Mädchen von damals. Er schüttelte den Kopf. Früher hätte er nicht gezögert. Erst die Party, dann alles andere. Allerdings wäre es anständig, seinem Sohn wenigstens die Beerdigungskosten zu ersparen. Obwohl, was spielte es für eine Rolle, ob die Familie ihn nach seinem Tod für anständig hielt? Die Meinung, die die Menschen von ihm hatten, war durch nichts positiv zu beeinflussen, und schlechter konnte sie kaum werden.

Abgesehen davon wollte er sich Zeit lassen mit dem Sterben, während das mit den Nutten etwas war, das er zügiger in Angriff nehmen sollte. Außerdem existierte ja auch noch sein Traum vom eigenen Auto. Er grinste zufrieden, ja, er würde heute noch einem weiteren alten Bekannten einen Besuch abstatten.

Uwe Schierwein saß in einem Schnellimbiss und aß eine Currywurst. Er genoss sein Essen. Langsam fing er an, sich an draußen zu gewöhnen. Die Menschenmassen, die vielen Autos, das Gewimmel in den Straßen. Er war noch vor dem Mauerfall im Gefängnis gelandet, erinnerte sich an Berlin als geteilte Stadt. Jetzt schien die Vergangenheit unwirklich. Er hatte sich in einen der Touristenbusse gesetzt und eine Stadtrundfahrt gemacht, dabei die kleinen Ohrstecker benutzt und unendlich viele Informationen erhalten. Ja, er hatte sein Leben verpasst. Besaß er die Kraft und vor allem war es richtig, die Dinge jetzt nachholen zu wollen?

Sein Weg hatte ihn zuerst zu Maia Tanner geführt, heute war Viktor Ohmfeld an der Reihe gewesen. Er bestellte sich noch eine Currywurst. Früher hatte hier ein Imbisswagen gestanden. Dem Betreiber waren sowohl ein Mindestmaß an Hygiene als auch das Alkoholverbot für Unter-16-Jährige fremd gewesen. Schierwein hatte mit seinen Kumpels, seit er vierzehn Jahre alt gewesen war, fast jeden Tag an der Bude einen Stopp gemacht. Der Besitzer war sicher kein aufrichtiger Mann gewesen, aber er hatte nie etwas dagegen gehabt, dass die Jungs sich bei ihm herumtrieben. Als sie älter wurden, hatte er in ihnen treue Stammkunden. Außerdem einen Geschäftspartner, zumindest was Uwe betraf.

Während seiner Zeit im Schlachthof hatte er gelegentlich Fleisch mitgehen lassen und dem Mann günstig verkauft; so konnte er sich etwas dazuverdienen. Mittlerweile hatte sich alles verändert. Der Imbisswagen war einem kleinen Pavillon gewichen, der im Inneren Sitzplätze bot. Dort war es sauber und erinnerte Schierwein an die Küche im Gefängnis. Es gab auch nicht mehr nur eine Handvoll Gerichte, sondern eine umfangreiche Speisekarte. *Broiler* hatte er umständlich gelesen und erinnerte sich, dass man die Brathähnchen in der damaligen DDR so genannt hatte.

»Darf es noch was sein?«, fragte ihn die korpulente Bedienung. Sie hatte ein hübsches Gesicht und gefiel Uwe. Wie alt mochte sie sein? Vierzig, fünfundvierzig Jahre alt?

»Danke«, antwortete er höflich und grinste. »Schön hier«, sagte er noch und fügte ein schelmisches »Gilt nicht nur für die Bedienung« an.

»Na, *schön* hat mich hier noch keiner genannt«, krähte sie belustigt, zwinkerte ihm dann aber zu und sagte leise: »Hab aber nix dagegen.«

Kurz darauf brachte sie ihm ein kleines Bier aufs Haus.

Eigentlich hätte er sich darüber freuen müssen, aber der Gedanke, dass sie das vielleicht nur aus Mitleid getan hatte, verdarb ihm die Laune. Er trank lediglich ein paar Schlucke, ließ den Rest stehen und verschwand ohne Gruß, als sie ihm den Rücken kehrte.

Das Versicherungsbüro befand sich nicht weit entfernt. Erst schlich Schierwein an den großen Bürofenstern vorbei, las den Aufdruck »Weiz und Partner« und spähte vorsichtig hinein.

Martin Weiz in voller Pracht, dachte er abschätzig.

Schierwein wartete, bis das Ehepaar, das Weiz eben noch beraten hatte, das Büro verließ und trat dann ein.

»Uwe Schierwein?«, rief Weiz entgeistert und ein schmächtiger Mann, der seinen Schreibtisch in der Ecke hatte und vermutlich der Partner war, hob den Kopf.

»Bist fett geworden«, sagte Schierwein anstatt einer Begrüßung.

»Was willst du hier?«, schnauzte Weiz. »Du bist nicht willkommen.«

Der Dürre beobachtete sie gespannt und Schierwein entging nicht, dass sich Weiz deshalb sehr unwohl fühlte.

»Und ich dachte, ein Christenmensch wie du steht einem Sünder, der wieder auf die Beine kommen will, zur Seite«, reagierte Schierwein belustigt.

Ein leises Räuspern erklang, und der magere Partner mischte sich ein: »Ich könnte das übernehmen«, schlug er vor.

Weiz widersprach sofort. »Nein, schon gut«, winkte er ab und schob Schierwein zu seinem Schreibtisch. »Also, was willst du?«

»Ich brauche eine Autoversicherung«, antwortete Schierwein sachlich.

»Du hast ein Auto?«, fragte Weiz ungläubig.

»Noch nicht«, entgegnete sein Gegenüber wahrheitsgemäß.

»Ich kann dir erst eine Versicherung anbieten, wenn ich die Fahrzeugdaten habe«, erklärte Weiz nun mit Genugtuung.

»Es wird eine Start- und Stopp-Automatik, einen Hill-

Holder und Allrad haben. Ich denke, ich nehme es in Schwarz.«

Der Dürre am anderen Ende des Büros kicherte leise.

Weiz, der Schierwein zu Recht unterstellte, dass der sich über ihn lustig machte, lief vor Wut rot an. »Du weißt genau, was ich mit Fahrzeugdaten meine.«

Schierwein ignorierte seinen Kommentar und sagte unvermittelt: »Der Schlachthof wurde abgerissen, was?«

»Ja«, erwiderte Weiz heiser.

»War gutes Geld, das man da verdienen konnte«, sprach Schierwein weiter.

»Mag sein«, entgegnete Weiz reserviert. »Kann ich dir sonst noch irgendwie helfen? Brauchst du eine Haftpflichtversicherung, eine Hausrat?«

Aber Schierwein wollte nicht weiter über Versicherungen sprechen, er blieb beim Thema »Schlachthof« und meinte: »War sicher schwer für deinen Onkel, als sie den Laden dichtgemacht haben, oder?«

»Er ging daraufhin in Rente, war keine große Sache für ihn. Hatte ein angenehmes Leben, bis er starb.«

»Freut mich zu hören, ist ja nicht selbstverständlich«, antwortete Schierwein mit einem feinen Lächeln.

Weiz erwiderte nichts.

»Ich komme wieder, wenn ich das Auto gekauft habe. Bis dahin alles Gute und noch einen schönen Tag.« Schierwein wandte sich nun an den Kollegen in der Ecke und rief: »Auf Wiedersehen.«

Der Dürre erwiderte den Gruß, während Weiz zu perplex war, um etwas zu sagen.

11

Am Abend auf dem Revier

»Der Onkel von Martin Weiz arbeitete im Schlachthof. Er war der Nachtwächter, der gegen Uwe Schierwein damals ausgesagt hat«, verkündete Jasmin, und Stutter fiel aus allen Wolken. »Du hast mich gebeten, die alten Akten durchzugehen, und da bin ich darauf gestoßen. Der Onkel war ein Bruder der Mutter, deshalb gab es auch keine Namensgleichheit. Weiz, damals neunzehn, hat gelegentlich im Schlachthof gejobbt, um sich etwas dazuzuverdienen. Er war einer von vielen, die man befragt hat. Seine Aussage stimmt mit denen der anderen Kollegen überein. Schierwein war eifrig, was seine Arbeit anging, hatte Spaß am Zerlegen und Entbeinen und eine große Klappe. Im Nachhinein behaupteten alle, dass sie die Aktion mit der geschredderten Puppe für geschmacklos hielten, was ich allerdings bezweifle.«

»In den Siebzigern und Achtzigern war der Schlachthof der größte Arbeitgeber in Gerlsee«, warf Dohmeier ein. »Jeder hatte irgendwen in der Familie, der dort gearbeitet hat. Allerdings ist mir diese Verbindung entgangen. Denken

Sie, Weiz ist in Gefahr?«, fragte Dohmeier nun besorgt. »Immerhin war der Nachtwächter der Hauptbelastungszeuge. Er hat Schierwein in dieser Nacht gesehen, wie er davongerannt ist.«

Jasmin antwortete als Erste: »Hätte er Weiz dann nicht schon längst umgebracht? Warum erst die Frauen und den Pfarrer?«

»Vielleicht, um Weiz Angst zu machen«, schlug Stutter vor. »Womöglich befürchtet er auch, dass es mit Weiz nicht so einfach wird. Der Mann ist groß und kräftig. Ihn zu überrumpeln, könnte schwieriger werden.«

»Wir sollten Schierwein festnehmen«, schlug Dohmeier vor.

»Versuchen Sie Ihr Glück bei der Staatsanwaltschaft, wir haben bis jetzt keine Beweise.«

»Er hat kein Alibi, was den Mord an Maia Tanner angeht, und er hat nur das Alibi des Enkels für den Doppelmord.«

Hauptkommissar Stutter brummte nachdenklich.

»Was ist?«, fasste Jasmin sofort nach.

»Warum die Tanner-Schwestern? Maia war damals sechzehn, Pia dreizehn. Warum sollte Schierwein die beiden umbringen? Das ergibt doch gar keinen Sinn. Wir kommen immer wieder darauf zurück, dass die Aussage von dem Vater der Mädchen nicht ins Gewicht gefallen ist. Wenn man liest, was Jan Tanner zu Protokoll gegeben hat, dann würde ich sogar dazu tendieren, ihn als zurückhaltenden Zeugen zu beschreiben. Pfarrer Antitz war 1983 ebenfalls ein Kind und lebte nicht einmal in Gerlsee. Ist Schierwein so verrückt, dass er einfach irgendeinen Geistlichen umbringt, um sich an einem zu rächen, der schon lange Tod ist?«

»Wir hatten es doch bisher oft mit Psychopaten zu tun. Warum sie irgendetwas tun, wird meist erst im Nachhinein klar.«

»Frederike Tanner sollte nicht allein sein. Was ist mit Personenschutz?«, wandte sich Stutter an Dohmeier.

»Sie lehnt es ab, behauptet, sie kommt selbst klar und …« Er grinste. »… sie hat sich zwei große Hunde von einer Bekannten ausgeliehen. Meinte, die beiden würden ihr als Schutz genügen.«

»Das ist gut, was noch?«, fragte Stutter und sah erwartungsvoll zu Dohmeier, der daraufhin sein Gespräch mit dem Künstler Grischa Ullrich wiedergab.

»Wenn Sie mich fragen, ist dieser Ullrich nicht ganz dicht. Die Bilder, die er malt, sind abartig. Teufelsviecher, die im Blut herumkriechen, aufgestapelte Särge und ein Orchideenkranz, der den Kopf eines Monsters ziert, das menschliche Eingeweide beschnüffelt.« Er verzog angewidert das Gesicht. »Abgesehen davon hätte er die Taten begehen können. Den obdachlosen Olaf hat er gekannt. Seiner Meinung nach ist der in ein südliches Land abgehauen, aber vielleicht hat er ihn auch irgendwo verscharrt. Außerdem fehlt ihm ein Alibi für den Doppelmord, und was den Tod von Maia Tanner angeht …«

Jasmin unterbrach ihn und sagte: »Ich dachte, er war zu der Zeit in Polen.«

»Das war er«, antwortete Dohmeier triumphierend, »allerdings hielt er sich in Moryń auf, das liegt nicht weit hinter der Grenze, Fahrtzeit nach Gerlsee keine zwei Stunden. Die haben dort in der Stadtkirche ausgestellt.«

»Und sein Motiv?«, fragte Jasmin.

»Wie Sie eben sagten, wenn er ein Psychopath ist, weiß man das nicht immer. Aber ich habe seinen Background genauer überprüft. Der Typ hat in der Vergangenheit ein paar schräge Sachen gemacht. Als Kind war er ziemlich schwierig, problematisch. Es läuft doch letzten Endes immer darauf hinaus, dass so jemand seine Opfer vor der Welt retten will oder die Welt vor seinen Opfern.«

»Finden Sie heraus, ob Ullrich zur Tatzeit in Polen war,

und überprüfen Sie das Alibi von Martin Weiz für den Mord an Maia Tanner.«

»Apropos«, ergänzte Dohmeier seine Ausführungen. »Zu denen hat sich Ullrich ebenfalls geäußert, bestätigt quasi, was wir schon wissen. Das Ehepaar Weiz hatte keinen guten Draht zum Pfarrer. Sabine Weiz war angeblich eine Null in ihrem Job.«

Stutter wollte gerade sagen, dass man Martin und Sabine Weiz nicht aus dem Blick verlieren sollte, als sie von einem Kollegen unterbrochen wurden.

Der Mann trat in den Raum und wandte sich an Dohmeier. »Das solltest du dir ansehen«, sagte er angespannt, »es geht um diesen Schierwein, er ist im Fernsehen.«

* * *

Etwas früher

Während eine junge Frau mit wirrem Haar, großzügig aufgetragenem Make-up und einigen Gesichtspiercings mit einem weichen Pinsel Uwe Schierweins Nase puderte, erklärte ihm der Moderator, wie das gleich ablaufen würde.

»Ich stelle Ihnen zuerst ein paar Fragen zu Ihrer Person und dann sprechen wir über das Gefängnis.«

»Was gibt es denn da zu sprechen?«, reagierte Schierwein erstaunt.

»Unsere Zuschauer interessiert so etwas«, versicherte man ihm, woraufhin Schierwein gottergeben mit den Schultern zuckte und die Nase kräuselte, als man ihn erneut abpinselte.

»Ich will nicht geschminkt werden, ich bin doch kein Weib«, blaffte er.

»Das ist nur ein bisschen Puder«, versicherte ihm die junge Frau genervt. »Sonst glänzt'e wie 'ne Speckschwarte, wenn de in die Kamera kiekst.«

Schierwein gefiel ihre direkte Art und die Berliner Schnauze und deshalb antwortete er: »Na dann hau rein.«

Die Maskenbildnerin lachte, machte noch einen Witz über schwarzen Kajal und dass ihm der sicher gut stehen würde, und der Moderator hinter ihnen musste sich erst wieder Gehör verschaffen.

»Ich stelle dann vielleicht noch eine Frage zu Ihrem Befinden, Gefühlen, je nachdem, wie viel Zeit uns bleibt.«

Schierwein nickte und der andere war zufrieden.

Als er verschwunden war, flüsterte ihm die junge Frau mit den Piercings zu: »Der wird dich in die Mangel nehmen, das macht er immer. Lass dich nicht verarschen.«

»Du weißt, wer ich bin, oder?«

»Der *Fleischwolf-Mörder*, klar«, antwortete sie ihm.

»Und doch bist du nett zu mir, warum?«

»He, ich finde es scheiße, was du getan hast. Aber Mann, du hast deine Strafe abgesessen, und jeder verdient 'ne zweite Chance.«

Kurz darauf saß Schierwein auf einem bequemen Sessel und sah sich dem Moderator gegenüber. Wie üblich bei solchen Sendungen gab es ein Publikum, das den Live-Effekt verstärken sollte.

»Bereit?«, fragte man ihn und er nickte.

Schierwein wusste, dass sowohl seine Anwältin als auch Jannik, sein Enkel, irgendwo bei den Zuschauern saßen, allerdings konnte er durch die grellen Scheinwerfer nichts erkennen.

Der Moderator stellte Schierwein vor und schaffte es, ihn mit einem Satz wie ein Monster darzustellen. Seine erste Frage war weder allgemein noch zum Aufwärmen gedacht. Im Gegenteil, der Mann ging sofort zu einem direkten Angriff über, indem er wissen wollte: »Wie lebt es sich mit so viel Schuld?«

Schierwein blieb gelassen, er hatte einen dicken Panzer und antwortete: »So wie alle mit ihrer Schuld leben. Fragen Sie sich selbst.«

Tatsächlich erntete er dafür einen heiseren Lacher.

Aber sein Gegenüber war schlagfertig und entgegnete: »Ich schäme mich, wenn ich meine Frau vernachlässige, wenn ich nicht genug Zeit mit meinen Kindern verbringe, und es raubt mir im Nachhinein den Schlaf, wenn ich aus Bequemlichkeit bei einem Unrecht weggesehen habe.«

»Ist das so?«, entgegnete Schierwein, der den Fernsehmann ziemlich affig fand.

»Und wie gehen Sie damit um?«, hakte der noch einmal nach.

»Keine Ahnung, ich habe keine Frau, mein einziger Sohn will mich nicht sehen, und in den letzten neununddreißig Jahren konnte ich wohl kaum über Unrecht hinwegsehen, nicht einmal aus Bequemlichkeit, denn ich war umgeben von Menschen, die für irgendein Unrecht bestraft wurden.«

Die Menschen im Zuschauerraum schienen sich ein Stück aufzurichten, das Gespräch versprach interessant zu werden.

»So, wie Sie selbst bestraft wurden«, versuchte es der Gastgeber nun auf eine andere Weise.

»Ich war nicht freiwillig in Haft, man hat mich ins Gefängnis gesteckt.«

»Für grausame Morde.«

»Das ist richtig«, erwiderte Schierwein, und man konnte die Entrüstung, die im Studio herrschte, förmlich spüren.

»Bedauern Sie Ihre Taten?«, hakte der Moderator nach.

»Das würde ich vermutlich.« Eine winzige Sekunde zögerte Schierwein, dann fügte er ernst an: »Wenn ich sie denn begangen hätte.«

Ein lautes Raunen ging durch den Saal. Der Moderator

rutschte unruhig auf seinem Stuhl hin und her. Sofort griff er diese Bemerkung auf.

»Wie meinen Sie das?«

»So, wie ich es gesagt habe. Ich würde diese Taten bereuen, *wenn* ich sie begangen hätte.«

»Sie haben damals gestanden.«

»Auf Anraten meines Anwalts. Das habe ich später auch ausgesagt, als es darum ging, ein Wiederaufnahmeverfahren in die Wege zu leiten. Aber das spielte dann keine Rolle mehr.«

»Man hat Ihnen nicht geglaubt.«

»Nein.«

»Sie waren in der Nacht im Schlachthof. Der Nachtwächter hat Sie gesehen, wie Sie aus dem Raum geflüchtet sind, in dem der Fleisch-Schredder stand. Leichenteile hatten sich zwischen den Messern verhakt. In Ihrer Wohnung fand man ein Kleidungsstück der Toten, die Sonnenbrille eines möglichen zweiten Opfers in Ihrem Auto, außerdem Fingerabdrücke einer Vermissten in Ihrem Wagen. Es gab Zeugen, die Sie als besonders freudig beim Zerlegen von Fleisch beschrieben haben, Vorfälle in der Vergangenheit, die Sie ausgesprochen verdächtig erscheinen ließen, gegen Sie sprachen.«

Offenbar erwartete man von Schierwein einen Kommentar, aber er schwieg, wartete auf eine direkte Frage.

»Sie behaupten heute also, dass Sie unschuldig neununddreißig Jahre im Gefängnis saßen?«

»Ja«, erwiderte Schierwein klar und deutlich.

Aufgebrachtes Gemurmel drang aus den Zuschauerreihen. Die Anwesenden wollten Antworten, das wusste der Moderator und er wusste auch, dass wenn er nun alles richtig machte, ihm das sehr zugutekommen würde.

»Das heißt, der Nachtwächter hat damals gelogen.«

»Nein, das hat er nicht, er hat mich gesehen, aber ich

hatte nichts mit der Leiche zu tun. Die war schon dort, als ich kam. Das habe ich auch der Polizei gesagt.«

»Sie sind geflüchtet«, warf der TV-Moderator ein.

»Natürlich. Erstens war ich geschockt und zweitens hatte ich mich eingeschlichen, um zu klauen. Ich hörte ein Geräusch, lief weg und dem Nachtwächter mehr oder weniger in die Arme. Auch das habe ich damals ausgesagt. Dieses neongrüne Shirt hat das Mädchen bei mir vergessen, als wir Sex hatten. Sie verließ mich gesund und munter. Und diese Sonnenbrille gehörte *irgendwem*. Die fand ich in der Disco, aber sicher habe ich den ehemaligen Besitzer nicht umgebracht, höchstens beklaut. Abgesehen davon ist es nie bewiesen worden, dass dieses billige Teil einem Mordopfer gehört hat.«

»Was ist mit den Fingerabdrücken?«, bohrte der Moderator weiter.

»Wissen Sie, wie teuer die öffentlichen Verkehrsmittel waren? Ich bin eben großzügig gewesen und habe ständig Leute mitgenommen, auch Fremde. Das waren so viele, dass ich mich unmöglich an alle erinnern konnte. Und wer sagt denn, dass die Frau, die in meinem Wagen ihre Fingerabdrücke hinterlassen hat, überhaupt tot ist? Womöglich ist sie einfach untergetaucht. Viele Menschen wollen nicht gefunden werden, dafür kann man mich doch nicht verantwortlich machen.«

Den zweifelnden Laut des Gastgebers ignorierte Schierwein und blieb auch gelassen, als der nun lauernd fragte: »Was ist mit Ihrem Spaß am Zerlegen von Fleisch?«

»Ich war einfach nur gut darin und ich habe mein Geld damit verdient. Ein Zahnarzt ist ja auch nicht gleich pervers, bloß weil er gut Zähne ziehen kann und ihm sein Beruf Freude bereitet.«

»Sie waren unschuldig und saßen freiwillig neununddreißig Jahre in Haft. Das soll ich Ihnen glauben?«, fragte der Moderator nun provozierend.

»Ist mir egal, ob Sie es glauben.« Schierwein blickte zu den Zuschauern, ließ sich nicht aus der Ruhe bringen.

»Ich frage Sie noch einmal: Warum haben Sie so lange geschwiegen? Wir alle hören heute das erste Mal von Ihrer Unschuld.«

»Im Knast ist es besser, für ein brutales Schwein gehalten zu werden als für einen jammernden Justizirrtum.«

»Sie hätten doch schon früher einen Antrag auf Bewährung stellen können, warum taten Sie das nicht?«

Auch dieses Mal zögerte Schierwein nicht mit der Antwort. »Mich hat bis vor Kurzem draußen nichts erwartet«, erwiderte er.

»Was hat sich geändert?«

»Mein Enkel ist aufgekreuzt und hat mich genervt, bis ich eingewilligt habe.«

Kichern im Zuschauerraum, und auch der Moderator verzog das ansehnliche Gesicht zu einem milden Lächeln. »Er hat Sie genervt?«

Schierwein nickte ernst. »Hat über die Familie gelabert und so was. Ich habe viel falsch gemacht, und ja, deshalb habe ich, genau wie Sie, manchmal nachts wach gelegen. Ich hab mich nur um mich selbst gekümmert, ich war in meiner Jugend ein ganz schönes Arschloch. Bin ich heute übrigens auch noch«, gab er zu und das Publikum lachte.

»Es hat neue Morde in Gerlsee gegeben. Manche denken, Sie waren das«, sprach der Moderator nun die aktuellen Verbrechen an.

»Ich bin kein Mörder, weder damals noch heute«, antwortete Uwe Schierwein ruhig, blickte dabei stoisch in die Kamera und erweckte den Eindruck, dass er den Applaus der Zuschauer nicht wahrnehmen würde, als der Moderator die Sendung mit flotten Grüßen zur guten Nacht beendete.

Die Sendezeit war um, und Stutter, der in der Dienstelle mit seinen Kollegen das Interview am Bildschirm verfolgt hatte, fluchte: »Was zum Teufel hat dieser Mistkerl vor?«

* * *

Mitten in der Nacht

Viktor Ohmfeld wartete ungeduldig in seinem Bestattungsunternehmen, so wie vereinbart. Er hörte das Klopfen und öffnete.

»Was gibt es denn so Dringendes?«, fragte er schroff anstatt einer Begrüßung.

»Du weißt, was ich von dir erwarte«, bekam er zur Antwort und er seufzte.

»Muss das sein?«

Sein Gegenüber reagierte nicht und er deutete das als Ja.

Viktor ging voraus, bis sie in den Raum mit den ausgestellten Särgen kamen. »Also, wie hast du dir das vorgestellt?«, fragte er resigniert.

Er erhielt keine Antwort auf seine Frage, stattdessen wurde ihm das Messer tief in den Rücken getrieben. Der unerwartete und plötzliche Schmerz fühlte sich im ersten Moment so an, als hätte er eine ungeschickte Bewegung gemacht und sich dabei einen Nerv eingeklemmt. Automatisch wollte er nach der Stelle tasten, da folgte bereits ein zweiter Schmerz, verursacht vom Zurückziehen der Klinge, die brutal aus seinem Fleisch gerissen wurde. Es fühlte sich an, als müsste sich das flache Blatt des Mordwerkzeugs gegen unzählige Widerhaken stemmen, die es mit Gewalt im Körper des Opfers halten wollten.

Viktor kippte nach vorn, sackte in die Knie und fiel zur

Seite. Er atmete schwer, trotzdem gelang es ihm, noch etwas zu sagen. »Du widerliches Monster«, stöhnte er gequält.

»Das sagst ausgerechnet du?«, gab man ihm aufgebracht Antwort. »Du, mit all deinen eigenen widerlichen Geheimnissen?«

»Ich habe niemanden verletzt«, wehrte sich der Sterbende.

»Rede dir das ruhig ein«, sagte sein Gegenüber kalt und holte erneut mit dem Messer aus. Es traf mit Wucht den Kehlkopf, zerfetzte diesen. Viktors Körper verkrampfte sich, während ihm Blut aus dem Mund quoll, ihn schwach und gurgelnd husten ließ. Mit den Händen versuchte er erfolglos die Wunde zu verschließen, sein Blick verschleierte sich bereits. Nach qualvollen Momenten hörte schließlich das Herz auf zu schlagen. Viktor Ohmfeld war tot.

Es war nicht einfach, den toten Körper in den Sarg zu hieven, aber am Ende lag Ohmfeld genau in dem Modell, das er am Morgen noch präsentiert hatte. Sein Blut durchtränkte gierig die teure Seide, mit der der Sarg ausgeschlagen war. Obwohl er all die Jahre stets bemüht gewesen war, die Toten in den Särgen so herzurichten, dass sie wie friedlich Schlummernde wirkten, war es ihm nicht vergönnt, selbst diesen Anschein zu erwecken. Jeder, der ihn jetzt erblickt hätte, wäre zu Recht davon ausgegangen, dass der Mann im Sarg leidvoll sein Leben verloren hatte.

Etwa eine halbe Stunde später erwachte Linda Ohmfeld. Bastian stand vor ihrem Bett, quengelte: »Mama, ich kann nicht schlafen!«

Im ersten Moment schlug sie einfach die Decke zurück, eine Aufforderung, dass der Fünfjährige hineinkrabbeln und sich zu ihr legen sollte. Dann aber, als sie halb die Augen öffnete, bemerkte auch sie das gleißende Licht. Sie war sofort hellwach, sprang aus dem Bett und rannte zum Fenster. Das Bestattungsinstitut stand in Flammen, brannte lichterloh.

»Oh Gott, Viktor!«, entfuhr es ihr panisch.

Bastian, der spürte, dass etwas ganz und gar nicht stimmte, begann leise zu weinen. Linda schrie hektisch nach ihrem Mann, dann fiel ihr endlich ein, die Feuerwehr zu verständigen.

Die Flammen schlugen hoch, sie befürchtete, dass das Feuer auf das Wohnhaus übergreifen könnte, roch den beißenden Rauch und beschloss, sich sofort das Kind zu schnappen und ins Freie zu fliehen.

Nur das rechtzeitige Eintreffen und der unermüdliche Einsatz der Feuerwehrleute konnten verhindern, dass Linda in dieser Nacht nicht auch noch ihr Zuhause verlor. Die Leiche ihres Mannes wurde erst am Morgen geborgen. Als Stutter im Laufe des Nachmittags informiert wurde, stand bereits fest, dass Viktor Ohmfeld ermordet worden war und es sich bei dem Feuer um Brandstiftung handelte.

* * *

Noch in der Nacht, nach dem Brand

Als dieses Mal der Aufnahmeknopf gedrückt wurde, klang die Stimme, die die Geschehnisse festhalten wollte, atemlos. Es hörte sich an, als würde jemand sprechen, der gerade einen Dauerlauf hinter sich hatte. Aber der Grund dafür war nicht die körperliche, sondern die nervliche Anspannung, die vom Mord an Viktor Ohmfeld ausgelöst worden war.

»Der Tod von Ohmfeld hat mich nicht weitergebracht. Allerdings spüre ich eine gewisse Genugtuung darüber, wie ich alle an der Nase herumführe. Die Polizei ist ab sofort sicherlich überall, aber das macht nichts. Ohmfeld war vorerst der Letzte. Wie und wann es weitergeht, wird sich finden. Ich verabscheue es zwar, abwarten zu müssen, andererseits bin ich darin auch geübt. Ich werde Geduld brauchen und ich muss schlau sein. Vermutlich wird die Polizei irgendwann aufgeben. Bisher haben sie gewiss nichts Konkretes, sonst wäre ich bereits verhaftet. Ich werde jedenfalls nicht so leichtsinnig sein, ihnen mit weiteren Morden zu helfen, auf meine Spur zu kommen.«

Es folgte ein lautes Seufzen. »Ich hätte mir gewünscht, es wäre anders gelaufen, aber es ist ja nicht so, dass ich eine Wahl gehabt hätte. Dafür habe ich bereits zu viele Jahre verschwendet. In den nächsten Wochen muss ich lediglich auf der Hut sein. Aber wegen der Zukunft mache ich mir keine Sorgen. Für jemanden wie mich wird es immer Opfer geben. Dennoch werde ich vorsichtig sein und alles, einschließlich der Aufnahmen, gut verstecken.«

12

Am nächsten Morgen

Sie hatten nach Schierweins Interview jede Menge Presseanfragen erhalten. Auch der unvermeidliche Anruf aus Wiesbaden hatte Stutter am frühen Morgen erreicht.

»Was machen wir jetzt?«, war Stutter gefragt worden und am liebsten hätte er darauf geantwortet: »Woher verdammt soll ich das wissen?«

Aber er hatte seinen Gesprächspartner ausreden lassen, die unterschwelligen Anschuldigungen hingenommen, ohne sie zu kommentieren, und schließlich gesagt: »Wir werden die Wahrheit herausfinden müssen, egal wie unangenehm sie vielleicht ist.«

»Mensch, Stutter, wissen Sie, was es bedeutet, wenn der Mann neununddreißig Jahre unschuldig im Gefängnis gesessen hat?«, war er ermahnt worden.

»Das sollten Sie dann lieber Schierwein fragen«, hatte er sich jedoch eine scharfe Erwiderung nicht verkneifen können und aufgelegt.

Jasmin sah ihm an, dass etwas vorgefallen war, und kam

ohne Umschweife zum Punkt. »Man setzt dich unter Druck, nicht wahr?«

»Niemand möchte dafür verantwortlich sein, dass ein Unschuldiger im Gefängnis saß oder dass ein Schuldiger in Freiheit ist. Man kann es also drehen und wenden, wie man will«, fügte er mit einem müden Lächeln an. »Unsere Chancen, alle zufriedenzustellen, stehen schlecht.«

»Zum Glück war dir das noch nie wichtig«, neckte sie ihn und er entspannte sich.

»Lass uns an die Arbeit«, sagte er bemüht, zuversichtlich zu klingen, und folgte der Oberkommissarin ins Besprechungszimmer.

Nach Schierweins gestrigen Äußerungen hatten sie beschlossen, noch einmal intensiv die alten Akten durchzugehen.

»Ich habe den hier gefunden«, sagte Jasmin triumphierend und breitete einen Grundriss aus. »Das ist der alte Schlachthof«, erklärte sie Stutter und Dohmeier. Sie hatte bereits Klebezettel als Markierungen angebracht und sagte nun: »In diesem Raum stand der Fleisch-Schredder.« Sie deutete auf ein rotes X. »Der Nachtwächter hat ausgesagt, dass er hier auf Schierwein getroffen sei. Das wurde von Schierwein übrigens bestätigt.«

Stutter rieb sich nachdenklich das Kinn. »In seiner ersten Vernehmung bestritt er allerdings zunächst, dort gewesen zu sein, dann behauptete er, er wäre durch ein Fenster eingestiegen, um Fleisch zu stehlen. Das Fenster war nicht verriegelt, nur zugezogen. Der Schlachthof hatte in den Hallen einfache Holzfenster ohne irgendwelche Sicherheitsvorkehrungen. Schierwein sagte aus, er hätte es für den Diebstahl während seiner Schicht am Samstag entriegelt.«

»Er musste eine Leiche da hindurch transportieren«, warf Dohmeier ein.

»Das wäre kein Problem gewesen«, erwiderte Jasmin und kramte eine alte Fotografie aus den Unterlagen hervor. »Seht ihr, es ist groß genug, um einen Plastikbeutel mit Leichenteilen durchzubekommen.«

»Fand man denn Blutspuren oder irgendetwas im Bereich des Fensters?«, überlegte Stutter laut.

»Nein«, antwortete ihm Jasmin. »Den großen Plastiksack fand man neben dem Schredder, am Fenster gab es keine brauchbaren Abdrücke, da Schierwein nach eigenen Angaben Handschuhe getragen hatte.«

»Was ist das?«, fragte Stutter und deutete auf etwas, das in den Grundriss eingezeichnet war.

»Der Seiteneingang«, gab ihm Jasmin Auskunft.

»Wer hatte dafür die Schlüssel?«

Die Oberkommissarin zog die Augenbraue in die Höhe. »Du weißt schon, dass wir gerade über einen fast vierzig Jahre alten Fall sprechen? Alle Details kann ich dir nicht liefern.«

Er überging ihren ironischen Unterton und meinte: »Sieh nach, ob er verschlossen war.«

Sie suchte nach den entsprechenden Protokollen und Berichten der Kriminaltechnik und sagte dann, während Dohmeier und Stutter über dem Plan brüteten: »Ja, er war verschlossen. Und hier steht auch noch, dass der Leiter des Schlachthofs einen und der Nachtwächter zwei Schlüssel dafür hatten. Die Tür wurde nur sonntags abgeschlossen oder wenn sonst kein Dreischichtbetrieb stattfand. Ansonsten nutzten die Angestellten den Seiteneingang regelmäßig, weil der Mitarbeiterparkplatz direkt daran angrenzt.«

»Das heißt, wenn Schierwein nicht unser Mann ist, dann hat der wahre Mörder entweder ebenfalls das offene Fenster benutzt, wovon er hätte wissen müssen, oder wäre durch den Seiteneingang eingedrungen«, folgerte Stutter.

»Dafür müsste er jedoch den Schlüssel und das Wissen besessen haben, wann der Nachtwächter seine Runden dreht«, gab Dohmeier zu bedenken.

»Das mit den Runden hätte man herausfinden können,

aber die Sache mit dem Schlüssel …« Stutter blickte zu Jasmin, die ihm mit bedauerndem Blick antwortete.

»Der Nachtwächter konnte beide Schlüsselsätze vollständig vorlegen, ebenso der Direktor.«

»Handelte es sich um Sicherheitsschlüssel?«, fragte Dohmeier. »Die kann man nicht einfach nachmachen.«

Jasmin wedelte mit einer dicken Mappe. »Vielleicht hilft die Gerichtsakte«, erklärte sie. »Der Anwalt von Schierwein erwähnte während der Befragung des Nachtwächters, dass das Schloss am Seiteneingang für jemanden mit etwas Geschick leicht zu öffnen gewesen wäre.«

»Interessant«, bemerkte Stutter. »Er hat also versucht, die Richter davon zu überzeugen, dass sich noch jemand in dieser Nacht Zugang verschafft hat.«

»Zumindest, bis Schierwein gestanden hat«, warf Dohmeier ungläubig ein. »Sie ziehen doch nicht ernsthaft in Erwägung, diesem Spinner zu glauben. Der führt uns doch an der Nase herum.«

»Umso sicherer müssen wir sein, dass nichts übersehen wurde«, entgegnete Stutter ruhig. »Lassen Sie es uns einmal durchspielen. Gehen wir davon aus, Schierwein wäre unschuldig, wer hätte sonst an diesem Abend den Schlachthof betreten können?«

»Jemand, der weiß, dass es diese schreckliche Maschine gab, jemand, der sie bedienen konnte, und jemand, der Zugang hatte«, antwortete Jasmin spontan.

»Also schön«, lenkte Dohmeier ein. »Das Bedienen der Maschine war sicher kein Problem. Knopf ein und Knopf aus. Das Fenster hätte aber nur als Zugang dienen können, wenn der Täter von der Entriegelung gewusst hat.«

»Denkbar, dass er die Scheibe einschlagen wollte und dann erfreut feststellte, dass das nicht nötig war. Oder er wusste, dass das Fenster offen stehen würde, und nutzte das für sich aus«, schlug Jasmin vor.

»Dann hätte er aber auch von Schierweins geplanten

Streifzügen gewusst, und damit wäre er ein großes Risiko eingegangen, zeitgleich eine Leiche zu schreddern«, widersprach Stutter. »Nur sonntags wurde nicht den ganzen Tag gearbeitet. Es gab lediglich die Vormittagsschicht, gegen vierzehn Uhr leerte sich der Schlachthof. Unter der Woche waren ständig Arbeiter da. Wohingegen das Bürogebäude nachts immer unbesetzt blieb. Die Hauptaufgabe dieses Nachtwächters bestand darin, dort Kontrollrunden zu drehen. Nur sonntags war er auch für das Schlachthaus zuständig«, fasste Stutter zusammen.

Jasmin, die sich in die Verhandlungsprotokolle vertieft hatte, ergänzte: »Das hing damit zusammen, dass die eigentlichen Schätze des Unternehmens im Verwaltungstrakt untergebracht waren. Man hatte eine sehr teure Computeranlage angeschafft. Wahnsinn, wenn man das mit den heutigen Preisen für einen PC vergleicht«, merkte sie noch an.

»Dann war unser Nachtwächter sicher weniger aufmerksam, was die Verarbeitungshallen betraf«, meinte Dohmeier. »Es ist also logisch, von einem Täter auszugehen, der das alles wusste, der annehmen konnte, dass der Nachtwächter nicht auftaucht oder zumindest nicht regelmäßig, weil er mit dem Verwaltungstrakt beschäftigt ist.«

»Schierweins Anwalt versuchte, dem Nachtwächter zu unterstellen, wegen Alkoholkonsum ein unzuverlässiger Zeuge zu sein. Der Mann gab zu, in seiner Pause gegen 22.00 Uhr ein Bier getrunken zu haben, ›aber das ist ja schließlich kein Verbrechen‹«, zitierte Jasmin die Akten und schüttelte den Kopf.

Stutter schmunzelte. »In der Zeit war es durchaus üblich, dass in den Pausen Alkohol getrunken wurde. Auch auf Baustellen oder in Werkshallen. Da hat man sich kaum daran gestört.«

»Das Gericht hatte jedenfalls keine Zweifel an der Aussage des Nachtwächters«, bestätigte Jasmin. »Obwohl er etwas herumgeeiert hat, als ihn der Verteidiger fragte, ob er denn hundert Prozent sicher sein könnte, dass sich nie jemand seiner Schlüssel bemächtigt hätte, um die zum Beispiel nachzumachen. Die Antwort lautete: ›Ich habe der Polizei beide Schlüsselsätze vorgelegt.‹«

»Ist natürlich schwer zu beurteilen, wenn man nicht selbst mit dem Zeugen gesprochen hat. Aber gut«, entschloss sich Stutter, »gehen wir davon aus, Schierwein ist unschuldig. Dann hat entweder jemand das Fenster benutzt, den Schlüssel für den Seiteneingang nachmachen lassen oder Talent als Schlossknacker besessen. Alles wäre möglich, vor allem, wenn man dem Gedanken des Verteidigers folgt und den Nachtwächter als unzuverlässigen Trinker einstuft. Wir sind uns einig, dass der- oder diejenigen, vielleicht waren es auch mehrere Personen, die Abläufe im Schlachthof kannten. Wir suchen also nach einem Insider. Wen kennen wir?«

»Frederike Tanner und ihren Vater, den Tierarzt«, zählte Dohmeier auf. »Martin Weiz, der Neffe des Nachtwächters, außerdem Schierwein selbst und alle Mitarbeiter, und das war eine große Zahl.«

»Sie haben recht«, gestand ihm Stutter zu. »Es muss kein Insider sein, sondern nur jemand mit Insider-Wissen. Jeder, der dort gearbeitet hat, hätte diese Informationen weitergeben können.«

»Aber nur Schierwein hatte das T-Shirt des Opfers in seiner Wohnung, und nur er hatte sich einen Spaß daraus gemacht, eine Puppe durch den Schredder zu jagen. Außerdem war Uwe Schierwein in dieser Nacht im Schlachthof und er hat gestanden. Und kaum wird er aus dem Gefängnis entlassen, sterben Menschen, das kann doch nicht alles ein Zufall sein«, ereiferte sich Dohmeier. »Meiner Meinung nach versucht er gerade zu Geld zu kommen. Man kennt das doch. Zunächst erzählt er jedem, der es hören will, dass er unschuldig, das Opfer eines Justizirrtums sei. Er lässt sich interviewen, schreibt ein Buch, und wenn das Interesse vorbei ist, dann plötzlich wird er gestehen, dass er gelogen hat. Wieder Einladungen in Fernsehshows, ein zweites Buch, und Schierwein kann die Jahre, die ihm noch bleiben, gut leben. Wie der Gefängnisdirektor gesagt hat: Schierwein ist flexibel und …« Dohmeier bemerkte, dass er zu schnell sprach, und atmete durch. »Und er ist fasziniert von der Idee, dass der Täter schlauer ist als der Ermittler.«

Hauptkommissar Stutter nickte. »Gute Argumente.«

»Aber Ihnen reichen sie nicht«, entgegnete Dohmeier genervt.

»Sie reichen ihm nie«, mischte sich Jasmin ein und zwinkerte dem Gerlseer Kollegen zu. »Gewöhnen Sie sich besser daran.«

Stutter wollte zu seiner Verteidigung ansetzen, als sie unterbrochen wurden.

Mit ernster und etwas bleicher Miene trat eine Kollegin ein. »Die verlangen nach Ihnen, es hat einen weiteren Mord gegeben.«

* * *

Grundstück der Ohmfelds

Linda Ohmfeld empfing sie völlig aufgelöst im Wohnzimmer. Lindas Vater hatte die Polizisten eingelassen; er und die Mutter setzten sich nun links und rechts neben die trauernde Tochter. Stutter wäre es lieber gewesen, er hätte allein mit der Witwe von Viktor Ohmfeld sprechen können, aber er verstand auch, dass die nun Beistand brauchte.

Vor diesem Gespräch hatte er den Tatort besichtigt, oder besser das, was noch davon übrig geblieben war. Die Feuerwehr hatte getan, was sie konnte, um den Schaden so gering wie möglich zu halten. Trotzdem war das Bestattungsinstitut weitgehend zerstört. Die Leiche von Viktor Ohmfeld fand man zwar stark verkohlt zwischen Sargresten, dennoch war es dem Gerichtsmediziner möglich gewesen, Fremdeinwirkung festzustellen. »Dadurch, dass man ihn in einen Sarg gelegt hat, war der Leichnam besser vor dem Feuer geschützt, aber am Ende gab das Holz der Hitze nach«, erklärte der Arzt.

»Hat er auch die kreisrunde Verletzung am Kopf?«, fragte Stutter und kam schließlich nicht umhin, doch noch einen Blick auf den verbrannten Körper zu werfen.

»Sehen Sie, hier kann man es noch erkennen«, forderte ihn der Gerichtsmediziner auf, näher zu treten.

Der Hauptkommissar nickte, verzichtete darauf, sich hinunterzubeugen, und vertraute auf die Aussage des Arztes. Ohmfelds Gesicht war ein bizarrer Anblick, denn fast exakt die linke Gesichtshälfte war völlig zerstört, während die Rechte optisch beinahe intakt geblieben war. Auf der linken Seite war das Fleisch verschwunden und die Knochen lagen blank, genauso wie der linke Ober- und Unterkiefer, über dem die Lippen und die Haut durch die Hitze zusammengeschrumpft waren. Auch das linke Auge fehlte, war völlig verdampft.

Ähnlich verhielt es sich mit dem Rest des Leichnams. Unberührte Bereiche des Oberkörpers und dann wieder Skelettteile, die lediglich von verbranntem Gewebe überzogen oder mit der Kleidung des Opfers und der Seide des Sarges verschmolzen waren. Ein Fetzen Stoff, blutgetränkt, bedeckte den Rest des Unterleibs. Die Beine klebten aneinander, waren zu einem Quader aus Haut und Knochen geworden, so als hätte jemand versucht, einen menschlichen Körper in Stein zu hauen, aber nur grobe Umrisse herausgearbeitet.

Das Feuer war laut Brandexperten im Ausstellungsraum ausgebrochen, vermutlich hatte der Täter den Teppich angezündet. Weitere Brände wurden noch im Andachtsraum und im Büro gelegt. Die Stoffvorhänge dort waren einfach zu entzünden gewesen. Außerdem gab es einen Lagerraum, in dem entflammbare Mittel und diverse Chemikalien aufbewahrt wurden, die das Feuer zusätzlich angefacht und dem Täter so in die Hände gespielt hatten. Anderenfalls wäre es der Feuerwehr vielleicht noch möglich gewesen, mehr zu retten.

Linda blickte nicht auf. Ihre Mutter tätschelte ihr den Rücken und sagte: »Die Polizei ist da, Liebes.«

»Basti?«, fragte sie, als hätte sie nicht gehört, was man ihr gerade gesagt hat.

»Oben zusammen mit Nina.«

Stutter nahm an, dass es sich um eine andere Verwandte, vielleicht sogar eine Schwester von Linda, handelte.

»Ich sollte zu ihm«, reagierte Linda verstört.

»Sicher, aber du musst noch mit der Polizei sprechen«, mischte sich der Vater ein. Er war gefasst und schreckte nicht davor zurück, durch Pragmatismus gefühllos zu wirken, als er nun sagte: »Wir werden einiges mit der Versicherung zu klären haben. Das Beste in so einem Fall ist, mit den Behörden zusammenzuarbeiten, damit alles zügig erledigt werden kann.«

»Manfred«, schnauzte nun die Mutter, aber Linda mischte sich ein: »Papa hat recht. Ich muss an Basti denken, wir brauchen so schnell wie möglich Normalität. Er wird seinen Vater vermissen.« Sie brach in Tränen aus und die Mutter warf erst ihrem Mann und dann den drei Beamten vorwurfsvolle Blicke zu.

Linda schluchzte, sagte dann leise: »Ich bekomme diesen Geruch nicht aus der Nase. Ich habe das Gefühl, er hängt an mir, in den Haaren, überall an meinem Körper, in den Kleidern. Ich habe geduscht, aber dieser Geruch bleibt, überall fühle ich den fettigen Ruß.«

»Sie müssen nicht hierbleiben«, sagte Stutter als Einleitung. Sein Blick wanderte zur Mutter. »Wir müssen ohnehin die Räume durchsuchen, es …«

»Linda und der Junge kommen erst einmal mit uns. Wenn Sie gestatten, würden wir anschließend an das Gespräch einige Kleider zum Wechseln und Spielsachen für Bastian einpacken, den Rest holen wir dann später.«

»Sicher«, gestand Stutter zu. Sollte sich Linda als Täterin herausstellen, wäre es ohnehin zu spät, noch auf sichtbare Spuren im Wohnhaus zu hoffen. Sie hätte genug Zeit gehabt, alles verschwinden zu lassen. Schließlich wurde erst nach den Löscharbeiten festgestellt, dass es sich um Mord handelte.

»Als Sie mir sagten, er sei tot, da fühlte ich mich furchtbar schuldig. Ich dachte, er sei lebendig verbrannt, hätte womöglich verletzt am Boden gelegen und verzweifelt um Hilfe gerufen, während ich hier geschlafen habe. Ich dachte, schlimmer kann es nicht kommen, und jetzt sagt man mir, mein Mann wurde ermordet. Er muss schreckliche Angst gehabt haben.« Tränen kullerten über ihre Wangen.

»Können Sie sich vorstellen, wer das getan haben könnte?«, fragte Stutter behutsam.

»Ich weiß, wer das getan hat«, antwortete sie sofort. »Es war Uwe Schierwein.«

»Sie haben ihn gesehen?«, fasste der Beamte ungläubig nach. Ihm entging nicht, dass Dohmeiers leises Räuspern wie ein »Da haben wir es« klang.

»Nicht in der Nacht, aber er war im Bestattungsinstitut, hat angeblich seine eigene Beerdigung planen wollen.«

Die Beamten sahen sie erstaunt an.

»Manche Menschen machen das, regeln alles im Voraus, damit die Angehörigen später nicht belastet werden«, erklärte Linda.

»Es wäre für uns wichtig, so viel wie möglich von diesem Gespräch zwischen Uwe Schierwein und Ihrem Mann zu erfahren.«

Sie schüttelte den Kopf. »Er hat mir nur gesagt, dass der Mann da war und sich einen Kostenvoranschlag machen ließ.«

»Schien Ihr Mann nervös, verändert?«

»Nein, deshalb nicht«, reagierte sie, ohne zu überlegen; wobei man den Zorn aus ihrer Stimme heraushören konnte.

»Weshalb dann?«, hakte Stutter umgehend nach.

Sie verzog das Gesicht, spitzte die Lippen, ärgerte sich vermutlich darüber, dass ihr diese Bemerkung herausgerutscht war, holte dann jedoch hörbar Luft und antwortete: »Maia Tanner. Sie war einen Tag vor ihrem Tod noch bei ihm, und danach war er irgendwie verändert.« Schweren Herzens erzählte sie von der Szene am Frühstückstisch.

Die Beamten wurden hellhörig: »In welcher Verbindung stand Ihr Mann zu Maia Tanner?«

Ihr Mund verzog sich, bevor sie schließlich müde entgegnete: »Ich dachte, dass er in sie verliebt war.«

»Um Gottes willen«, rief die Mutter. »Mein armer Liebling, warum hast du nie etwas gesagt?«

Der Vater schien darüber weniger schockiert, tat das mit einem gelangweilten Gesichtsausdruck ab.

»Wollen Sie andeuten, dass die beiden eine Affäre hatten?«, fasste der Hauptkommissar nach.

»Ich weiß es nicht. Womöglich war sie auch nur seine Ex. Ich habe es nie gewagt, genauer nachzufragen. Aber immer, wenn Maia Tanner hier aufgetaucht ist, dann war er *anders*. Eine Frau spürt doch, dass da etwas nicht stimmt.«

»Wieso war Frau Tanner denn überhaupt hier?«, stellte Jasmin ihre erste Frage.

»Sie hat Blumenschmuck für die Trauerfeiern geliefert.«

»Dann haben sich die beiden häufig gesehen?«, übernahm die Oberkommissarin es, nachzuhaken.

»Nein, nicht so oft. Mein Mann hat auch noch mit anderen Gärtnereien zusammengearbeitet. Manchmal gab er ihr monatelang keinen Auftrag und dann stand ihr Wagen wieder vor der Tür.«

»Konnten Sie ihr Auftauchen an irgendetwas festmachen?«, fragte Stutter interessiert.

Linda zuckte mit den Schultern. »Nein, und irgendwie kann ich es auch nicht glauben, dass er mich betrogen hat. So war er nicht, er war ein guter Ehemann.«

»Waren die beiden besonders vertraut miteinander?«, mischte sich erneut Jasmin ein.

»Nicht, wenn ich dabei war, da waren sie geradezu übertrieben distanziert, das hat mich natürlich misstrauisch gemacht. Ich wollte auch nicht, dass er ihre Beerdigung übernimmt, wenn die Leiche freigegeben wird.«

»Wieso wollte er das tun?«, hakte Stutter überrascht nach.

»Frederike Tanner hat ihm den Auftrag erteilt. Sie wird wohl gewusst haben, wie die beiden zueinanderstanden.«

Stutter stellte die üblichen Routinefragen bezüglich irgendwelcher Feinde, Streitigkeiten, Drohungen und sonstigem Ärger. Später würde man auch noch die Angestellten vernehmen.

»Mein Mann war die Ruhe selbst, man konnte kaum mit ihm in Streit geraten«, reagierte Linda.

»Aber in letzter Zeit war etwas anders, oder?« Jasmin glaubte, ein Zögern bemerkt zu haben, und fasste daher nach.

»Seit dem Mord an dem Pfarrer und Maias Schwester war er nachdenklicher. Aber das hat uns ja alle mitgenommen«, suchte Linda nach einer Erklärung. »Und nach dem Mord an Maia wurde es noch schlimmer.«

»Sie empfanden es als eigenartig? Ihrer Meinung nach wirkte Ihr Mann zu sehr betroffen?«, war es dieses Mal Stutter, der nicht lockerließ.

»So ungefähr«, gestand Linda. »Ich kam mir selbst schon wie ein schlechter Mensch vor, weil ich nicht genauso fühlte.«

Der Vater mischte sich ein. »Unser Gehirn regelt das für uns, das habe ich einmal in einer Fernsehreportage gesehen. Wir stumpfen gegen die Schrecken ab, sonst würden wir wahnsinnig werden.« Dann streichelte er zärtlich den Rücken der Tochter. »Du hast völlig normal reagiert.«

Da die Eltern nun erwartungsvoll den Hauptkommissar anblickten, bestätigte er das ebenfalls und fügte sogar noch: »Das geht mir in meinem Beruf nicht anders«, an.

Tatsächlich wirkte Linda beruhigt und meinte: »Jedenfalls hat mich das verunsichert. Viktor sah jeden Tag Tote und hört von den Verwandten ständig traurige Geschichten. Immer war er von trauernden und weinenden Menschen umgeben. Es schien ihm nie etwas auszumachen, und dann mit einem Mal wirft ihn der Tod aus der Bahn.«

»Würden Sie seinen Zustand denn als Trauer bezeichnen?«

Linda tat sich schwer, wiegte den Kopf hin und her. »Das war meine Erklärung, warum er nachdenklicher und gereizter wurde.« Sie weinte und Stutter ließ es zunächst dabei bewenden.

Der Vater händigte ihm die Adresse und seine Telefonnummer aus und versicherte erneut die Kooperationsbereitschaft der Familie.

Später im Wagen sagte Stutter zu seinen Kollegen: »Die Eltern von Linda Ohmfeld scheinen den Schwiegersohn nicht innig geliebt zu haben.«

Jasmin stimmte ihm zu. »Vermutlich ging es denen mehr darum, einen zuverlässigen Versorger für die Tochter zu finden. Je nachdem, wie das hier weitergeht, erbt die junge Frau alles und hat mit dem Kind ein sorgenfreies Leben. Wäre nicht das schlechteste Mordmotiv.«

»Von den Verletzungen der Schädel kann sie nichts gewusst haben«, warf Dohmeier ein. »Weder diese Information noch die Leichen wurden bisher freigegeben. Das würde sie als Trittbrettfahrer ausschließen.«

»Dennoch werden wir die Frau genauer überprüfen müssen«, warf Stutter ein und sagte seufzend: »Außerdem wird es Zeit, erneut Schierwein auf den Zahn zu fühlen.«

13

Hauptkommissar Dohmeier und Oberkommissarin Nau sollten eine Zeugin aus dem Rotlichtmilieu vernehmen, die von den Kollegen aufgespürt worden war und weitere Auskünfte zu Martin Weiz' nächtlichen Aktivitäten geben konnte.

Währenddessen war Stutter auf dem Weg zu Uwe Schierwein, um dem einen Überraschungsbesuch abzustatten. Wie der Mann darauf reagieren würde, konnte sich der Beamte bereits ausmalen. Vermutlich würde er ihn sofort der Tür verweisen oder auf jeden Fall die Anwältin hinzuholen. Dennoch wollte Stutter es auf gut Glück versuchen, auch auf die Gefahr hin, ihn überhaupt nicht anzutreffen.

Vor dem Gebäude standen Reporter. Stutter seufzte, ganz bestimmt würde er nicht riskieren, als Polizist erkannt oder auf einem Foto festgehalten zu werden.

Ohne große Hoffnung machte er deshalb einen Bogen und sah sich auf der Rückseite des Gebäudes um. Die Häuser schmiegten sich eines ans andere, und über die Jahre entstandene Anbauten mit weiteren Wohneinheiten machten es unmöglich, zu sagen, wohin die einzelnen Eingänge und Kellertüren führten. Vermutlich war diese Unübersichtlichkeit auch der Grund, warum sich hier hinten keine Pressevertreter aufhielten.

Stutter wollte gerade zurück zum Wagen, als er eine Gestalt entdeckte, die aus einer der Türen trat.

»Man muss auch mal Glück haben«, murmelte der Hauptkommissar zufrieden, als er Schierwein erkannte.

Der stutzte, als er den Polizisten sah, grinste dann aber breit und ging zielstrebig auf Stutter zu. »Personenüberwachung?«, fragte er, statt ihn zu begrüßen.

»Höflichkeitsbesuch«, antwortete ihm der Beamte und fügte ein vielsagendes »Noch« an.

»Hat sicher mit der neuen Leiche zu tun«, stellte Schierwein fest und erklärte: »Ich hab das von Viktor gehört.«

»Können wir uns vielleicht unterhalten?«, fragte Stutter freundlich.

»Ohne Anwältin? Ohne Vorladung? Ohne dass Sie mich über meine Rechte aufgeklärt haben?«, erwiderte Schierwein süffisant.

Hauptkommissar Stutter leierte sämtliche Paragrafen herunter, die ihm einfielen, und bemerkte am Ende: »Ich dachte, wir könnten ein ganz zwangloses Gespräch führen.«

»Warum eigentlich nicht?«, reagierte Schierwein plötzlich überraschend entgegenkommend. »Aber ich sage Ihnen gleich, das mit Viktor war ich nicht. Ich war gestern zu Hause, hab mich nach den Nachrichten hingehauen. Bin noch die Schließzeiten gewohnt.«

»Keine nächtlichen Spaziergänge mehr?«

»Meine Anwältin hat mir davon abgeraten«, antwortete Schierwein amüsiert. »Ich gehe in den Park. Wenn Sie mich begleiten wollen, hab ich nix dagegen.«

Stutter fragte sich, warum das so war, und nahm an, dass Schierwein aus irgendeinem Grund Gesprächsbedarf hatte.

Sie mogelten sich an den Presseleuten vorbei und

erreichten inmitten der Stadt eine großzügig angelegte Grünanlage. An der ersten Bank lag Abfall auf dem Boden, der Papierkorb quoll über, weil irgendwer seinen Hausmüll reingestopft hatte. Stutter registrierte das nur nebenbei, aber Schierwein meinte: »Da war's im Knast sauberer.«

Sie gingen wortlos weiter, bis Schierwein an einer Bank stehen blieb, die etwas versteckt zwischen zwei großen Hecken stand. »Setzen wir uns«, sagte er munter und nahm Platz. Gemächlich kramte er eine seiner selbstgedrehten Zigaretten aus der Tasche und zündete sie sich genussvoll an. »Erinnert mich an den Hofgang«, sagte er und beobachtete eine Gruppe Jugendlicher, die ein Stück entfernt Fußball spielten.

»Warum dieses Interview?«, fragte Stutter unvermittelt.

»Ich wurde gut dafür bezahlt.«

»Damit Sie sagen, dass Sie unschuldig sind?«, hakte der Hauptkommissar sofort nach.

Direkt vor ihnen hatten sich zwei Tauben niedergelassen und liefen nun aufgeregt im Kreis. Offenbar war die Parkbank öfter von jemandem besetzt, der Futter für die Vögel dabeihatte.

»Was interessiert Sie das überhaupt? Das Urteil wurde gesprochen und vollstreckt«, antwortete Schierwein ruhig.

»Wenn es zu Unrecht war, dann muss mich das interessieren. Schließlich würde das bedeuten, dass der wahre Schuldige noch auf freiem Fuß ist, falls er noch lebt.«

»Sind Sie noch nie auf die Idee gekommen, dass der, der all diese Menschen umbringt, seit ich draußen bin, das nur tut, weil die irgendetwas wissen könnten?«, fragte Schierwein neugierig. »Etwas von damals?«

»Pfarrer Antitz war vor neununddreißig Jahren noch nicht in Gerlsee«, ging Stutter darauf ein.

»Er nicht, aber Pia und Maia Tanner und Viktor Ohmfeld. Und die sind jetzt tot. Ich denke, der Pfarrer war ein zufälliges Opfer.«

»Sie vermuten, dass die Morde mit Ihnen zu tun haben?«, blieb Stutter ernst.

»Natürlich, weil die Opfer etwas gewusst haben, das meine Unschuld beweist«, erwiderte Schierwein erstaunt darüber, dass das seinem Gesprächspartner nicht klar war.

»Wissen Sie«, antwortete der Hauptkommissar ruhig, während sein Blick auf die gurrenden Tauben fiel. »Wenn dem so ist, dann muss ich mich unweigerlich fragen, warum die drei Opfer ihr Wissen fast vierzig Jahre für sich behalten haben, und vor allem, warum jetzt erst jemand der Meinung ist, man müsse sie töten, um sie am Ausplaudern zu hindern. Und noch etwas, warum haben die anderen beiden nach dem ersten Mord nicht reagiert? Die müssten den Täter laut Ihrer Theorie doch kennen.«

Er bemerkte, wie sich Schierweins Stirn missbilligend runzelte. Offenbar glaubte sein Gegenüber, man wolle ihn mit aller Kraft widerlegen. Deshalb setzte der Hauptkommissar schnell nach: »Sie haben recht, ich habe mir einige Fragen gestellt, und womöglich kennen Sie die Antworten.« Er sah ihn nun herausfordernd an.

»Die kenne ich leider nicht. Aber ich habe etwas in Bewegung gesetzt, das weiß ich«, antwortete Schierwein triumphierend.

Stutter grinste, er hatte verstanden. »Das war also der Plan, *Unruhe stiften.*«

»Ich habe auf den Busch geklopft, das kann man in jedem Krimi nachlesen. Manchmal ist das eine wirksame Methode. Und es war mehr als Unruhe. Weder Pia noch Maia noch Viktor haben sich nach unseren Begegnungen an die Polizei gewandt. Das ist doch verdächtig. Immerhin bin ich ein gefährlicher Mörder, der *Fleischwolf-Mörder.*«

»Sie saßen viele Jahre im Gefängnis und auch wenn es nicht sehr höflich ist, das zu erwähnen, Sie sind im Rentenalter.«

Schierwein wiegte übertrieben den Kopf hin und her und

schnalzte schließlich abschätzig mit der Zunge, bevor er entgegnete: »Maia war regelrecht geschockt, als ich sie besuchte. Aber nicht, weil sie um ihr Leben fürchtete, es war etwas anderes.«

»Und was?«, fasste der Polizist nach.

»Es war ihr unangenehm. Mit Pia habe ich ja nicht gesprochen, aber zu Maia sagte ich, dass die Farbe Gelb für Verrat steht. Ich hatte sofort das Gefühl, sie fühlte sich irgendwie ertappt. Und Viktor, der hatte überhaupt keine Angst, dem war ich nur lästig. Aber früher war der ein richtiger Schisser. Jedoch raffiniert. Ich habe ihn gern geärgert, das nahm er mir übel und überlegte sich einen fiesen Plan. Hat seinem Alten die Fensterscheibe eingeschlagen und behauptet, ich wäre es gewesen. Die Bullen sind dann bei mir aufgekreuzt und es gab eine Verwarnung. Viktor war mich erst mal los, denn ich konnte mir keine weitere Anzeige vom alten Ohmfeld leisten. Ganz schön clever, oder?«

»Dennoch verstehe ich nicht, wie Sie darauf kommen, dass ausgerechnet diese Personen etwas verbergen sollten, das mit Ihrer Verurteilung zu tun hatte. Wenn ich recht informiert bin, verfügten Sie damals über einen großen Bekanntenkreis.«

»Mag sein, aber den meisten Menschen war es völlig gleichgültig, was ich tat. Viktor jedoch war vielmehr ein Widersacher, das Gleiche gilt für Martin Weiz, bei dem war ich übrigens auch. Wenn der morgen tot ist, dann sind Sie jetzt schon einmal vorgewarnt. Ich werde heute Nacht jedenfalls für ein wasserdichtes Alibi sorgen, darauf können Sie sich verlassen. Und wenn Weiz die Woche überlebt, dann steckt er hinter allem.«

»Was ist zwischen Ihnen und Weiz vorgefallen?«

Schierwein zuckte mit den Schultern. »Nichts Besonderes, ich habe ihn ein bisschen gehänselt.« Es folgte ein bösartiges Grinsen. »Der Typ war ein Loser, schwabbelig und zur ewigen Jungfräulichkeit verdammt, außerdem pervers.«

»Inwiefern?«

»Der hat die Mädchen an der Bushaltestelle beobachtet. Junge Mädchen, wenn Sie verstehen.« Er zwinkerte und wurde deutlicher. »Ich hab ihn mal erwischt, wie er sich hinter der Hecke einen runtergeholt hat. Natürlich hat er behauptet, dort zu pinkeln.« Schierwein schüttelte den Kopf. »Der hat sich einen abgewedelt, als die Fünftklässlerinnen an der Bushaltestelle standen, einfach ekelhaft.«

»Und haben Sie das jemandem erzählt, damals?«

»Ne, da kam ich nicht mehr dazu, an dem Wochenende wurde ich verhaftet. Geglaubt hätte mir das sowieso niemand. Martin Weiz war der Neffe vom Nachtwächter und hatte einen Ferienjob in der Verwaltung des Schlachthofs. Der hat sich immer für was Besseres gehalten. Aber ich wusste, wie der tickt.«

»Gut«, nahm Stutter die Argumentation ernst. »Ohmfeld und Weiz hatten Gründe, Sie nicht zu mögen. Wieso sollte ich Ihnen abnehmen, dass das die Einzigen waren?«

»Ehrlich gesagt, sind alle anderen entweder tot, senil oder leben schon lange außerhalb von Berlin. Ich habe mich informiert und meiner Meinung nach waren auch nur die beiden kaputt genug, um irgendetwas in der Art auszuhecken.«

»Was ist mit den Frauen? Pia und Maia? Wieso hätten die ein Geheimnis bewahren sollen, das Ihnen auf irgendeine Weise geholfen hätte, Ihre Unschuld zu beweisen?«

»Aus Rache. Maia stand damals auf mich.«

Stutter musste ein überraschtes Gesicht gemacht haben, denn Schierwein brach in Gelächter aus und erklärte: »Alle standen auf mich, aber Maia war noch nicht einmal volljährig. Sie ist damals bei mir aufgekreuzt, hat sich mir quasi angeboten, war ein ganz schönes Luder.« Er schnalzte wieder mit der Zunge. »Aber ich hatte meine Regeln. Mit Minderjährigen wollte ich nichts zu schaffen haben, nicht auf die Weise. Bringt nur Ärger. Erstens labern die Eltern dauernd rein, und zweitens vergessen die dummen Hühner zu verhüten. Das hatte ich schon hinter mir.«

»Haben Sie Maia Tanner bloßgestellt?«, fragte Stutter neugierig.

»Nein, in so einer Situation ist es besser, den Ball flach zu halten. Am Ende gibt es nur großes Geheule und irgendwer unterstellt dir schließlich eine Schweinerei. Ich habe sie freundlich, aber bestimmt darauf hingewiesen, dass sie zu jung für mich ist. Dachte, sie hätte es gefressen, aber wer versteht schon die Weiber? Vermutlich war sie ziemlich sauer.«

Stutters angewiderter Gesichtsausdruck musste Bände sprechen, doch Schierwein störte das nicht. »Halten Sie mich ruhig für einen Kotzbrocken, aber auf Frauen hatte ich immer eine gute Wirkung.«

»Und wie passt dann Pia da rein?«

»Sie war die jüngere Schwester von Maia und sie wäre Martin Weiz' Typ gewesen. Junge Mädchen fühlen sich geschmeichelt, wenn Ihnen ein älterer Junge Aufmerksamkeit schenkt. Vielleicht war sie auch nur eingeweiht, weil sie ihrer Schwester beistand.«

»Und in was sollte sie eingeweiht gewesen sein?«, bohrte Stutter weiter.

Schierwein richtete sich etwas auf und rückte näher an den Beamten. »Ich weiß, dass ich das damals nicht war. Vielleicht wussten die vier Bescheid. Ich hatte immer den Nachtwächter vom Schlachthof in Verdacht. Der Typ war ein Säufer und genauso pervers wie sein kleiner Neffe. Die weiblichen Angestellten nannten den Mann den *Fummler*, weil er seine Hände nicht bei sich behalten konnte. Würde mich also nicht wundern, wenn der es war. Und Weiz versucht jetzt, alles unter dem Deckel zu halten, indem er seine Mitwisser kaltmacht.«

»Sie denken also, die beiden Tanner-Schwestern hätten

ein Geheimnis dieser Art über all die Jahre bewahrt. Was ist dann mit Frederike Tanner?«

Schierwein lachte auf. »Der hätten die das niemals gesagt. Die hätte sicher sofort etwas unternommen. Hat sie Ihnen erzählt, dass wir kurz vor meiner Verhaftung zusammen waren?«

An Stutters Miene las er ab, dass das so war.

»Sie war schon immer tough und sehr direkt. Ob Sie es glauben oder nicht, ich war wirklich dabei, mich Hals über Kopf in diese ungewöhnliche junge Frau zu verlieben. War zwar keine Schönheit, aber dennoch hatte sie etwas an sich … Jedenfalls hätte die sich nie gegen mich verschworen. Sie war im Gerichtssaal. Die Menschen haben sich weggedreht, wenn ich sie angeblickt habe, Frederike nicht. Sie hielt meinem Blick stand. Ich habe mir immer eingeredet, dass sie mir auf diese Weise Mut machen wollte. Sie hatte keine Angst vor mir. Und selbst ihr Vater hat sich bei seiner Aussage zurückgehalten. Das war ein anständiger Kerl. Nicht so von oben herab, hat immer gegrüßt, keinen Unterschied gemacht.«

Stutter wusste nicht, warum er seinem Gegenüber die gleiche Frage stellte, die er auch schon Frederike gestellt hatte, dennoch formulierte er sie. »Hat Jan Tanner von dem Verhältnis zwischen Ihnen und Frederike gewusst?«

»Keine Ahnung«, antwortete Schierwein geduldig. »Möglich. Ich glaube, er und Frederike hatten eine ziemlich gute Verbindung. Jedenfalls bin ich überzeugt, dass Weiz noch mehr weiß, wenn er nicht sogar für alles verantwortlich ist.« Er schwieg, meinte nach einer Weile: »So, jetzt ist es gesagt, zerpflücken Sie meine Schlussfolgerungen, das können Sie doch kaum erwarten.«

»Ich zerpflücke auch die Schlussfolgerungen meiner Oberkommissarin, und umgekehrt läuft das genauso. Denn was ich vor allem brauche, sind Beweise. Auch das steht in jedem Krimi.«

Stutter dachte an die Informationen des Gefängnisdirektors, was Schierweins Lesevorliebe anging, und wie zur Bestätigung meinte der nun: »In der Realität ist der Täter oft schlauer als der Detektiv.«

»Manchmal ist das so«, entgegnete der Hauptkommissar reserviert.

»Das ärgert Sie, oder?«, fragte Schierwein provozierend.

»Natürlich ärgert mich das. Aber nicht, weil es meinen Stolz verletzt, sondern weil die Opfer dann keine Gerechtigkeit erfahren.«

»Wer erfährt schon Gerechtigkeit?«, schnauzte Schierwein. »Das ganze Leben ist ungerecht.«

»Ja, und manchmal hat man das Bedürfnis, sich dafür zu rächen«, erwiderte der Beamte und sah Schierwein forschend an.

»Sie versauen es gerade«, antwortete der und erhob sich. »Ich räche mich nicht. Ich merke schon, die Polizei wünscht sich eine andere Wahrheit«, schnappte er. »Suchen auch Sie sich die aus, die Ihnen am meisten behagt.«

Ohne Rücksicht auf die Tauben zu nehmen, stapfte er davon. Die Vögel schreckten auf und flatterten, wild mit den Flügeln schlagend, zur Seite, gerade noch rechtzeitig, bevor sie eine von Schierweins Schuhspitzen erwischen konnte.

»Ich habe es Ihnen schon einmal gesagt«, rief ihm Stutter hinterher, »für mich gibt es nur eine Wahrheit.«

Der Hauptkommissar blieb auf der Bank zurück und schüttelte den Kopf. Dann gab er einen Laut von sich, um die Tiere zu beruhigen, und bedauerte, nichts Essbares für die Tauben dabeizuhaben. Schierwein war kein netter Mensch, und jetzt im Alter konnte er auch nicht mehr mit seinem Aussehen punkten. So jemandem zu glauben, fiel auch Stutter schwer, obwohl sich der immer um Objektivität bemühte. Dennoch gab es da ein paar Ungereimtheiten, die man nicht ignorieren konnte. Der Hauptkommissar machte sich nachdenklich auf den Rückweg.

* * *

Kaum war Stutter auf dem Revier, eilte ihm auch schon Jasmin entgegen. »Weiz hat gelogen, der besucht immer noch regelmäßig die Bordelle. Das heißt, er betrügt weiterhin seine Frau.«

»Wenn die fromme Gattin vom erneuten Ehebruch erfährt, ist sie vielleicht kooperativer und gibt ihm keine Gefälligkeitsalibis mehr«, warf Dohmeier ein, der sich zu ihnen gesellte.

Er reichte Stutter eine dünne Mappe.

»Den Obdachlosen namens Olaf haben wir nicht gefunden. Wir erfuhren aber bei den Befragungen, dass ein gewisser Xaver Kreuz vermisst wird. Der Mann ist ebenfalls ohne festen Wohnsitz und seit vielen Jahren auf der Straße unterwegs. Er hat Stammplätze und wurde schon eine ganze Weile nicht mehr dort gesehen. Wenn die Kollegen nicht herumgefragt hätten, wäre uns das sicher nie zu Ohren gekommen«, warf Dohmeier noch ein.

»Das ideale Opfer ist das, das keiner vermisst«, sprach Stutter aus, was alle gerade dachten.

»Du meinst, das hängt zusammen?«, fragte Jasmin vorsichtig.

»Die damaligen Opfer von Uwe Schierwein konnten nie eindeutig identifiziert werden. Man nahm lediglich an, dass mehrere verschwundene Frauen auf sein Konto gingen. Ausreißer und Aussteiger, die irgendwann als vermisst gemeldet worden waren, meist keinen Kontakt mehr zur Familie hatten und auch keinen geregelten Tagesablauf. Erschwert wird die Suche bei solchen Personen oft durch den Umstand, dass es immer eine Weile dauert, bis sie überhaupt vermisst gemeldet werden. Nur die Überreste, die man im Fleischwolf fand, konnten eindeutig zugeordnet werden.«

»Der Verteidiger hat am Ende versucht, es wie einen einzelnen Mord und Schierwein wie einen Ersttäter darzustellen. Das Gericht ist dem aber nicht gefolgt«, warf Jasmin ein. »Auch weil nach einer ausführlichen kriminaltechnischen Untersuchung Fingerabdrücke einer weiteren vermissten Frau in Schierweins Wagen gefunden wurden. Die Vermisste war wegen Ladendiebstahls vorbestraft, so kam es zu dem Treffer. Schierwein hat behauptet, sich nicht mehr zu erinnern, weil er häufig Tramper mitgenommen habe«, wiederholte Jasmin Schierweins Argumentation. »Und jetzt vermissen wir wieder Menschen, deren Verschwinden normalerweise niemand bemerkt«, fügte sie noch an.

Stutter nickte zustimmend und erzählte den anderen von seinem Gespräch mit Schierwein.

»Könnte es sein, dass der uns alle manipuliert?«, warf Dohmeier ein. »Hört sich für mich sehr ausgedacht an.«

»Zumindest klingt es unwahrscheinlich«, bestätigte Stutter. »Aber warum tut er das?« Er erwartete keine Antwort, sondern erklärte: »Entweder spielt er mit uns und den Medien, weil es ihm Spaß macht, und er ist der wahre Mörder oder er ist unschuldig und versucht tatsächlich, die Wahrheit herauszufinden.«

»Sag nicht, dass du ihm glaubst«, warf Jasmin überrascht ein. »Die Verschwörung von vier Jugendlichen, um den Nachtwächter-Onkel zu retten, das ist doch absurd? Das klingt …«

Sie wollte noch etwas anfügen, da wurden sie von einer Kollegin unterbrochen, die einen aufgeregten Martin Weiz ankündigte.

Keine fünf Minuten später fanden sich die Beamten zusammen mit Martin Weiz im Besprechungszimmer ein.

»Er war bei mir im Büro«, begann Weiz atemlos.

Jasmin fiel auf, dass der Mann stärker schwitzte als bei der letzten Vernehmung. Ihrer Meinung nach hatte er wirklich Angst, ansonsten wäre er ein ausgezeichneter Schauspieler.

»Er war bei Maia Tanner und bei Viktor Ohmfeld und nun sind beide tot. Ich verlange, dass Sie dieses Individuum verhaften, gleichgültig, wie sehr er im Fernsehen seine Unschuld beteuert, er ist ein Mörder.«

»Sie haben uns belogen«, entgegnete Stutter, ohne auf die Vorwürfe seines Gegenübers einzugehen.

Weiz erstarrte, schwankte zwischen Scham und Wut, entschied sich schließlich für Letzteres. »Was fällt Ihnen ein? Ich lüge nicht.«

»Wir haben Zeugen, die bestätigen, dass Sie Ihre Bordellbesuche fortgesetzt haben. Der Besuch bei *Lady Darkness* war keine einmalige Sache. Bei welchen Dingen haben Sie noch gelogen?«

Martin Weiz kam ins Stottern, und Stutter setzte nach. »Sind Sie wirklich in Gefahr oder findet hier gerade ein geschicktes Ablenkungsmanöver statt?«

Die Oberkommissarin warf ihrem Vorgesetzten einen erstaunten Blick zu. Offenbar war Stutter gerade dabei, Schierweins Theorie zu überprüfen.

»Was für ein Ablenkungsmanöver?«, fragte Weiz nun erstaunt, fing sich dann aber und schnauzte: »Ich bin hier, weil ich auf Ihre Hilfe hoffe, stattdessen werde ich behandelt wie ein Krimineller und muss nach jedem Mord ein Alibi nachweisen, als hätte ich diese Menschen umgebracht. Dabei bin ich genauso in Gefahr wie die armen Seelen, die sich Schierwein bereits geholt hat.« Er machte Anstalten aufzustehen, aber der Hauptkommissar hielt ihn zurück. »Bleiben Sie heute Nacht zu Hause, zusammen mit Ihrer Frau, wir werden einen Streifenwagen vor Ihrem Haus postieren«, rang sich Stutter durch.

»Vor meinem Haus«, reagierte Weiz jedoch nicht erleichtert, sondern hysterisch. »Wie sieht das denn aus? Ich will beschützt, nicht bloßgestellt werden.«

Dohmeier griff ein. »Die Beamten werden in einem zivilen Fahrzeug sitzen«, versprach er und blickte zu Stutter, der dem Kollegen dankbar zunickte.

Weiz atmete ebenfalls durch und beruhigte sich. »Der Typ ist völlig irre, das war er immer schon.«

»Was hat er von Ihnen gewollt?«, mischte sich nun Jasmin ein. »Hat er Sie vielleicht bedroht? Wollen Sie Anzeige erstatten?«

Wieder zögerte Weiz. »Direkt bedroht hat er mich nicht«, gab der nun kleinlaut zu. »Außer natürlich man würde von einer Art Psychoterror sprechen.«

»Wie lief das ab?«, hakte die Beamtin nach.

»Er wollte ein Auto versichern, das er noch nicht besaß. Er hatte keinerlei Fahrzeugdaten. Ist doch klar, dass das nur eine Ausrede war, sich mir zu nähern.«

»Womöglich«, gab ihm Jasmin recht. »Was hat er sonst noch gesagt?«

Wieder zögerte Weiz. »Er sprach über den Schlachthof.«

»Geht das etwas genauer?«, ließ ihn Jasmin nicht vom Haken.

»Er erwähnte meinen Onkel, der dort Nachtwächter gewesen war. Ich sagte, er sei nach der Schließung in Rente gegangen, hätte ein gutes Leben gehabt.«

»Sie haben auch dort gearbeitet, nicht wahr?«, war es nun an Dohmeier, nachzuhaken, dem Stutter mit einem Kopfnicken zu verstehen gegeben hatte, weiterzumachen.

»In den Ferien habe ich in der Buchhaltung ausgeholfen. Ablage, Datenerfassen. Ich hatte nichts mit der Fleischverarbeitung oder Schierwein zu schaffen.«

»Aber gekannt haben Sie sich auch damals schon, oder?«

»Ja, das steht doch sicher alles in Ihren Akten, was soll das jetzt?« Dann wurde er argwöhnisch. »Verstehe, Sie glauben den Mist mit der Unschuld. Dieses Interview war ja wohl der Gipfel der Unverschämtheit.«

»Sie glauben ihm also nicht?«, hakte Dohmeier sofort nach.

»Natürlich nicht, Schierwein ist ein Lügner und Betrüger, das war er immer schon. Und er ist ein Mörder, daran hat sich nichts geändert.«

»Es gab damals Gerüchte, was Ihren Onkel betraf«, versuchte es Jasmin auf eine andere Weise. Sie hielt es für besser, so zu tun, als kämen die Informationen nicht von Schierwein, sondern von anderen Quellen.

Auch wenn Weiz so reagierte, als wüsste er nicht, wovon sie sprach, merkte man ihm an, dass er im Bilde war.

Schließlich winkte er ab und antwortete: »Mein Onkel hat gerne einen über den Durst getrunken, das stimmt, aber nie im Dienst.«

»Ich spreche nicht nur von seinem Alkoholproblem«, setzte Jasmin sofort nach. »Sondern davon, dass er die weiblichen Angestellten belästigt hat.«

»Das ist mir nicht bekannt«, erwiderte Weiz patzig.

»Warum sagen Sie das?«, meldete sich nun wieder Stutter zu Wort. »Sie wissen doch genau, dass es so war. Ich verstehe, dass Sie das Andenken Ihres Onkels schützen möchten, aber wenn Sie leugnen, werden wir nach anderen Zeugen suchen müssen, und das Ganze zieht Kreise.«

Weiz verzog verächtlich den Mund. »Sie genießen es, das Leben anderer zu zerstören, nicht wahr? Erst ziehen Sie mich in den Dreck und jetzt meinen verstorbenen Onkel.«

»Daran ist mir sicher nicht gelegen«, blieb Stutter freundlich. »Ich will lediglich die Wahrheit ergründen, um Verbrechen aufzuklären. Informationen, die ich erhalte und die ich nicht benötige, werden keinesfalls an die Öffentlichkeit gelangen. Aber …« Er betrachtete Weiz intensiv. »Sie befürchten, dass Ihre Informationen relevant sein könnten, und zögern deshalb. Ist es nicht so?«

»Sie elender …« Er verstummte, raffte sich dann jedoch auf und schnauzte: »Mein Onkel war eben so. Er hat niemandem etwas getan, aber er mochte die Frauen. Hat sich ein paar Witzchen erlaubt, vielleicht ist er dabei gelegentlich über das Ziel hinausgeschossen. Ich versichere Ihnen jedoch, dass er völlig harmlos war.«

»Das haben die Frauen sicherlich anders empfunden«, blaffte Jasmin.

»Es hat sich keine über ihn beschwert«, wehrte sich Weiz.

»Was es nicht ungeschehen macht«, konterte die Oberkommissarin, die diese Haltung maßlos ärgerte.

»Nun reicht's aber«, fuhr Weiz die Beamten an. »Mein Onkel war ein guter Mensch.«

»Hat er je seine Schlüssel verlegt oder verloren?«, fasste Stutter nach.

Weiz zögerte genau eine Sekunde zu lang, bevor er das vehement bestritt.

»Sie haben uns von Pia Tanner erzählt«, schnitt Jasmin nun noch ein anderes Thema an. »Wie gut kannten Sie die Frau persönlich?«

»Kaum«, reagierte Weiz sichtlich genervt.

»Sie haben als Kinder nicht zusammen gespielt, sich vielleicht an der Bushaltestelle getroffen?«, fasste sie nach und hätte schwören können, dass dem Mann beim Erwähnen der Bushaltestelle eine leichte Röte ins Gesicht stieg.

»Pia war jünger als ich, aber ich kannte die Familie. Wie ich schon bei unserem letzten Gespräch gesagt habe, ist Frederike in meinem Alter«, antwortete er. »Aber der Kontakt hielt sich in Grenzen. Ja«, gab er schließlich zu, »vielleicht habe ich Pia später mal in der Disco getroffen und sie nach Hause gefahren, wie das unter Bekannten üblich ist, aber mehr auch nicht. Und irgendwann zog Pia fort. Warum ist das wichtig?«

Dieses Mal lenkte Jasmin ein und sagte freundlich: »Wir suchen einfach Menschen außerhalb der Familien, die uns noch mehr über die Opfer erzählen können.« Sie sah, dass ihr

Gegenüber entspannte, und fragte harmlos: »Was wissen Sie denn über Viktor Ohmfeld?«

Weiz schien erleichtert, dass das Thema gewechselt wurde.

»Viktor war ein ruhiger Typ, ich hatte hin und wieder Kontakt, wenn eines unserer Gemeindemitglieder starb und er die Beerdigung organisierte. Tja, und er war mein Kunde. Ich werde versuchen, Linda und dem Kind beizustehen, damit die Gelder zügig ausbezahlt werden.«

»Es ist gut, wenn die Familie Unterstützung bekommt«, sagte Stutter und meinte das ehrlich.

»Ja, ich kümmere mich nicht nur um die Versicherungsabschlüsse, ich bin auch da, wenn es einen Schadensfall gibt. Fragen Sie meine Kunden, die sind alle zufrieden.« Plötzlich war es ihm ein Bedürfnis noch etwas anzufügen. »Hören Sie, ich bin kein schlechter Mensch. Dass ich Sie belogen habe, was diese nächtlichen Besuche angeht, tut mir leid, aber das ist mir einfach peinlich. Ich versuche, Gutes zu tun, wirklich. Sie können die Menschen fragen. Ich will niemanden übers Ohr hauen und ich probiere wirklich gottgefällig zu leben.«

»Wir danken Ihnen für Ihre Offenheit«, entgegnete Stutter ernst. »Es wird jemand unauffällig vor Ihrem Haus Wache halten. Sie erreichen mich und meine Kollegen zu jeder Tages- und Nachtzeit.« Er übergab ihm eine Visitenkarte und fügte versöhnlich an: »Sie verstehen sicher, dass wir solche Fragen stellen müssen, um die Wahrheit herauszufinden.«

»Sicher«, beeilte sich Weiz zu sagen und verabschiedete sich.

14

Bei Tagesanbruch

Jasmin schlang die Arme um sich, so als wäre ihr kalt. Eigentlich waren die Temperaturen angenehm und kündigten schon die vorhergesagte Hitzewelle an.

»Warum muss so etwas immer im Halbdunkel stattfinden?«, beklagte sie sich leise.

»Weil dann noch niemand da ist, der uns stört«, antwortete Stutter gewohnt gelassen.

»Ich hoffe, dass Sie richtigliegen«, murmelte Hauptkommissar Dohmeier, der besonders verschlafen wirkte.

»Jedenfalls danke ich Ihnen für Ihren Einsatz. Ohne Ihre Kontakte hätten wir den richterlichen Beschluss unter Garantie nicht so schnell erhalten.«

Dohmeier behielt für sich, dass er sich einiges hatte anhören müssen, vor allem Drohungen, sollte sich die Aktion als Fehlschlag herausstellen.

Der Boden vor Ihnen war mittlerweile aufgegraben und man konnte schon den Sargdeckel erkennen. In der Kürze der Zeit war es noch nicht möglich gewesen, die Angehörigen zu verständigen. Das wiederum ersparte den Beamten Debatten und Vorwürfe.

»Warum *dieses* Grab?«, fragte Jasmin.

Sie hatten gestern noch Kopien der Geschäftsunterlagen von Viktor Ohmfeld durchgesehen. Zum Glück hatte der eine Datensicherung im Wohnhaus aufbewahrt.

»Ohmfeld hat zahlreiche Beerdigungen durchgeführt«, fügte Jasmin an, »warum also dieses Grab?«

»Weil dieses Grab und die dazugehörige Trauerfeier das sind, was ich gesucht habe.«

Jasmin seufzte und betrachtete das Absperrband, mit dem man den Bereich um die Grabstelle eingegrenzt hatte. Mittlerweile lag der Sarg frei. Dennoch dauerte es eine Weile, bis die Totengräber alle nötigen Vorkehrungen getroffen hatten, um ihn aus der etwa zwei Meter tiefen Grube zu heben. Einen Augenblick hing er an einer Winde in der Luft, dann landete er unsanft auf dem Boden. Sosehr sich alle Anwesenden darum bemühten, pietätvoll zu sein, so wenig konnten sie verhindern, bei der schweren körperlichen Arbeit zu schwitzen und zu stöhnen.

Der Grabstein war noch nicht angebracht, auf dem Holzkreuz standen lediglich der Name und die Daten. Aber eine Schleife an den langsam verwelkenden Kränzen verriet, dass dort jemand beerdigt worden war, den man vermissen würde. »Geliebter Opa« konnte die Oberkommissarin entziffern.

Als nun der Deckel geöffnet werden sollte, stellte sie sich auf den Leichnam eines alten Menschen ein. Hatte sie eben noch das typische Vogelgezwitscher registriert, das den Tag ankündigte, und das leise gleichmäßige Geräusch der Bewässerungsanlage, vergaß sie das alles in dem Moment, in dem der Deckel angehoben wurde. Die Oberkommissarin glaubte, die Welt wäre verstummt. In Wahrheit war es der Schock, der sie das annehmen ließ, denn der sorgte dafür, dass ihr Gehirn seine ganze Aufmerksamkeit auf den Sarginhalt lenkte. Sie registrierte nur noch die vielen Körperteile, die so dicht gedrängt darin lagen, als hätte es gegolten, jeden Quadratzentimeter des Totenschreins damit auszufüllen.

»Was …«, fragte sie krächzend, während sich die Arbeiter abwandten und Dohmeier ein heiseres Keuchen von sich gab.

»Hatten Sie das erwartet?«, fragte er Stutter gereizt, als hätte der die abgetrennten Hände auf das Gesicht des alten Mannes gelegt. Dohmeier wusste, dass das ungerecht war, aber irgendwie hatte er das Bedürfnis, jemanden für die verstümmelte zweite Leiche im Sarg verantwortlich zu machen. Jemanden dafür zu bestrafen, dass zwischen Sargwand und dem Leichnam, der offiziell beerdigt worden war, die Beine eines anderen lagen und dass man die Füße, Hände und den Schädel sowie den Torso in die freien Lücken um ihn herum gequetscht hatte.

Jasmin schämte sich dafür, dass sie das Ganze an die Art erinnerte, wie sie ihren Koffer packte, um alles unterzubringen. Sie blinzelte mehrmals, riss sich zusammen und blickte erneut auf die Leichenteile. Das verkrustete Blut, das die amputierten Stümpfe bedeckte, dazu der süßliche, unangenehme Fäulnisgeruch und die Tatsache, dass sie direkt in die Augen des abgetrennten Kopfes blickte, machten es schwer, die aufsteigende Übelkeit niederzukämpfen.

Glücklicherweise unterbrach Stutter die Stille. »Sieht aus, als wäre der Schädel geöffnet worden«, wandte sich der Hauptkommissar an den anwesenden Gerichtsmediziner.

Jasmin trat einen Schritt zurück. Sie hatte den ersten Schock überwunden und fragte nun so sachlich wie möglich: »Wer ist das?«

»Vermutlich *Olaf*, der Obdachlose, der regelmäßig am Seiteneingang der Kirche übernachtet hat«, entgegnete der Hauptkommissar.

»Wieso hat man ihn so zugerichtet?«

Stutter konnte nicht antworten, denn der Gerichtsmediziner kam ihm zuvor, indem er sagte: »Das Gehirn fehlt, zumindest das meiste davon. Da die Beerdigung noch nicht allzu lange her ist und ich deutliche Spuren von Werkzeugen ausmachen kann, würde ich behaupten, man hat es extrahiert.«

»Damit habe ich nicht gerechnet«, gab Stutter zu und schüttelte ärgerlich den Kopf. An Dohmeier gewandt sagte er: »Wenn es irgendwie möglich ist, erfinden Sie eine Geschichte für das hier. Ein Problem mit dem Erdreich, eine Umbettung. Wäre jedenfalls gut, wenn derjenige, der dafür verantwortlich ist, nicht erfährt, dass wir jetzt Bescheid wissen.«

»Sicher«, erwiderte Dohmeier, »aber irgendwie habe ich sowieso nicht den Eindruck, dass wir tatsächlich irgendetwas wissen.«

* * *

Dohmeier hatte weitere Beamte angefordert, um die Durchsicht von Viktor Ohmfelds Geschäftsunterlagen zu beschleunigen. Es sollten Listen über die Bestattungen der letzten Jahre erstellt werden. Außerdem musste ein Team die Vermisstenfälle der Vergangenheit überprüfen.

Hauptkommissar Stutter wies die Kollegen ein. »Achten Sie darauf, ob es Ähnlichkeiten zwischen den vermissten Personen gibt. Ich meine damit das Aussehen, Geschlecht und Alter, aber auch den Zeitpunkt ihres Verschwindens. Ist zum Beispiel jedes Jahr an Weihnachten eine blonde Frau verschwunden, oder wurden wiederkehrend alleinstehende Männer als vermisst gemeldet? Hatten die Vermissten eine Vorliebe für die Stadt Berlin, stammten sie von hier oder aus der näheren Umgebung?« Da er den Eindruck hatte, man würde nicht verstehen, was er meinte, wurde er präziser. »Wir haben die Leiche eines vermissten Obdachlosen in einem Sarg gefunden. Davon ausgehend, dass der Täter auch in der Vergangenheit gemordet hat, überprüfen wir nun, wer von den zurückliegenden Vermisstenfällen als sein Opfer infrage kommen könnte. Wir werden dann das Datum des Verschwindens abgleichen mit Beerdigungen, die kurz danach stattfanden und vom Institut Ohmfeld ausgeführt wurden. Dafür werden Sie die entsprechenden Bestattungen herausfiltern.« Er blickte seine Kollegen an und ergänzte: »Uns interessieren nur die Erdbestattungen. Feuerbestattungen sind unerheblich, weil durch die dabei vorgeschriebene zweite Leichenschau ein zusätzlicher Leichnam im Sarg sofort entdeckt worden wäre. Außerdem konzentrieren wir uns vorerst auf die Trauerfeiern, bei denen der Sarg geschlossen blieb. Wie Ihnen sicher bekannt ist, sind Exhumierungen eine unangenehme Sache und belastend für die Familien der Verstorbenen. Deshalb möchte ich nicht einfach wahllos alte Gräber öffnen. Suchen Sie also bitte nach entsprechenden Kriterien.«

Die Kollegen wurden aufgefordert, Fragen zu stellen, falls noch etwas unklar sei, und nach einigen Wortmeldungen zum organisatorischen Ablauf meldete sich eine junge Beamtin. »Ich weiß, das spielt für unsere Recherchearbeit nicht unbedingt eine Rolle, aber darf ich fragen, wie Sie darauf gekommen sind, dass Viktor Ohmfeld Mordopfer entsorgt hat?«

Stutter stellte verblüfft fest, dass er davon ausgegangen war, die anderen wären längst auf dem aktuellen Stand – aber dann fiel ihm ein, wie hektisch die letzten Stunden gewesen waren. Auch wenn er eigentlich im Zeitdruck war, wusste er, dass jeder im Team verdient hatte, eingeweiht zu werden.

»Natürlich dürfen Sie diese Frage stellen«, sagte er deshalb schnell und bemerkte, dass auch die anderen sich aufmerksam aufrichteten. »Sie sind mit den Morden der letzten Tage vertraut, wissen, dass Uwe Schierwein behauptet, unschuldig zu sein, was die Verbrechen vor knapp vierzig Jahren angeht. Außerdem ist Ihnen vermutlich bekannt, dass es Verbindungen zwischen Schierwein und den jüngsten Opfern gab.«

Stutter räusperte sich, und Jasmin, die ihn genau beobachtete, dachte nicht das erste Mal, dass ihr Vorgesetzter wie kein anderer seinen Platz im Leben gefunden hatte. Schmerzhaft erinnerte sie sich daran, dass sie ihren immer noch suchte. Um nicht über die letzte gescheiterte Beziehung nachzudenken, konzentrierte sie sich schnell auf seine Worte. Stutter berichtete gerade von dem letzten Gespräch mit Schierwein und erklärte nun seine Schlussfolgerungen. »Schierwein behauptete, Ohmfeld hätte keine Angst vor ihm gehabt. Angenommen, das entspräche der Wahrheit, dann muss ich mich zwangsläufig fragen, warum das so war. Warum hatte Viktor Ohmfeld keine Angst vor Uwe Schierwein? Eigentlich gibt es dafür nur zwei Möglichkeiten. Erstens: Er fürchtet ihn nicht, weil er sich gewappnet fühlt, im Zweifel eine körperliche Auseinandersetzung zu gewinnen, oder zweitens, er hat keine Angst vor Schierwein, weil er genau weiß, dass der kein Serienmörder ist. Aber wie konnte er das wissen, außer …«

»Er kennt den wahren Mörder«, warf die Beamtin, die die Frage gestellt hatte, ein.

»So ist es«, bestätigte der Hauptkommissar. »Und da er nun selbst ermordet wurde, spricht einiges dafür, dass es zwischen ihm und dem Mörder eine Verbindung gab. Natürlich tappte ich zunächst im Dunklen, was dieses Kennen, diese Komplizenschaft anging. Aber ich dachte mir, dass auch dabei die Möglichkeiten begrenzt sind. Entweder Ohmfeld ist mit dem Mörder im positiven Sinne verbunden, sprich er schützt denjenigen, weil er ihn liebt oder zumindest schätzt und oder womöglich aktiv an den Taten beteiligt ist, oder aber es handelt sich um eine erpresserische Beziehung, und Viktor Ohmfeld war gezwungen zu schweigen. Wir wissen alle, dass Menschen Geheimnisse haben. Manchmal gibt es Dinge, die einem so peinlich sind, vielleicht sogar ein Leben zerstören könnten, wenn sie an die Öffentlichkeit gelangen, dass man bereit ist, alles zu tun, um sie unter Verschluss zu halten. Und da jeder Mensch eine andere Schmerzgrenze hat, was das angeht, lässt sich der eine wegen eines längst verjährten Ladendiebstahls erpressen, während dem anderen gleichgültig ist, ob man ihn vor Jahren bei einer Sexorgie gefilmt hat. Damit will ich sagen, egal was man gegen Ohmfeld in der Hand hatte, es reichte aus, um ihm Druck zu machen. Ob es nun Liebe oder Zwang war, spielt eigentlich auch gar keine Rolle. Die Frage ist doch vielmehr: Was hätte jemand wie Ohmfeld für einen Mörder tun können?«

»Das ist fast schon genial«, meldete sich einer der Kollegen zu Wort. »Ein Mörder mit einem eigenen Totengräber.«

»So ist es.« Stutter nickte dem Beamten freundlich zu.

»Dennoch riskant. Hätte man jemals eines der Gräber geöffnet, wäre er aufgeflogen«, warf jemand anders ein.

»Die Wahrscheinlichkeit hierfür war gering«, meldete sich Dohmeier zu Wort. »Wie wir wissen, geschieht eine Graböffnung höchst selten. In der Regel nur, wenn Verwandte eine Umbettung vornehmen lassen wollen. Und wenn die übliche Ruhezeit um ist und die Gräber geräumt werden, ist laut unseren Informationen nichts mehr übrig, vielleicht einige Knochenreste, Teile des Schädels. Jedenfalls nicht genug, um die Aufmerksamkeit auf sich zu ziehen. Die Leichen der Mordopfer verschwinden also für immer. Und ohne Leichen keine Ermittlung.«

»Ziemlich clever, so clever wie die Sache mit dem Fleisch-Schredder«, warf erneut die junge Beamtin ein.

»Ja«, reagierte Stutter nachdenklich. »In der Tat haben wir es mit einem Fall zu tun, bei dem manche Opfer regelrecht zur Schau gestellt werden und andere unbedingt verschwinden müssen. Fast so, als wären mehrere Mörder beteiligt. Was natürlich nicht ausgeschlossen ist.« Irgendein Gedanke spukte Stutter plötzlich durch den Kopf, aber er konnte ihn nicht fassen.

»Was heißt das für Schierwein? Ist der nun schuldig oder unschuldig?«, wandte man sich erneut an Stutter.

Das Team sah ihn erwartungsvoll an.

Obwohl er eigentlich gar keine Besprechung im großen Stil geplant hatte, trat er nun vor die Magnettafel und schnappte sich einen Stift. Schnell kritzelte er einige Namen auf die Oberfläche.

»Ehrlich gesagt, bin ich noch nicht dahintergekommen, was hier gerade passiert«, gab er ehrlich zu. »Aber vielleicht übersehe ich auch etwas. Sie alle kennen den Fall, sagen Sie mir Ihre Meinung.«

Jasmin grinste, fragte sich, ob das Stutters Geheimnis war. Bei ihm gab es nicht den einen Weg, um ans Ziel zu kommen. Er war immer offen für Neues, bereit abzuweichen, zu probieren und Risiken einzugehen. Sie musste daran denken, dass Schierwein offenbar nicht der Einzige war, der die Bezeichnung ›flexibel‹ verdiente.

Es entbrannte eine Diskussion über den möglichen Täter und das Motiv.

Irgendwann machte Stutter ein großes Fragezeichen hinter Schierweins Namen und sagte: »Wir werden die Frage bezüglich seiner Rolle nicht beantworten können, weil uns Beweise fehlen. Denkbar, dass Schierwein unschuldig ist und sich damals, nach gescheiterten Versuchen, den Kopf aus der Schlinge zu ziehen, seinem Schicksal ergeben hat, so wie er behauptet. Für uns wahrscheinlicher ist jedoch, dass er lügt. Dass er die Taten, für die er im Gefängnis saß, auch begangen hat. Leider sieht es aber so aus, dass von Schierweins Schuld oder Unschuld abhängt, was es mit den anderen Morden auf sich hat. Ist für alles, was gerade passiert, Schierwein verantwortlich?«

Einige nickten.

»Er ist hier, um sich zu rächen, das wäre ziemlich plausibel«, schlug jemand vor.

Ein anderer ergänzte: »Selbst wenn er damals unschuldig war, könnte er jetzt schuldig sein.«

»Oder aber er war es weder vor neununddreißig Jahren noch heute. Dann würde vielleicht alles nur deshalb passieren, um seine Unschuld zu vertuschen«, mischte sich Jasmin ein. »Finden wir allerdings in weiteren Gräbern eine zusätzliche Leiche, der man das Gehirn extrahiert hat, dann ist Schierwein aus dem Schneider, vor allem, wenn die Beerdigungen während seiner Haft stattfanden.«

»Meiner Meinung nach könnte er deshalb trotzdem der *Fleischwolf-Mörder* sein. Die Morde an den Tanner-Schwestern, dem Pfarrer und Viktor Ohmfeld gehen auf jeden Fall auch auf sein Konto. Womöglich gibt es noch einen zweiten, unabhängigen Täter, der für die Verbrechen verantwortlich ist, die eventuell während Schierweins Haft passiert sind«, hielt Dohmeier dagegen.

Wieder entbrannte eine hitzige Diskussion, bis erneut Stutter für Ruhe sorgte. »Sie sollten die Rituale an den Opfern nicht vergessen.«

»Wir wissen nicht, was sie bedeuten«, erklärte einer der Beamten. »Die Tanner-Schwestern, der Pfarrer und Ohmfeld haben nur eine um den Schädel verlaufende Wunde. Dem toten Obdachlosen im Sarg wurde jedoch das Gehirn entnommen.«

»Womöglich hatte man das bei den anderen auch vor, konnte es aber nicht«, schlug jemand vor.

»Warum konnte man es nicht?«, fragte Stutter interessiert.

»Keine Zeit«, antwortete man ihm.

»Laut Gerichtsmedizin waren diese um den Kopf verlaufenden Wunden bei den Leichen mit einem Schraubenzieher verursacht worden. Ich habe mit dem Arzt gesprochen. Versuche, die Schädel zu öffnen, konnte der nicht feststellen.

Ich behaupte daher, dass der Täter nur bei dem Obdachlosen die Absicht hatte, das Gehirn zu entnehmen.« Er sah in die Runde. »Bedeutet das nun, dass wir mehrere Täter haben oder den gleichen Täter mit unterschiedlichen Ritualen? Außerdem wurde Ohmfeld in einen seiner Särge gelegt. Warum? Und bevor Sie sagen, das hat vielleicht nichts zu bedeuten, denke ich, dass in diesem Fall alles eine Bedeutung hat. Dennoch wissen wir nicht, ob das, was gerade passiert, überhaupt etwas mit dem *Fleischwolf-Mörder* zu tun hat.«

»Vor diesem Gespräch schien alles klarer zu sein«, warf nun die junge Kollegin ein und erntete dafür resignierte Lacher.

»Ja«, antwortete Stutter freundlich. »Deshalb brauchen wir mehr Fakten. Ich danke Ihnen daher bereits jetzt schon für Ihre gründliche Arbeit.«

Er nickte den Anwesenden zu und signalisierte so das Ende der Besprechung.

In den folgenden Stunden erhielten sie die Telefonlisten von Viktor Ohmfeld.

»Ah, endlich«, rief Stutter ungeduldig, als man ihm die Unterlagen brachte.

»Wieso sind die so wichtig?«, fragte Jasmin und sah ihren Vorgesetzten neugierig an.

»Wir wissen von Linda Ohmfeld, dass ihr Mann nachts oft gearbeitet hat, vorzugsweise im Keller, um die Leichen vorzubereiten. Aber in der Nacht, als er starb, gab es in seinem Keller keine Toten. Das bestätigten uns die Angestellten. Also warum war er dann dort?«

»Buchhaltung?«, antwortete Jasmin lapidar und zuckte mit den Schultern.

»Entweder das oder er hatte eine Verabredung. Wäre doch ein komischer Zufall, wenn der Mörder auf gut Glück vorbeigekommen wäre. Ich denke, das war ein geplantes

Treffen, und dafür hätte man sich abstimmen müssen. Womöglich per Telefon, deshalb interessiert es mich, mit wem Ohmfeld kurz vor seinem Tod noch gesprochen hat.«

Sie lasen gemeinsam den Bericht und Jasmin sagte tonlos: »Jetzt sind wir so schlau wie zuvor.« Dann blickte sie erneut auf die Namen der Personen, die mit Ohmfeld am Tag seines Todes telefoniert hatten. Neben zwei Anrufen von seiner Frau, dem eines bayrischen Lieferanten und dem Werbeanruf eines Fensterbauers hatten ihn vier weitere Personen direkt auf dem Handy kontaktiert: Uwe Schierwein, Frederike Tanner, Martin Weiz und Grischa Ullrich.

»Was jetzt?«, fragte Jasmin entmutigt.

»Jetzt kämpfen wir uns durch, bis sich die Lügen von der Wahrheit trennen lassen.«

* * *

Frederike Tanner vertrieb die Unruhe, die sie verspürte, indem sie die Praxis reinigte. Sie hätte gern gearbeitet, wusste, dass das sowohl Maia als auch Pia verstanden hätten, so war sie nun einmal, aber sie fürchtete die Fragen und mitleidsvollen Blicke der Menschen.

Man würde sie mit Beileidsbekundungen überschütten, neugierig nachhaken, und damit wäre die Arbeit dann keine Ablenkung mehr, sondern genau das Gegenteil. Dann würde ihr nämlich noch deutlicher bewusst werden, dass ihre Schwestern tot waren, dass sie ihre einzigen Vertrauten verloren hatte. Was würde dem folgen? Das Hinterfragen der eigenen Entscheidungen, das Erkennen der gemachten Fehler und das Bedauern darüber.

»Nein«, stieß sie laut aus und wischte sich übers Gesicht. Das Desinfektionsmittel an ihren Händen gelangte ins Auge und brannte. Ein wenig damenhafter Fluch kam ihr über die Lippen. Sie musste an etwas anderes denken, vielleicht sollte sie eine Notfallsprechstunde einrichten oder wenigstens die

Pferde behandeln. In den Ställen waren meist nicht so viele Menschen. Über diese Gedanken hätte sie die Klingel überhört, wären da nicht die beiden Rottweiler-Rüden gewesen, die in lautes warnendes Bellen verfielen, als ihnen klar wurde, dass ein Eindringling ihr Territorium betrat.

Frederike war froh, die Tiere vorübergehend bei sich zu haben. Sie gaben ihr Trost und zwangen sie außerdem, das Haus zu verlassen, sonst hätte sie sich vermutlich eingeigelt.

»Schon gut, Jungs«, rief sie den Vierbeinern zu, die augenblicklich verstummten.

Mit gemischten Gefühlen ging sie zur Vordertür, dicht gefolgt von den Hunden. Sie rechnete mit einem Patienten und stockte, als sie Hauptkommissar Stutter erblickte.

»Gibt es etwas Neues?«, fragte sie heiser, nachdem sie die Tür geöffnet hatte. Sie besann sich dann aber und entschuldigte sich für die unhöfliche Begrüßung. »Ich weiß selbst nicht, was ich erwartet habe. Vielleicht hoffe ich darauf, dass Sie mir sagen, dass Schierwein wieder in Haft ist.«

Sie bat die Beamten, einzutreten, aber weder Stutter noch Jasmin setzten sich in Bewegung. Stattdessen starrten sie zu den Rottweilern, und diese starrten unfreundlich zurück – zumindest kam es den Polizisten so vor.

Frederike bemerkte das und musste lächeln, gab den Hunden dann kurze Anweisungen, und die zwei Kolosse zogen sich zurück, nicht ohne den Eindringlingen noch einmal einen warnenden Blick zuzuwerfen.

»Schöne Tiere«, bemerkte der Hauptkommissar, und Frederike nickte.

»Treue Seelen und echte Helfer. Sie geben mir das Gefühl, nicht völlig allein zu sein.« Sie schloss einen Moment die Augen.

Jasmin vermutete, dass sie die Tränen zurückhielt.

»Bitte lassen Sie uns in die Wohnung gehen«, lud die Tierärztin sie schließlich ein, ihr zu folgen.

Schon im Eingangsbereich hatte Stutter die Putzmittel

gerochen. Auch im ersten Stock lag der typische Geruch von Desinfektionslösung in der Luft. Außerdem waren die Möbel zusammengeschoben, Teppiche aufgerollt und Mülltüten gefüllt worden.

»Ich weiß nicht, wohin mit mir«, sagte Frederike erklärend, »also mache ich einen Großputz.« Sie schob einen Berg Altkleider zur Seite und bat Jasmin und Stutter, Platz zu nehmen. Sie selbst setzte sich ihnen gegenüber auf die Armlehne eines Sessels.

»Wenn es keine Neuigkeiten gibt, dann haben Sie sicher noch irgendwelche Fragen. Geht es um Viktor?«, wandte sie sich an die Polizisten.

»Sie wissen, dass er tot ist?«, fragte Stutter wenig überrascht. In den Medien machte der jüngste Mord längst die Runde.

»Ja, grauenvoll«, antwortete Frederike neutral. »Ein weiterer Mord, und Schierwein ist immer noch auf freiem Fuß«, fügte sie jedoch vorwurfsvoll an.

»Es ist interessant, dass Sie so von seiner Schuld überzeugt sind, er hingegen hält Sie für ihm gegenüber loyal.«

Frederike lachte rau auf. »Dieser Mann lebt wohl immer noch in einer Fantasiewelt. Er ist ein alter unansehnlicher Kerl und ich bin keine achtzehn mehr. Glaubt er wirklich, dass ich ihm die Morde an meinen Schwestern vergeben könnte?«

»Er sagt, er war es nicht«, entgegnete Stutter offen.

»Schierwein ist ein Lügner«, reagierte sie kalt.

»Ist Ihnen bekannt, dass Ihre jüngere Schwester Maia damals an ihm interessiert gewesen war?«

»Maia war sechzehn Jahre alt und Schierwein unser *aller* Märchenprinz, natürlich hat auch sie für ihn geschwärmt.«

»Er behauptet, sie hätte ihn aufgesucht, ihm Avancen gemacht. Er hätte sie aber weggeschickt, weil sie ihm zu jung gewesen sei.«

Frederike runzelte die Stirn. »Dann lügt er, so etwas hätte

Maia nicht getan.« Sie versuchte, überzeugt zu klingen, aber man sah ihr an, dass sie an den eigenen Worten zweifelte. Dennoch setzte sie nach: »Maia war nicht so, das war eher Pias Stil.«

»Und was für eine Verbindung bestand zwischen Maia und Viktor Ohmfeld? Wir hörten, dass es da eine Beziehung gegeben hat«, dehnte der Hauptkommissar die Wahrheit etwas.

Frederike schien einen Augenblick wie erstarrt, fragte dann jedoch scharf: »Wer sagt das?« Sie begann wütend zu werden. »Ich dachte, Sie suchen den Mörder meiner Schwestern, dabei versuchen Sie nur, deren Ruf zu zerstören. Erst Pia, die den Pfarrer verführt haben soll, und jetzt Maia mit einem verheirateten Mann?«

»Diese Fragen gehören dazu«, erklärte Stutter versöhnlich. »Ich muss mehr über die Opfer erfahren, das wird mich zu ihrem Mörder führen.«

Frederike blickte ihn skeptisch an, seufzte dann vernehmlich und schnappte: »Mich hat keine der beiden ins Vertrauen gezogen. Wenn Sie es unbedingt wissen wollen, Pia traue ich es zu und Maia …« Sie zuckte mit den Schultern. »Sie war einsam nach der Scheidung, die Ehe hat nicht lange gehalten. Ihr Ex-Mann hat sich an der starken Verbindung zwischen mir und Maia gestört. Also warum sollte sie nicht ein wenig Trost in Viktor Ohmfelds Armen gesucht haben?«

»Haben Sie nichts geahnt?«, hakte Stutter nach.

»Nein, man kann den Menschen schließlich nicht in den Kopf sehen«, brauste Frederike auf. »Und außerdem wäre es mir auch egal gewesen.«

»Warum haben Sie Viktor Ohmfeld kurz vor seinem Tod angerufen?«

Sie kniff die Augen zusammen und zischte: »Weil er die Beerdigungen meiner beiden Schwestern hätte ausrichten sollen und es noch einiges zu besprechen gab.«

»Aber ursprünglich war für Pias Beerdigung ein anderes Institut vorgesehen«, ließ der Hauptkommissar nicht locker.

»Maia hatte sich darum gekümmert.«

»Sie wollte Ohmfeld nicht?«

»Offensichtlich nicht. Maia hat das alles in die Hand genommen und ich ließ sie gewähren. Sie hat das gebraucht, es half ihr beim Trauern. Und im Prinzip spielt es doch keine Rolle, wer den Sarg zum Grab trägt. Falls Ohmfeld wirklich Maias Liebhaber war, dann wollte sie vielleicht nicht, dass ihre Beziehung von Pias Tod überschattet wurde, und wählte deshalb ein anderes Institut.«

Sie sah zu Jasmin und meinte: »Sie werden die schlimmen Dinge, die Sie in Ihrem Beruf sehen, auch aus Ihrer Beziehung heraushalten, oder?«

Die Oberkommissarin gab einen zustimmenden Laut von sich, fühlte sich aber merkwürdig berührt. Die Bemerkung versetzte ihr einen Stich.

»Warum sollte nun doch Ohmfeld die Beerdigung organisieren?«, hakte Stutter noch einmal nach.

»Ich kenne ihn, da war es für mich einfacher.«

»Sie kennen auch Martin Weiz?«

Frederike rollte mit den Augen. »Ja, leider«, sagte sie.

»Sie mögen ihn nicht?«

Ihr Mund verzog sich. »Ich halte ihn für einen Heuchler, außerdem war er einer von Pias lästigen Verehrern, früher einmal, bevor er geheiratet hat.«

»Hatten die beiden eine Beziehung?«

Frederike lachte auf. »Pia hatte andere Ansprüche. Um ihren siebzehnten Geburtstag herum hat er sie ein paar Mal zur Schule gefahren, ihr in der Disco Getränke spendiert, das war alles. Sie hat ihn ausgenutzt, bis sie einen anderen Idioten fand.«

»Wie hat Ohmfeld geklungen, als Sie mit ihm telefonierten?«, wechselte Stutter erneut das Thema.

Frederike zuckte mit den Schultern, sagte dann: »So wie immer. Nett und mitfühlend.«

Zwischenzeitlich hatten die Beamten auch die anderen Anrufer der Telefonliste befragt. Schierwein hatte behauptet, in dem Telefonat mit Ohmfeld seine Anfrage bezüglich der eigenen Beerdigung zurückgezogen zu haben. »Ich dachte, es ist vielleicht besser, das Geld zu Lebzeiten auszugeben, anstatt es dem Ohmfeld in den Rachen zu werfen. Sollen sie mich irgendwo verscharren, ist mir mittlerweile egal.«

Martin Weiz war pikiert gewesen. »Viktor gehörte zu meinen Kunden. Wir sprachen über seine Versicherungen.« Gefragt, warum er das Telefonat bei seinem letzten Besuch im Revier nicht erwähnt hätte, antwortete er beleidigt: »Erstens haben Sie mich nicht danach gefragt und zweitens habe ich es nur für ein ganz gewöhnliches Telefonat gehalten, von denen ich täglich Dutzende führe.« Auch dagegen konnten die Beamten nichts einwenden.

Dohmeier war bei dem Künstler Grischa Ullrich gewesen und auch der hatte eine Erklärung parat gehabt: »Ohmfeld gestattete mir gelegentlich, bei ihm Skizzen anzufertigen. Von Särgen, Urnen, Grableuchten. Solche Dinge baue ich gerne in meine Bilder ein. Ich hatte ihn angerufen, um einen Termin zu vereinbaren. Ich plante, einen weißen Sarg zu skizzieren.« In diesem Zusammenhang erfuhren sie, dass Ullrich auch in Maia Tanners Blumengeschäft Entwürfe von Pflanzen angefertigt hatte. Sowohl Ohmfelds Angestellte als auch die der Gärtnerei konnten das bestätigen. Obwohl das plausibel klang, entlastete es den Künstler nicht. Denn bei Grischa Ullrich kam hinzu, dass niemand etwas über seinen leiblichen Vater wusste. Gab es da vielleicht eine Verbindung? Martin Weiz hatte Kontakte zum Rotlichtmilieu. Ullrichs Mutter war eine Süchtige gewesen. Denkbar dass sie sich prostituiert hatte, um an Drogen zu gelangen. War Martin Weiz ihr Freier gewesen und hatte sie geschwängert? Was wenn Ullrich das herausgefunden hätte? Er war zwar bereit gewesen, offen über seine schwierige Kindheit zu sprechen, allerdings hatten erst die polizeilichen Recherchen die ganze Wahrheit zutage gefördert. Ullrich hatte als kleiner Junge zu Gewalttätigkeit geneigt und auffälliges Verhalten gezeigt. Denkbar, dass er immer noch viel Wut in sich trug. Er hatte mit dem Pfarrer gestritten, außerdem angenommen, der hätte sein Keuschheitsgelübde gebrochen. War es die Enttäuschung, das Gefühl, von Heuchlern umgeben zu sein, die ihn zum Äußersten getrieben hatten? Der Pfarrer und seine Geliebte Pia Tanner, der verheiratete Viktor Ohmfeld und Maia Tanner, Ehebruch, Lügen. Eventuell hatte es ihm nicht mehr gereicht, seinen Frust in Bildern auszudrücken. Sollte Ullrich der Täter sein, dann hätten die aktuellen Verbrechen nichts mit dem Fall Schierwein zu tun. Aber was wäre dann Ullrichs Plan? Wer müsste noch sterben? Martin Weiz und dessen Frau? Vielleicht zuerst Frederike Tanner? Womöglich hatte er erfahren, dass sie vor neununddreißig Jahren mit Schierwein, einem Mörder, liiert gewesen war, und nun hielt er es für seine Pflicht, sie dafür zu bestrafen.

Die Beamten hatten außerdem über Sabine Weiz spekuliert. Die ergebene Gattin, die ihrem Mann selbst Ehebruch verzieh. Nicht auszuschließen, dass sie ein Ventil gebraucht hatte und sich deshalb unkeusche Paare als Opfer aussuchte.

Und dann gab es auch noch die Leiche des Obdachlosen Olaf. Irgendwer führte sie die ganze Zeit an der Nase herum. Dohmeier tippte auf Schierwein, zog auch eine Komplizenschaft mit dessen Enkel Jannik in Betracht. Die Alibis der Verdächtigen waren jedoch allesamt schwach oder nicht nachprüfbar.

Stutter hatte gedanklich verschiedene Varianten durchgespielt, versucht, alle Fragen zu beantworten, und eine Theorie entwickelt, die ihm nicht gefiel, die er verabscheute, die jedoch leider möglich war. Dennoch fehlten ihm die Beweise. Er rang mit sich, wusste nicht, ob er das Risiko eingehen sollte, jemanden außerhalb des Polizeiapparats in Gefahr zu bringen. Allerdings wusste er längst, dass er gar keine andere Wahl hatte, wenn er die Wahrheit herausfinden wollte.

Frederike sah ihn abwartend an und er rang sich durch, einen gefährlichen Weg einzuschlagen.

»Ihnen ist wirklich daran gelegen, dass der Mörder Ihrer Schwestern ins Gefängnis kommt?«, fragte er ernst.

Frederike blickte ihn zuerst verwundert, dann ärgerlich an. »Natürlich«, reagierte sie ungehalten. »Verhaften Sie Schierwein, dann werden wir alle besser schlafen können!«

15

In der Nacht, eine Anhöhe bei Gerlsee

Sie saßen versteckt hinter einem der großen Bäume. Zum Glück zog der Platz längst keine Liebespaare mehr an, so wie früher, außerdem war es spät und unter der Woche.

»Das ist ein ziemliches Risiko«, flüsterte Jasmin.

»Ich weiß«, gab ihr Stutter leise Antwort. »Aber wir stecken fest. Wir sind nicht in der Position, das auszusitzen. Man wird uns abziehen. Ich werde das jedoch nicht so enden lassen. Womöglich irre ich mich auch.«

»Ehrlich gesagt befürchte ich eher, dass du dich nicht irrst und heute Nacht irgendetwas schiefgeht.«

»Wir sind gut vorbereitet«, beruhigte er sie.

»Tu mir einen Gefallen«, sagte sie besorgt.

»Sicher«, stimmte er sofort zu.

»Spiel nicht den Helden«, bat ihn Jasmin nachdrücklich.

Stutter hatte keine Möglichkeit mehr, zu antworten, denn einer der Kollegen, der sich bei der Zufahrt versteckt hatte, gab über Funk durch, dass sich ein Pick-up ihrem Standort nähern würde.

»Sie kommt«, informierte Stutter seine Kollegin.

»Dann geht es also los. Hoffen wir, dass die Verkabelung funktioniert!«, erwiderte die leise.

Frederike Tanner parkte ihren Wagen und stieg aus. *Natürlich ist er zu spät*, dachte sie und fragte sich, ob es nach dieser Nacht endlich vorbei sein würde.

Ihre Gedanken wurden unterbrochen, als sie ein Motorengeräusch hörte. Ein Auto näherte sich, rumpelte über die steinige Piste und blieb dann vor ihr stehen. Die Scheinwerfer erfassten sie wie ein Bühnen-Spot. Sie hob den Arm, um die Augen abzudecken, trat gleichzeitig etwas aus dem Licht, war aber immer noch von Stutters Versteck aus zu erkennen.

* * *

Tonaufnahme von 1983:

Mein heutiges Thema: Wie alles begann, Teil I

Ich weiß zumindest, wie alles angefangen hat. Da war das andere Kind; jenes, das nicht wie ich war. Ein kleiner Junge, ein Bruder, ein Freund, zumindest die ersten Jahre. Aber dann, als wir älter wurden, fiel es mir deutlich auf. Ich hatte mich weiterentwickelt und er war im wahrsten Sinne des Wortes zurückgeblieben. Das Lernen und das deutliche Sprechen fielen ihm schwer. Er lachte immer noch über die gleichen Albernheiten, wollte mit Bauklötzen spielen, die Türme umstoßen und machte häufig ins Bett. Mit etwa neun Jahren wusste ich, dass etwas im Argen lag. Ich glich den anderen Kindern um uns herum, er nicht. Eines Tages bemerkte ich die kritischen Blicke, das Tuscheln und hörte offene Beleidigungen. Natürlich hatte ich Fragen. Hinter vorgehaltener Hand erklärte man mir, dass etwas in seinem Kopf nicht stimmen würde.

»Und was stimmt da nicht?«, fragte ich damals. Kinder sind eben neugierig und geradlinig. Sie nehmen die Dinge wörtlich.

Meine Mutter sagte: »Da ist etwas in seinem Kopf, das ihn krank macht«, und ich stellte mir genau das vor: Etwas in seinem Kopf, das man nur entfernen müsste, damit alles wieder gut werden würde …

Ende der Aufnahme

* * *

In der Nacht, Anhöhe bei Gerlsee

»So sieht man sich wieder«, begrüßte Frederike Tanner den Fahrer des Wagens, der nun direkt vor ihr stand.

Stutter konnte jedes Wort verstehen, die Verkabelung funktionierte tadellos.

»Ich war überrascht, als ich deinen Anruf bekam«, sprach Frederike weiter. Sie schien überhaupt nicht nervös zu sein. Ihre Stimme war gefasst, zitterte nicht und sie redete so selbstverständlich, als hätte sie einfach einen alten Bekannten getroffen.

»Ich habe mich damit selbst überrascht«, antwortete ihr Gegenüber amüsiert.

Noch wirkte alles ganz harmlos, aber der Hauptkommissar war angespannt. Er hatte klare Anweisungen gegeben.

»Halten Sie Abstand«, hatte er eindringlich gewarnt. »Wenn ein Angriff erfolgt, dann mit einem Messer. Bleiben Sie also auf Distanz.«

Er konnte nur hoffen, dass seine Mahnung nun nicht vergessen wurde.

Frederike bemerkte, wie sie neugierig betrachtet wurde. Es war ein *Scannen*, auf die Art, wie man einen Gegenstand unter die Lupe nehmen würde, bevor man dafür ein Kaufangebot machte.

»Ist was?«, fragte sie ruhig. Es gefiel ihr nicht, so begutachtet zu werden, aber sie wollte jetzt auf keinen Fall streiten.

»Ich bin nur überrascht, dass du überhaupt hier aufgetaucht bist, aber du warst ja immer schon für eine Überraschung gut.«

Sie ließ nun genauso unverschämt ihre Blicke über den Körper ihres Gegenübers wandern. Nein, Angst würde sie gewiss nicht zeigen. Sogar ein freundliches Lächeln gelang ihr, als sie sagte: »Das Gefängnis hat dich jedenfalls nicht schöner gemacht.«

Uwe Schierwein lachte auf. »Immer geradeheraus, du hast dich kein bisschen verändert.«

* * *

Tonaufnahme von 1983:

Mein heutiges Thema: Wie alles begann, Teil II

Es hat mich traurig gemacht, zu erleben, wie unterschiedlich wir uns entwickelten. Und da ich gleichzeitig auch wusste, dass der Familie für alles das Geld fehlte, nahm ich automatisch an, das sei der Grund, warum das, was in seinem Kopf war, immer noch nicht entfernt werden konnte. Ich war überzeugt, dass ein kleiner Schnitt alles verändern würde.

Der Wunsch, ihn an meiner Seite zu haben, ihn wieder gesund zu machen, wuchs stetig. Nach einer weiteren gemeinen Anfeindung beschloss ich in meiner kindlichen Naivität, die Sache selbst in die Hand zu nehmen. Ich wollte ihn so unbedingt retten und das, was ihn krank machte, entfernen.

Er ließ sich von mir an die Hand nehmen. »Alles wird gut«, versprach ich ihm. »Ich entferne das Kranke in deinem Kopf.«

Er lächelte mich an, so wie er es immer tat. Ja, er hat mich geliebt, und zwar bedingungslos. Er war völlig frei von Neid oder Missgunst. Später, wenn ich mich an ihn erinnerte, dachte ich immer, dass er der einzige Mensch in meinem Leben gewesen war, der ein reines Herz hatte.

Ende der Aufnahme

* * *

In der Nacht, Anhöhe bei Gerlsee

»Oh doch, ich habe mich verändert«, widersprach Frederike. »Ich bin stärker, unabhängiger geworden«, redete sie selbstbewusst weiter. »Es war gut, dass du aus meinem Leben verschwunden bist. Vermutlich hätte ich mich an dich gekettet. Du wärst schlecht zu mir gewesen und hättest mich unglücklich gemacht. Genauso wie die anderen armen Geschöpfe, die du für eine schnelle Nummer hierhergebracht und hinterher vergessen hast.«

Schierwein trat auf sie zu, und Stutter, der das beobachtete, flüsterte nervös: »Auf den Abstand achten«, obwohl er wusste, dass man ihn nicht hören konnte.

Die Gefahr, dass ein Ohrstecker auffiel, war zu groß. Das kleine Mikrofon übertrug zwar alles, was zwischen Frederike Tanner und Uwe Schierwein gesprochen wurde, aber Anweisungen geben konnte Stutter nicht.

»Warum hast du dich mit mir Treffen wollen?«, fragte Frederike nun, und sowohl Stutter als auch Jasmin machten sich bereit. Wie lange würde es noch dauern, bis die Falle auffliegen würde?

»Ich wollte dich einfach sehen«, antwortete Schierwein. »Ehrlich gesagt, habe ich dich nie vergessen. Es hat mir sehr viel bedeutet, dass du damals im Gerichtssaal warst.«

»Mein Vater musste dort aussagen«, erwiderte sie, um damit auszudrücken, dass ihre Anwesenheit nichts mit Schierwein zu tun hatte.

»Er war nur an einem Tag im Zeugenstand, du warst aber jeden Tag da«, warf Schierwein ein.

»Ich bin neugierig gewesen«, gestand sie. »Ich wollte sehen, wie es ausgeht.«

Schierweins Stimme wurde schärfer. »Warum? Weil du auf meine Freilassung gehofft hast oder weil es dich angemacht hat, zu sehen, wie man mich für den Rest meines Lebens wegsperrt?«

Frederike antwortete nicht und Jasmin murmelte: »Das wird schiefgehen, wir sollten eingreifen.«

Stutter hielt sie zurück. »Noch nicht«, flüsterte er, »wir sind dicht dran.«

»Ich fand es nicht schön, dass du verurteilt wurdest«, gab ihm Frederike schließlich doch eine Antwort. Es hörte sich ehrlich an und selbst Schierwein schien daran keine Zweifel zu haben, denn er entgegnete: »Ich hatte gehofft, dass du zumindest etwas in der Art sagst, das hilft meinem Selbstvertrauen. Ich hasse es nämlich, mich in den Menschen zu täuschen, und in dir habe ich mich so was von getäuscht …« Es klang beinahe amüsiert, aber Stutter wusste, dass der Vorwurf ernst gemeint war.

»Dann solltest du nicht auch noch anfangen, mich zu unterschätzen«, schnauzte Frederike, und plötzlich standen sich die beiden sehr dicht gegenüber.

* * *

Tonaufnahme von 1983:

Mein heutiges Thema: Wie alles begann, Teil III

Es war keine Absicht gewesen, ich wollte ihn doch retten. Ich hatte versucht, vorsichtig nur ein klitzekleines Loch in seinen Kopf zu bohren. Das grobe Werkzeug, das ich im Keller fand, taugte natürlich nichts. Er hat fürchterlich geschrien und geweint. Aber als ich ihm sagte, es wäre bald vorbei, da hat er mir zuliebe durchgehalten. Er hätte einfach alles für mich getan. Ich erinnere mich an das viele Blut und seine Schreie, sein Weinen und noch mehr Blut. Ich versuchte einen Schnitt an der Stirn, dachte, es würde mir vielleicht dort gelingen, den Schädel zu öffnen, damit die Krankheit verschwinden könnte.

Und sie verschwand tatsächlich, zusammen mit ihm. Erst ließ ihn der Schmerz ohnmächtig werden, dann starb er an den Verletzungen, die ich ihm zugefügt hatte. Meine Unwissenheit brachte ihm den Tod …

Ende der Aufnahme

* * *

In der Nacht, Anhöhe bei Gerlsee

»Sie stehen dicht beieinander«, bemerkte Jasmin überflüssigerweise und auch Stutter wurde nervös.

In der nächsten Sekunde wurde ein Messer gezückt, aber das konnten die Beamten nicht sehen.

Erst als Schierwein rief: »Was hast du mit dem Messer vor? Willst du mich damit erstechen?«, sprang Stutter auf.

Jasmin schrie »Zugriff!« ins Funkgerät, während Stutter mit gezogener Waffe brüllte: »Polizei, Messer fallen lassen!«

Frederike Tanner war schnell, sehr schnell. Sie riss das Messer in die Höhe und holte aus. Schierwein taumelte und verlor fast das Gleichgewicht; er hatte nicht mehr damit gerechnet, dass sie jetzt noch zustechen würde, und bezahlte seinen Irrtum mit einem durchdringenden, brennenden Schmerz in der Schulter, als die scharfe Klinge eindrang.

Stutter feuerte in die Luft, da die Sicht noch eingeschränkt war. Endlich schalteten die Kollegen die Strahler an. Mit einem Mal war es taghell, und die Hecken und Büsche schienen sich zu bewegen. Schlagartig waren überall Einsatzkräfte, die sich um Frederike formierten, bereit, im Notfall auf sie zu schießen.

»Fallen lassen!«, schrie Stutter erneut, der nun nur noch wenige Schritte von der Frau entfernt stand. »Geben Sie auf, es ist vorbei. Ich werde schießen!«

Frederike war außer sich, wie in einer wilden Raserei gefangen. Dann jedoch drang Stutters Drohung zu ihr durch. Sie blickte ihn an, wirkte, als würde sie aus einer Hypnose erwachen, und ließ endlich das Messer fallen. Mit einem dumpfen Geräusch schlug es auf dem steinigen Boden auf.

Jasmin war als Erste bei der Frau, packte sie und legte ihr Handschellen an, kurz darauf übergab sie Frederike Tanner an die Kollegen, während Stutter zu Schierwein rannte. Der saß am Boden, hielt sich den Oberarm.

»Ich dachte, Sie wären schneller! Und jetzt machen Sie mir das Ding ab«, blaffte Schierwein und meinte damit das Mikrofon.

Jasmin hatte sich die Wunde besehen. »Glück gehabt, nur eine leichte Fleischwunde.«

»*Ach*«, sagte Schierwein in seiner üblichen wenig charmanten Art, »das wissen Sie, weil Sie die gleichen Schmerzen haben wie ich?«

Stutter grinste erleichtert. »Wir bringen Sie ins Krankenhaus.«

»Auf keinen Fall«, wehrte sich der Verletzte. »Ich will dabei sein, wenn die Wahrheit herauskommt.«

»Sie bluten«, sagte Jasmin irritiert.

»Ja, dann holen Sie mir mal hurtig ein Pflaster«, blieb Schierwein stur.

* * *

Tonaufnahme von 1983:

Mein heutiges Thema: Wie alles begann, Teil IV

Ich verstand nicht, was geschehen war, und fühlte Schuld. Aber es folgte keine Strafe. Alles wurde vertuscht, und da begriff ich es: Niemand trauerte, stattdessen war Erleichterung zu spüren. Das Kind, das anders geboren worden war, der Sohn, der so viele Sorgen und Probleme bereitet hatte, war nun weg. Ein Unfall, hieß es offiziell, und als ich wieder Fragen stellte, da sagte man mir, ich solle vergessen und nie wieder darüber sprechen. Am Ende tat ich genau das, ich verdrängte dieses schreckliche Erlebnis. Das Ganze geschah 1952 und holte mich erst viele Jahre später wieder ein, als ich meine geliebte Frau verlor, die ebenfalls etwas in ihrem Kopf hatte, das sie krank machte.

Nach ihrem Selbstmord wusste ich, dass ich nicht noch einmal alles vergessen durfte. Nein, ich wollte nie wieder vergessen, sondern künftiges Leid verhindern. Und der beste Weg, das zu erreichen, war, herauszufinden, wie sich das Kranke in einem Schädel einnisten kann und wie man es wieder entfernte. Ich musste deshalb alles über das menschliche Gehirn erfahren, es untersuchen und ergründen, um eines Tages in der Lage zu sein, das Schlechte aus ihm herauszuschneiden. Ich begann mit meiner Forschung.

Zuerst untersuchte ich die Gehirne der eingeschläferten Tiere in meiner Praxis, aber das war nicht das Richtige. So wäre ich nie vorangekommen, das erkannte ich bald. In einer kalten Winternacht entdeckte ich beim späten Hundespaziergang einen Obdachlosen im Garten. Er hatte offenbar vor der Kälte Schutz gesucht. Der Mann war bereits tot, als ich ihn fand, und so beschloss ich, ihn zu meinem ersten menschlichen Objekt zu machen. Ich entnahm sein Gehirn, stellte meine Untersuchungen an, machte Aufzeichnungen und versuchte, die ersten Rätsel zu lösen.

Ich verstand es – und auch nicht. Deshalb musste ich mir, um voranzukommen, neue Objekte suchen. Bald wurde mir klar, dass ein Leben nicht genügen würde, um diese Herkulesaufgabe zu bewältigen. Meine Arbeit, meine Verluste sollten jedoch nicht umsonst gewesen sein, deshalb habt ihr, meine Mädchen, die Verantwortung, alles weiterzuführen und mein Erbe anzutreten.

Ich habe euch in alles eingeweiht, habe euch teilhaben lassen an meinem Schaffen, sobald ihr alt genug wart. Wäre vor mir bereits jemand bereit gewesen, diesen Weg zu gehen, dann hätte man eure Mutter retten können. Denkt immer daran. Sie litt und wir wissen alle, dass sie sich wegen der Dinge, die in ihrem Kopf nicht stimmten, an diesem Tag in den Bergen das Leben genommen hat. Deshalb ist es so wichtig, dass ihr meine Arbeit weiterführt. Denkt daran, wie ich meinen Zwillingsbruder und eure Mutter verloren habe und dass jeder, den wir für unsere Arbeit opfern, zu unserem guten Werk beiträgt.

Meine geliebte Frederike, du warst mir immer am ähnlichsten, du hast verstanden, was ich tue und warum ich es tun musste. Du wirst deine Schwestern führen. Hört euch die Aufnahmen an, da erfahrt ihr noch mehr über meine Arbeit. Ich habe diese Kassetten für euch extra zusammengestellt, falls etwas schiefgeht und man mir nach der Panne im Schlachthof doch noch auf die Spur kommt. Hütet sie wie einen Schatz und lasst uns hoffen, dass die Richter diesen Schierwein schuldig sprechen werden. Haltet euch jedenfalls immer an die Regeln, die ich aufgestellt habe. Tötet nicht zu oft, sucht euch Opfer, die keiner vermisst, und eine Lösung, sie unauffällig zu entsorgen. Brecht die Eingeweide heraus und verteilt sie im Wald, das lässt euch einen zeitlichen Spielraum beim Entsorgen der Leiche, wegen der Fäulnisgase. Steht Frederike bei, sie wird euch sagen, was zu tun ist. Und eines noch: Unsere Aufgabe geht immer vor. Sie steht über allem, auch über uns und unserem persönlichen Glück, vergesst das nie.

Ende der Aufnahme

* * *

In der Dienststelle

Ein Arzt hatte Uwe Schierweins Wunde versorgt. Trotz der Empfehlung, die Klinik aufzusuchen, ließ sich der Patient nicht davon abbringen im Präsidium zu bleiben.

»Nach neununddreißig Jahren habe ich ein Recht darauf, die Wahrheit zu erfahren«, blaffte der.

Keiner widersprach dem Mann und so saß auch Schierwein ungläubig im Besprechungsraum, als die Beamten die Tonaufnahmen abspielten. Sie hatten jede Menge Beweismittel gefunden. Frederike Tanner hatte ihnen bereitwillig ihr Versteck im Wald verraten. Zu groß war ihre Angst gewesen, dass die Dinge, die sie als *Forschungsunterlagen* und *Proben* bezeichnete, verloren gehen würden. Die Beamten entdeckten in den Aufzeichnungen unter anderem detaillierte Angaben zu den Opfern und darüber, wo und wie man die Leichen entsorgt hatte. So würde man zumindest den Angehörigen der Vermissten nach all den Jahren Antworten geben können. Außerdem existierten zahlreiche alte Kassetten und moderne USB-Sticks. Die Kassetten hatte noch der Vater, Jan Tanner, besprochen. Er schilderte darauf, wie er seinen Zwillingsbruder bei dem Versuch, dessen Kopf zu öffnen, um ihn von einer geistigen Behinderung zu heilen, getötet hatte. Damals war Jan Tanner neun Jahre alt gewesen und hatte womöglich noch nicht begriffen, was er tat – und später? Trotz seines Erwachsenenalters, der medizinischen Ausbildung und der eigenen Kinder hatte er ganz offenbar an dem irrationalen Glauben festgehalten, er könne die Heilung für eine geistige Behinderung oder eine Depression finden, indem er Menschen tötete, deren Gehirne entnahm und diese dann erforschte.

»Seinen Zwillingsbruder tötete er Anfang der 1950er Jahre«, meinte Stutter traurig. »Niemand hätte da den angeblichen Unfalltod eines Kindes hinterfragt, das man allgemein als zurückgeblieben bezeichnet hat. Ich bezweifle, dass ein Gerichtsmediziner hinzugezogen worden wäre. Die Tanners lebten auf einem Dorf, Kinder arbeiteten auf dem Feld mit, waren oft unbeaufsichtigt.«

»Und laut den Tonaufnahmen von Jan Tanner waren alle erleichtert, als der Bruder mit der Behinderung nicht weiter eine Belastung darstellte«, warf Dohmeier grimmig ein.

»Kann man ihm glauben, dass er damals in kindlichem Leichtsinn gehandelt hat?«, warf Jasmin ein. »Sicher, er war erst neun Jahre alt und leider nicht so aufgeklärt wie die heutigen Kinder in dem Alter. Aber er muss doch schon ein Unrechtsbewusstsein gehabt haben. Er beschreibt das Blut und den Schmerz und hat trotzdem nicht aufgehört.«

Stutter seufzte. »Schwierig zu entscheiden. Womöglich hatte er eine sadistische Veranlagung oder psychopathische Züge. Etwas, das er dann über Jahrzehnte unter Kontrolle hatte, bis der Selbstmord seiner Frau diese Eigenschaften wieder zutage gefördert hat. Denkbar aber auch, dass er als Kind wirklich mit den besten Absichten gehandelt hat und erst später zum besessenen Mörder wurde. Jedenfalls ist seinen Eltern vorzuwerfen, dass sie auf diese Weise mit der Behinderung ihres Kindes umgegangen sind. Zu behaupten, da würde etwas im Kopf des Jungen stecken, was verantwortlich ist, war jedenfalls ein gewaltiger Fehler, denn Kinder nehmen solche Dinge wörtlich. Warum konnten die Eltern nicht einfach sagen: Dein Bruder ist anders und wird es immer sein und das ist in Ordnung.«

»Fassungslos macht mich aber auch, dass Jan Tanner seine Töchter da mit hineingezogen hat«, entgegnete Jasmin, »das war unverzeihlich. Er hat Minderjährige ans Morden herangeführt. Ich nehme an, dass der Mann seinen Verstand verloren hat, anders lässt sich das alles nicht erklären.«

»Jan Tanner war immer so freundlich«, warf Schierwein geschockt ein. »Und Frederike hielt ich für das bodenständigste Mädchen von ganz Berlin.«

Er hatte bisher geschwiegen, auch als die Tonaufnahmen von Frederike abgespielt wurden, die diese auf einem USB-Stick gespeichert hatte.

»Ich habe mich noch nie so sehr in einem Menschen getäuscht«, ergänzte Schierwein offen, was ihn irgendwie sympathischer machte.

»Es tut mir leid«, sagte Stutter aufrichtig und nickte dem Mann zu.

»Ich möchte hören, was sie zu sagen hat«, antwortete Schierwein daraufhin.

Obwohl Dohmeier ansetzte zu widersprechen, ging Stutter darauf ein und entgegnete: »Ich denke, das ist das Mindeste, was wir für Sie tun können.«

* * *

Frederike Tanner wirkte gefasst, weder aufgeregt noch wütend oder beschämt. Jasmin hätte sich gewünscht, den Wahnsinn in ihrem Gesicht ablesen zu können, aber mit ihr hatten sie wieder einmal eine Täterin, die unerkannt zwischen ihren Nachbarn gelebt hatte. Die meisten waren ihr gegenüber positiv eingestellt gewesen, hatten sie als Tierärztin respektiert, als Mensch geachtet und sie freundlich auf der Straße gegrüßt. Anzunehmen, dass niemand Angst vor ihr gehabt oder sie für gefährlich gehalten hatte.

»Sie werden doch sorgsam mit meinen Forschungsunterlagen umgehen?«, begann sie das Gespräch, als Stutter mit der Oberkommissarin das Verhörzimmer betrat. Einen Anwalt hatte sie abgelehnt. »Ich brauche niemanden, der für mich spricht«, war ihre Antwort gewesen.

»Wir haben die Aufnahmen und die Notizen gefunden und auch das.« Stutter legte ein Foto auf den Tisch. Es zeigte mehrere Gläser, in denen Gewebe in Formaldehyd eingelegt war. Bei genauerem Hinsehen erkannte man, dass es sich bei den Präparaten um Gehirne beziehungsweise Teile davon handelte.

»Die gehören zu meiner Forschung. Sorgen Sie dafür, dass sie an kompetente Ärzte weitergegeben werden.«

»Sicher«, sagte Stutter, denn warum sollte er seine Zeit verschwenden, indem er ihr erklärte, dass es sich bei den Präparaten kaum um Forschungsmaterial, sondern insbesondere um Beweisstücke in einem Serienmordfall handelte?

»Was haben Sie bei Ihren Forschungen herausgefunden?«, fragte er dennoch, in der Hoffnung, sein Interesse würde das Gespräch leichter machen.

»Nicht genug«, schnauzte sie, »ich hätte noch Zeit gebraucht«, fügte sie vorwurfsvoll an.

»Bei Ihren Untersuchungen sind Menschen gestorben«, stellte Stutter fest und versuchte, nicht anklagend zu klingen.

»Es ging nicht anders, wir brauchten Proben.«

»Warum dieser Weg? Warum sind Sie nicht einfach in die Forschung gegangen, es hätte eine legale Möglichkeit gegeben, Studien zu betreiben.«

»Sie verstehen nichts«, blaffte Frederike. »Der legale Weg hat sich doch längst damit abgefunden, dass man manche Menschen nicht retten kann. Zu zögerlich, zu ethisch, so kommt man nicht voran. Mein Vater und ich hatten zwar kein großes Labor, aber wir hatten den Mut und die Weitsicht, moralische Bedenken dem größeren Ziel unterzuordnen. Wir haben ergründet, sind in die Tiefe gegangen.«

»Mit der Ausrüstung einer Tierarztpraxis?«, fragte der Hauptkommissar nun leicht provozierend.

»Mit allem. Mit unseren Augen, den Mitteln, die wir hatten, mit unseren Sinnen. Wussten Sie, dass ein menschliches Gehirn einen spezifischen, einen einmaligen Duft hat?«

»Selbst wenn das so ist«, ging nun Jasmin dazwischen, »wie hätte dieses Wissen Ihrer Mutter helfen können?«

»Alles hilft, man muss die Dinge erst verstehen, bevor

man sie bekämpft. Mein Vater hatte das begriffen, er war ein Visionär. Das Datensammeln ist der Schlüssel.«

Tatsächlich hatten sie Unmengen von Tabellen und Notizen gefunden. Anfangs hatten die Tanners alles auf Papier festgehalten, später dann in digitaler Form. Der Gerichtsmediziner hatte einen ersten Blick darauf geworfen und bestätigt, dass es sich dabei um nichts weiter als um Beschreibungen handelte, verknüpft mit fantastischen Theorien, was die Funktionen des menschlichen Gehirns anging, die allesamt nicht das Geringste mit der modernen Medizin gemein hatten.

Stutter beschloss, dieses Thema nicht weiter zu verfolgen. Frederike war der Meinung, das Richtige getan zu haben. Sie vom Gegenteil überzeugen zu wollen, wäre pure Zeitverschwendung gewesen. Viel interessanter war, ein Geständnis für die Taten zu erhalten, und dazu brauchte er ihre Kooperationsbereitschaft. Deswegen sagte er: »Es fing nach dem Tod Ihrer Mutter an, nicht wahr?«

»Sie kennen die Bänder«, antwortete sie knapp.

»Also gingen Sie alle davon aus, dass sich Ihre Mutter umgebracht hat.«

»Natürlich hat sie das«, erwiderte Frederike trotzig. »Das war uns selbstverständlich klar. Ihre Stimmungen schwankten, waren unberechenbar. Mein Vater fand später einen Brief, den er jedoch vernichtet hat. Sie erklärte darin, dass die Dinge, die in ihrem Kopf passieren, stärker sind als das, was sich ihr Herz wünscht. Mein Vater hat den Selbstmord vertuscht, vor allem, um es für uns Kinder nicht noch schwerer zu machen, aber danach, da wusste er, was zu tun war.«

»Wie alt waren Sie, als er Sie eingeweiht hat?«

»Das war ungefähr ein Jahr nach Mutters Tod, nach meinem sechzehnten Geburtstag. Ich war die Erste«, sagte sie nun und es schwang Stolz in ihrer Stimme mit. Ein Lächeln huschte über ihr Gesicht. »Maia war eifersüchtig, als sie bemerkte, dass ich und Papa Geheimnisse hatten.« Sie verzog den Mund. »In der Zeit war ich seine absolute Nummer eins. Das war die beste Zeit meines Lebens. Als Maia ebenfalls sechzehn wurde, nahm er sie das erste Mal dazu. Er erklärte auch ihr, wie wichtig das war, was wir taten. Sie war keine große Hilfe, aber der Gedanke, dass sie Pia etwas voraushatte, gefiel ihr.«

»Soweit wir das nachvollziehen konnten, suchten sie sich im Jahr zwischen zwei und vier Opfer aus, ist das korrekt?«

»So ungefähr, wir hofften, voranzukommen, allerdings musste mein Vater die Leichen entsorgen. Er hat uns gelehrt, vorsichtig zu sein, gezeigt, wo man die Überreste vergraben kann, und sich immer etwas Neues überlegt, um unsere Spuren zu verwischen. ›Sie werden es nicht begreifen, nicht verstehen, was wir tun, deshalb seid immer auf der Hut. Unsere Arbeit steht an erster Stelle‹«, zitierte sie ihren Vater.

»Und dann kam er auf die Idee mit dem Fleisch-Schredder?«

»Das ist richtig«, antwortete Frederike voller Stolz. »Er hat diesem Penner von Nachtwächter den Schlüssel für den Seiteneingang geklaut, ihn nachmachen lassen und am nächsten Tag einfach irgendwo in dessen Büro platziert. Vermutlich nahm der Kerl an, der Schlüssel wäre ihm vom Bund gerutscht. Mein Vater meinte nur: ›Der hat viel zu viel Angst, dass man ihm Unzuverlässigkeit vorwirft und ihn rausschmeißt. Daher meldet er sicher nicht freiwillig, wenn ihm ein Schlüssel abhandenkommt. Vermutlich hat er sich selbst schon mehrfach welche nachmachen lassen.‹ Und mein Vater behielt recht«, fügte sie zufrieden an. »Als Schierweins Anwalt den Nachtwächter fragte, ob der seine Schlüssel schon einmal verlegt oder verloren hat, da log er und behauptete, er würde sie stets wie seinen Augapfel hüten. Tja.« Sie grinste. »Man hat ihm geglaubt!«

»Also war ihr Vater derjenige, der versucht hat, die Leiche des jungen Mädchens zu schreddern.«

»Warum sollte ich das noch leugnen? Sie kennen die Antwort. Es war nicht das erste Mal, zuvor hatte es reibungslos funktioniert, er hatte sogar die Maschine mit dem Wasserschlauch säubern können, sodass niemand Verdacht schöpfte. Der Nachtwächter hat für gewöhnlich besoffen in seinem Büro gelegen. Aber in jener Nacht lief nichts nach Plan. Mein Vater betrat den Schlachthof an dem Sonntag durch den Seiteneingang, der Nachtwächter war eingenickt, und im Radio lief Fußball. Es war nicht damit zu rechnen, dass der so schnell wieder zu sich kommen würde. Aber Papa hatte sich geirrt. Dieses Mal war der Mann nicht betrunken und dieser verdammte Schredder gab den Geist auf. Papa musste flüchten, weil er Schritte hörte. Er verschwand durch den Seiteneingang, schloss wieder ab, und noch in der gleichen Nacht haben wir alles fortgeschafft, was uns verraten könnte. Es landete in unserem Versteck im Wald. Mein Vater hatte Angst, ließ mich schwören, dass ich seinen Platz einnehmen würde, falls er ins Gefängnis müsste.«

»Aber niemand schöpfte Verdacht«, warf Stutter ein.

Das erste Mal machte Frederike ein zufriedenes Gesicht. »Nein, niemand schöpfte Verdacht, dank Uwe Schierwein.« Sie schüttelte leicht den Kopf. »Wissen Sie, zu der Zeit schien Uwe einfach mit allem durchzukommen. Er lebte sein Leben ohne Rücksicht auf Verluste, so wie er es wollte und mit wem er wollte. Im Schlachthof einzubrechen, um Fleisch zu klauen, das war so typisch für ihn. Immer darauf vertrauend, dass sich die Dinge von alleine regeln. Und das taten sie dann auch, aber dieses Mal nicht für ihn.« Sie stieß geräuschvoll die Luft aus. »Uwe Schierwein war zur richtigen Zeit am richtigen Ort. Und nicht nur das. Er hatte das T-Shirt des Mädchens in seiner Wohnung. Sie war eine Ausreißerin, fuhr als Anhalterin durch das Land. Schierwein hat sie mitgenommen und dann die Gelegenheit genutzt, mit ihr zu vögeln. Mein Vater entdeckte dieses Mädchen trampend am

Straßenrand. Sie weinte, erzählte ihm von einem Kerl, der sie ausgenutzt hatte. Wer hätte ahnen können, dass das ausgerechnet Uwe war? Ich war beim Prozess und es glich einem Wunder. Das T-Shirt, die Sonnenbrille, die Fingerabdrücke einer weiteren vermissten Frau in seinem Auto, die Story von der geschredderten Puppe, sein Verhalten Frauen gegenüber, alles kam auf den Tisch und alles sprach gegen ihn. Mein Vater war gerettet und auch unsere Arbeit.«

»Und als Ihr Vater starb, haben Sie und Ihre Schwestern weitergemacht?«, fragte Stutter bemüht, nicht angewidert zu klingen.

»Es war unsere Pflicht, unser Erbe, mein Vater war ein großer Mann, ein Weiser.«

»Sahen Ihre Schwestern das genauso?«, fragte Stutter und beobachtete, wie sich Frederikes Gesichtsausdruck veränderte. Sie war nicht mehr so abgeklärt, wirkte traurig, sogar ein wenig verletzlich. Auch ihre Stimme klang sanfter, als sie nun erwiderte: »Ich dachte es zumindest. Aber eigentlich hätte ich es besser wissen müssen.« Sie schüttelte müde den Kopf. »Wir hätten Pia nie einweihen dürfen. Ich war dagegen, aber Vater, er hat es ihr nicht abschlagen wollen. Als sie schließlich sechzehn Jahre alt wurde, da drängte sie ihn, das Geheimnis zu verraten. Definitiv ein Fehler. Das erste Mal wurde ihr schlecht und sie musste sich übergeben, danach blieb sie tagelang im Bett. Natürlich konnten wir ihr begreiflich machen, wie wichtig unsere Arbeit war und zumindest tat sie dann so, als würde sie es verstehen. Aber sie veränderte sich. Vater wollte das natürlich nicht sehen.« Sie klang gekränkt. »Pia war schon immer sein Ein und Alles gewesen. Deshalb wurde sie auch ständig geschont. Anstatt sich auf unsere Aufgabe zu konzentrieren, hatte sie nur Augen für Jungs, trieb ihre Spielchen mit ihnen. Als Vater dann starb, da verließ sie Gerlsee, immer auf der Jagd nach einem Mann. Sie schloss sich diversen Gurus an.« Frederike blickte auf, sah eindringlich zu Stutter, so als wäre es ihr wichtig, dass er verstand, warum sie all das getan hatte. »Aber wenigstens konnten wir uns immer darauf verlassen, dass sie den Mund hält, und dann …« Sie verstummte und der Hauptkommissar fragte behutsam: »Was ist dann passiert?«

»Sie ist Uwe Schierwein begegnet, vor dem Einkaufszentrum in der verdammten Raucherecke.« Frederike verzog genervt das Gesicht. »Dieses Mädchen«, fuhr sie milder fort. »Sie hatte immer schon viel Fantasie, und an dem Tag kam sie nach Hause und behauptete, Schierwein hätte sie komisch angesehen, und plötzlich fühlte sie sich schuldig. Ich nahm das nicht ernst, sie neigte schließlich zu dramatischen Ausbrüchen. Ich sagte, sie solle sich einfach von ihm fernhalten, doch anstatt auf mich zu hören, rennt sie zu diesem Pfarrer.«

»Sie hat sich bei Pfarrer Antitz Trost geholt?«, fragte Jasmin neugierig.

»Schlimmer«, reagierte Frederike ungehalten. »Sie hat sich von ihm die Beichte abnehmen lassen, dieses dumme Kind. Sie hat ihm brühwarm alles erzählt. Alles von unserem Vater, unserer Mission, den Toten, unserer Forschung. Bis ich dahinterkam, hatte sie bereits alles ausgeplaudert. Seit ich denken kann, hat Pia mein Leben versaut. Wegen ihr litt meine Mutter. Die Schwangerschaft und Pias Geburt haben sie krank gemacht, ihr Gehirn verändert. Ich musste das ausbaden und ich habe Pia nicht nur großgezogen, ich habe sie aus jeder erdenklichen Scheiße herausgeholt, die man sich nur vorstellen kann. Und was tut sie? Sie verrät unseren Vater, sein Vermächtnis und mich.«

»Was geschah in jener Nacht in der Kirche?«, führte sie Stutter zurück zum eigentlichen Thema.

»Pia hatte mit Pfarrer Antitz gesprochen, und er riet ihr, sich zu stellen. Er machte ihr weis, dass sie nur so ihren Frieden finden könnte. Sein Ziel war, auch mich und Maia zu überzeugen, es Pia gleichzutun und die Beichte abzulegen, um anschließend bei der Polizei zu gestehen. Als sie uns von ihrer Beichte beim Pfarrer erzählte, gab es einen gewaltigen Streit. Pia war übrigens überzeugt, dass uns Antitz niemals verraten würde. ›Er ist ein guter Mensch, er ist an das Beichtgeheimnis gebunden und will nur helfen. Dann hören auch diese Schuldgefühle endlich auf‹«, zitierte sie ihre jüngste Schwester. »Der Punkt war nur, dass weder ich noch Maia Schuldgefühle hatten, warum auch? Wir taten, was uns unser Vater aufgetragen hatte. Pia hingegen war dafür verantwortlich, dass Pfarrer Antitz zu einem Problem wurde. Zum Schein gingen wir auf ein Treffen in der Kirche ein.«

»Wusste Pia, dass Sie vorhatten, den Geistlichen zu töten?«

»Nein, natürlich nicht, sie hätte sich geweigert, wollte unbedingt, dass wir gestehen, damit aufhören. Aber ich konnte mich nicht darauf verlassen, dass der Pfarrer sich an das Beichtgeheimnis hält.«

Hauptkommissar Stutter erinnerte sich an die Aussage des Künstlers Grischa Ullrich. Ihn hatte der Geistliche aufgesucht, weil ihn ein Problem belastet hatte. Ganz offensichtlich war es dabei nicht um sein Keuschheitsgelübde gegangen, sondern um den Umgang mit Pias Geständnis während der Beichte. Anzunehmen, dass er deshalb mit sich gerungen hatte.

»Pia hat sich mir in den Weg gestellt. Ich wollte sie nicht töten, aber sie versuchte, mich aufzuhalten, alles ging sehr schnell.« Dieses Mal warf sie den Beamten einen flehenden Blick zu. »Es war keine Absicht gewesen, ich hatte es nur auf den Pfarrer abgesehen.«

»Sie haben den Tatort bewusst inszeniert, um die Polizei in die Irre zu führen?«, fragte Stutter nach.

»Ja, ich dachte, dass das die Polizei auf die Spur eines Irren lockt. Ich konnte die Leichen ja schlecht verschwinden lassen, das wäre viel zu kompliziert gewesen und man hätte nach ihnen gesucht. Natürlich hoffte ich auch darauf, dass man Schierwein ins Visier nehmen würde. Ob der ein Alibi für die Nacht haben würde oder nicht, konnte ich zwar nicht wissen, aber einen Versuch war es wert. Ich saß vor neununddreißig Jahren regelmäßig im Gerichtssaal. Ich erinnerte mich daran, wie er gedroht hatte, den Pfaffen ihren Heiligenschein vom Kopf zu reißen.« Sie lachte heiser auf. »Es schien mir eine gute Idee, ihn ins Spiel zu bringen, deshalb die Verletzungen rund um den Schädel.«

»Und Pia musste dann genauso sterben?«, warf Jasmin tonlos ein.

»Sie stand mir im Weg, ich hatte keine Wahl.«

»Ab da ging es immer so weiter, nicht wahr?«, hakte Stutter beinahe verständnisvoll nach. »Ich nehme an, der Obdachlose Olaf hat Sie in jener Nacht am Seiteneingang der Kirche gesehen.«

»Ich erfuhr erst später, dass er sich immer unter der Treppe aufhält«, antwortete Frederike wahrheitsgemäß. »Vermutlich war er betrunken gewesen und hatte nichts mitbekommen, aber ich musste auf Nummer sicher gehen. Also hielt ich die Augen offen, und eines Nachts tauchte er wieder auf. Ich lockte ihn ins Auto, verpasste ihm ein hochprozentiges Schlafmittel und nutzte ihn zeitgleich als neues Objekt für meine Forschungen.«

»Ein weiterer Obdachloser namens Xaver Kreuz wird vermisst. Ich nehme an, den werden wir auch in einem Sarg finden.«

Frederike schien keinerlei Hemmungen zu haben, alle Fragen zu beantworten. Die Beamten hatten das schon öfter erlebt, vor allem bei Menschen, die überzeugt davon waren, dass sie nichts Falsches getan hatten.

Bereitwillig antwortete sie: »Ich hatte einfach das Bedürfnis, zu arbeiten, und der Mann kam mir gerade recht. Sie werden ihn oder besser gesagt das, was ich von ihm nicht gebrauchen konnte, im Wald finden. Das Arrangement mit Ohmfeld war zu Ende gegangen.«

»Weil Sie auch Ihre Schwester Maia getötet haben? Weil

er deshalb wütend war. Drohte er, zur Polizei zu gehen? Immerhin haben Sie seine Geliebte ermordet?«, fasste Oberkommissarin Nau nach.

Frederike grinste. »Sie nehmen wirklich an, dass Maia seine Geliebte war? Maia hätte sich nie auf so etwas einlassen können. Sie hat kaum ihren Ehemann in ihrer Nähe ertragen, er hat ihr bei der Scheidung vorgeworfen, eine frigide Kuh zu sein, die mehr Interesse an Pflanzen hat als an einer Ehe. Und er hatte völlig recht. Maia entwickelte sich im Prinzip zum genauen Gegenteil von Pia. Während meine jüngste Schwester nicht die Finger von den Männern lassen konnte, hasste es Maia mit den Jahren immer mehr, in deren Nähe zu sein. Ihre Ehe war nichts weiter als der Versuch, Normalität zu heucheln, das wusste ich von Anfang an. Mit der Hochzeit widersetzte sich Maia mir das erste Mal, das zweite Mal war nach Pias Tod.«

»Sie hat es Ihnen nicht verziehen, oder?«

»Nein«, antwortete Frederike müde. »So deutlich sagte sie es nie, aber ich konnte es spüren. Sie hat mir Pias Tod nicht vergeben. Sie wollte aussteigen, verschwinden und ich konnte ihr nicht mehr trauen.« Plötzlich fiel ihr etwas ein und sie fügte hektisch an: »Nicht dass Sie glauben, ich hätte das gern getan. Ich habe es gehasst, aber es wurde notwendig. Dass Schierwein immer mehr in den Fokus geriet, kam mir zugute.«

»Und Ohmfeld war der Einzige, der Ihnen dann noch hätte gefährlich werden können?«, ergänzte Stutter.

Sein Gegenüber nickte.

»Aber warum hat er Ihnen überhaupt geholfen, wenn es da keine persönliche Verbindung zu Maia gab?«, fasste der Hauptkommissar nach.

Es folgte ein breites Grinsen. »Weil Maia ihn erwischt hat, in flagranti, mit runtergelassenen Hosen.« Frederike schien sich zu amüsieren.

»Wie er seine Frau betrogen hat?«, hakte dieses Mal Jasmin nach.

»Gewissermaßen ja«, antwortete die älteste der Tanner-Schwestern schnippisch.

»Und das hat gereicht, um für Sie über Jahre Leichen zu entsorgen?«

»Erstens sind wir ja nicht jede Woche losgezogen, um uns ein Objekt zu suchen, und zweitens musste das auch immer zu seinen Beerdigungen passen. Eine Trauerfeier mit geschlossenem Sarg, eine Erdbestattung, genug Platz in dem Sarg. Er kam den Angehörigen meist mit dem Preis entgegen, damit die ein passendes Modell wählen konnten.«

»Er hat das alles für sich behalten, weil er nicht riskieren wollte, dass jemand von seiner Geliebten erfährt?«, ließ Stutter an diesem Punkt nicht locker.

Wieder bemerkte er das Grinsen auf Frederikes Gesicht. »Es war vermutlich mehr als eine Geliebte«, gab sie süffisant zurück.

»Dennoch …«, wollte Stutter erneut widersprechen, da sagte sie barsch: »Die Damen waren bereits tot, als er sich mit ihnen vergnügt hat. Sie waren mausetot, kalt und in seinem Keller aufgebahrt.«

Sie machte ein zufriedenes Gesicht, wirkte wie eine dicke Katze, die gerade das Sahnetöpfchen ausgeleckt hatte. »Damit haben Sie nicht gerechnet, was? Der gute Viktor hatte sehr spezielle Neigungen. Maia kam zufällig dazu, als er sich eines Abends in seinem Kühlraum an der Leiche einer jungen Frau verging. Er hat sie nicht gleich bemerkt und sie hat ihm gegenüber behauptet, sie hätte alles aufgezeichnet. Damit haben wir ihn erpresst. Natürlich gab es keine Bilder. Maia war viel zu schockiert gewesen, um ihr Handy zu zücken, aber er hat es geschluckt. Allerdings bekam er plötzlich mehr Angst vor mir als vor den Aufzeichnungen und dem Skandal, das habe ich ihm sofort angemerkt. Und da die Menschen am Ende Feiglinge sind, musste ich damit rechnen, dass er mich demnächst verrät. Also rief ich Viktor an, sagte, wir müssten uns abends treffen und wir würden alles klären. Ich behauptete, ich würde ihm die Aufnahmen aushändigen und dann könnten wir getrennte Wege gehen. Die Aussicht, davonzukommen, schien ihm dann doch zu verlockend. Der Dramatik halber hielt ich es für eine gute Idee, ihn in einen Sarg zu legen und alles niederzubrennen. Ich hatte nie wirklich vor, ihn die Beerdigungen meiner Schwestern organisieren zu lassen. Aber das verschaffte mir die Möglichkeit, mit ihm Kontakt zu halten. Ich hätte sie ihm niemals überlassen«, erklärte Frederike mit Vehemenz. »Ich habe die beiden geliebt, sie waren meine Familie. Allerdings hatte ich keine andere Wahl, ich musste Vaters Werk fortführen.«

Die Vernehmung war vorbei. Frederike erhob sich und nickte den beiden Beamten zu. »Es tat gut, das alles einmal auszusprechen«, sagte sie freundlich. »Ich werde wohl nie wieder arbeiten können«, fügte sie dann resigniert an.

»Nein«, antwortete ihr Stutter neutral.

Sie zuckte mit den Schultern. »Nun, dann bleibt mir nur noch die Erinnerung an den Duft der Opfer, die kann man mir nicht nehmen.«

Als sich die Tür hinter ihr schloss, stieß Jasmin erleichtert die Luft aus. »Sie hat ihre Schwestern getötet, um den kranken Hirngespinsten eines psychopathischen Vaters nachzujagen.«

»Ja«, stimmte ihr Stutter zu, »und all die Jahre saß deshalb ein unschuldiger Mann im Gefängnis.«

EPILOG

Frederike Tanners Verfahren wurde zu einem gewaltigen Medienrummel, vor allem, weil Uwe Schierwein plötzlich zum Liebling der Presse lancierte. Stutter nannte es eine fast schon unerträgliche Omnipräsenz, aber er gönnte es dem Dreiundsechzigjährigen, der die positive Aufmerksamkeit genoss. Er würde eine großzügige Entschädigung erhalten, Buchrechte verkaufen und Fernsehgagen kassieren. Vera Blach, die Anwältin, hatte bereits angekündigt, dass sie alles dafür tun wolle, ihrem Mandanten Gerechtigkeit widerfahren zu lassen.

Es waren mehrere Wochen vergangen, und Stutter, der wegen einiger Formalitäten erneut in Gerlsee zu tun hatte, war überrascht über Schierweins Anruf gewesen. Sie hatten sich an der Parkbank verabredet, an der Stelle, an der sie einst zusammen gesessen und über Schierweins Pläne diskutiert hatten.

»Sie sehen schick aus«, sagte Stutter beim Händeschütteln.

»Hab mich für Sie rausgeputzt«, erwiderte der sofort gut

gelaunt. Er senkte vertraulich die Stimme und flüsterte: »Bin wieder angesagt bei der *holden Weiblichkeit.*« Er grinste breit. »Hab nix verlernt.«

»Freut mich, dass es Ihnen gut geht«, entgegnete Stutter lachend, er meinte es ehrlich.

Schierwein wurde ernst. »Ich habe mich nie richtig bei Ihnen bedankt, das wollte ich jetzt tun.«

»Mein Job«, antwortete der Hauptkommissar, dem das ein bisschen unangenehm war. Immerhin hatte er Schierwein weder ins Herz geschlossen gehabt noch für einen guten Menschen gehalten.

»Sie können das ruhig annehmen«, schien der andere seine Gedanken erraten zu haben. »Ich weiß, dass ich nicht Ihre erste Wahl wäre, wenn Sie einen Paten für Ihre Kinder bräuchten. Dennoch waren Sie fair zu mir, danke.«

»Wie geht es Ihrer Familie?«, erwiderte Stutter, um das nicht weiter thematisieren zu müssen.

Sie setzten sich und Schierwein erklärte: »Mein Enkel ist natürlich stolz. Behauptet, er hätte immer gewusst, dass sein Opa unschuldig ist. Soll er nur, der Junge hat sich echt bemüht. Tja, und mein Sohn, der ist immer noch sauer.« Er seufzte und bröselte altes Brot in Richtung der Tauben, die sich vor der Bank eingefunden hatten.

»Natürlich ist er erleichtert, dass ich unschuldig bin, aber er wirft mir vor, nicht für meine Freiheit und damit für meine Familie gekämpft zu haben. Vielleicht hat er recht, aber ich dachte, dass der Weg, den ich gewählt habe, der einzig mögliche wäre.« Es entstand eine kurze Pause, dann platzte Schierwein unvermittelt heraus: »Sagen Sie mal ehrlich, wann haben Sie gewusst, dass ich es nicht bin?«

»Wenn Sie die Wahrheit wissen wollen …«

»Aber immer!«, unterbrach ihn Schierwein lachend.

»Sie waren lange Zeit unter den Favoriten. Allerdings gab es Ungereimtheiten. Zunächst hatten wir daher den Verdacht, dass einige Personen die wahren Geschehnisse vor neununddreißig Jahren vertuscht hätten. Die Mordopfer Pia und Maia Tanner sowie Viktor Ohmfeld wären dafür eventuell infrage gekommen. Außerdem trafen wir auf weitere Personen, die durch mangelnde Alibis und ungewöhnliches Verhalten auffielen. Aber ich kam doch immer wieder auf die Tanner-Schwestern. So hat mich beispielsweise stutzig gemacht, dass die drei Schwestern sich augenscheinlich sehr nahestanden, Frederike jedoch behauptete, nichts von Pias Liebschaft mit dem Pfarrer oder von Maias Affäre mit Viktor Ohmfeld gewusst zu haben. Das allein hätte natürlich nicht gereicht, aber der Umstand, dass die Schwestern vorgaben, so große Angst vor Ihnen zu haben, Sie für den Mörder von Pia hielten und dann nicht wenigstens nach Ihrem Auftauchen bei Maia im Blumenladen die Polizei verständigt haben, passte nicht ins Bild. Im Nachhinein hat sie dieses Abwarten verraten. Bei der Gerichtsverhandlung hat Frederike bestätigt, dass sie schon zu diesem Zeitpunkt geplant hatte, Maia zu töten. Da konnte sie natürlich keine Polizei vor der Tür gebrauchen, also hat sie Maia davon überzeugt, nichts zu unternehmen. Jedenfalls bekam ich immer stärker das Gefühl, dass mit den Tanner-Schwestern etwas nicht stimmte.«

»Das heißt, mein Auf-den-Busch-Klopfen hat geholfen«, warf Schierwein ein und rekelte sich zufrieden.

»So gesehen ja. Dazu kam die Verbindung zum Schlachthof durch den Vater und das medizinische Wissen als Tierärztin. Sicher wäre das keine Voraussetzung gewesen, um ein Gehirn zu entnehmen, denn laut Gerichtsmediziner war das nicht sehr fachmännisch geschehen, aber dennoch floss dieser Umstand in meine Überlegungen mit ein. Außerdem kannte Frederike Ihre Drohungen aus der Verhandlung, die Sache mit dem Heiligenschein. Dann fiel noch eine Bemerkung darüber, dass man den Menschen nicht in den Kopf sehen könnte. Ich erfuhr von dem mysteriösen Unfalltod der Mutter, der Verbindung zwischen Maia und Viktor, und auch mein letztes Gespräch mit Frederike Tanner hat mich nachdenklich gestimmt. Dazu die vielen Aussagen über Pfarrer Antitz. Interessant war, dass die meisten ihn für ehrlich und direkt hielten. Wäre so ein Mann in der Lage, eine heimliche Liebschaft mit einem Gemeindemitglied anzufangen? Wohl eher nicht, aber irgendetwas lief zwischen ihm und Pia. War es nicht auch möglich, dass sie ihn aufsuchte, weil sie Beistand brauchte? Wenn das aber der Fall war, warum hatte sie sich dann nicht an ihre Schwestern gewandt?«

Schierwein grunzte. »Und wieder sind wir bei den Tanner-Mädchen.«

Stutter nickte. »Schließlich kam noch ein anderer Aspekt hinzu. Viele Täter finden sich nämlich tatsächlich im direkten Umfeld des Opfers, häufig in der eigenen Familie. Eltern töten ihre Kinder und umgekehrt. Oft ist auch der Ehepartner der Schuldige. Ich gebe zu, dass ich mir ganz und gar nicht sicher war und das Motiv blieb mir mehr oder weniger bis zum Schluss ein Rätsel. Allerdings fand ich das Verhältnis von Viktor Ohmfeld und Maia Tanner auffällig. Die Ehefrau war sich unschlüssig, konnte die Beziehung der beiden nicht wirklich definieren. Dann waren da noch die vermissten Personen, jedoch tauchten nie irgendwelche Leichen auf. Dafür hatten wir Viktor Ohmfeld, einen ermordeten Bestatter, der in einer fragwürdigen Beziehung zu einem weiteren Opfer stand. Die Exhumierung brachte einerseits Klarheit. Danach wussten wir zumindest, dass Viktor Ohmfeld dazugehört und Bescheid gewusst hatte. Denkbar, dass dann auch Maia eingeweiht gewesen war. Wenn das jedoch der Fall wäre, warum hatte sie nach dem Mord an Pia geschwiegen? Denn als Komplizin hätte sie den Mörder gekannt. Wen hätte sie mit einem Mord an der eigenen Schwester davonkommen lassen?«

Schierwein schnalzte mit der Zunge. »Klar, nur ein Mensch kommt da infrage, die andere Schwester, Frederike.«

Stutter stieß geräuschvoll die Luft aus. »Die Exhumierung lieferte uns andererseits ein weiteres Rätsel. Plötzlich hatten wir eine Leiche, der das Gehirn extrahiert worden war. Das passte nicht zu den Ritualen, die an den anderen Toten vollzogen worden waren. Der Gedanke kam mir, dass die Inszenierungen an den Tatorten uns von dem eigentlichen Geheimnis ablenken sollten. Tatsächlich versuchte ich daraufhin ebenfalls auf den Busch zu klopfen. Deshalb bat ich Sie, ein Treffen mit Frederike Tanner zu vereinbaren. Alle Fäden liefen bei ihr zusammen und ich war deshalb bereit, Ihnen einen Vertrauensvorschuss zu geben. Dass uns Frederike über Ihren Anruf nicht informiert hat, bestätigte mir, dass sie etwas Entscheidendes verheimlichte.« Er sah zu Schierwein und lächelte verlegen. »Tut mir leid, dass Sie dabei verletzt wurden.«

»Ich wollte das machen. Sie haben mich gewarnt und mir erklärt, dass sie auf mich losgehen könnte. Entweder aus Rache, wenn sie mich für den Mörder hält, oder, wenn sie selbst mit den Morden zu tun hat, um mich aus dem Weg zu schaffen. Vor Gericht hat sie ausgesagt, dass sie mich umbringen und später hätte behaupten wollen, dass es in Notwehr geschehen sei. Vermutlich hätte man ihr geglaubt, der Fall wäre gelöst gewesen und Frederike hätte noch irgendeine fadenscheinige Erklärung erfunden, warum sie bereit gewesen war, sich alleine mit mir zu treffen. Im Zweifel behauptet man einfach, unüberlegt gehandelt zu haben. Frederike war immer schon clever«, seufzte Schierwein. »Jedenfalls bin ich froh, dass Sie diesen Plan hatten. Dadurch habe ich mein Leben zurückbekommen.«

Ein schüchterner Ruf unterbrach ihr Gespräch. Vera Blach, Schierweins Anwältin, stand plötzlich vor ihnen und nickte Stutter zaghaft zu. Dann wandte sie sich an Schierwein:

»Kommst du, Schatz?«, dabei sah sie auf die Uhr. »Unser Termin«, fügte sie noch mit einem Lächeln an.

Stutter konnte seine Überraschung nicht verbergen, etwas, das Schierwein außerordentlich genoss.

»Ich muss dann mal los«, sagte der nun spitzbübisch und fügte mit einem Augenzwinkern an: »Ich will dort weitermachen, wo ich aufgehört habe.«

Die Männer nickten sich zu und Schierwein eilte zu Vera, der er zur Begrüßung liebevoll den Hintern tätschelte, woraufhin sie albern kicherte.

Stutter blieb zurück, beobachtete die Tauben, die die Brotkrümel aufpickten, und sagte zu den Vögeln: »Hoffen wir mal, dass er wenigstens ein bisschen dazugelernt hat.«

Eine der Tauben schlug mit den Flügeln, was Stutter als Antwort auffasste, und er erwiderte: »Hast recht, der wird sich vermutlich nie ändern.«

Ende

SCHLUSSWORT UND ANMERKUNGEN

Alle Personen, Institutionen und Handlungen in meinem Psychothriller »Der Duft der Opfer«, nebst Namen und Bezeichnungen, sind frei erfunden. Ähnlichkeiten mit lebenden oder toten Personen und deren Handlungen sind rein zufällig und nicht beabsichtigt. Das gilt unter anderem auch für die Dienststellen und Hauptkommissar Stutters Abteilung beim BKA. Den Berliner Ortsteil *Gerlsee* habe ich ebenfalls erfunden.

»Der Duft der Opfer« ist ein Psychothriller mit meinem Ermittlerteam Stutter und Nau. Wer noch weitere rätselhafte Fälle mit den beiden lösen möchte, trifft die Beamten in folgenden Büchern wieder (alle Bände können unabhängig voneinander gelesen werden):

»Der Sündenfänger«
»Heimtückische Schuld«
»Der Schmerzjäger«
»Tödliche Heilige«
»Die im Regen weinen«

Ich freue mich, dass Sie sich die Zeit für meinen Psychothriller »Der Duft der Opfer« genommen haben, und bedanke mich ganz herzlich fürs Lesen. Ich hoffe, ich konnte Ihnen auch dieses Mal eine spannende und unterhaltsame Lesezeit bereiten!

Mit den besten Grüßen

Ihre Ilona Bulazel

Facebook: https://www.facebook.com/ilonabulazel

WEITERE BÜCHER DER AUTORIN

Alle Bände der Reihen sind in sich abgeschlossen und können unabhängig voneinander gelesen werden.

- Mortem – Blutiger Traum
- Sepsis – Schlafendes Englein (Psychothriller, Sepsis Band 10)
- Sterbendes Herz (Psychothriller, Hauptkommissar Stefan Junck Band 2)
- Die im Regen weinen (Psychothriller, Hauptkommissar Stutter Band 5)
- Der Todeseid (Psychothriller)
- Mein Zorn – Dein Schmerz (Psychothriller)
- Dem Tod verfallen (Psychothriller)
- Tödliche Heilige (Psychothriller, Hauptkommissar Stutter Band 4)
- Mädchen ohne Wiederkehr (Psychothriller)
- Der Engelshenker (Psychothriller, Sepsis Band 8)
- Lebendfalle (Psychothriller)
- Schattenleid (Psychothriller, Hauptkommissar Kaller Band 2)

- Der Schmerzjäger (Psychothriller, Hauptkommissar Stutter Band 3)
- Blutschwarz (Psychothriller, Sepsis Band 7)
- Der Todesprinz (Psychothriller, Hauptkommissar Kaller Band 1)
- Heimtückische Schuld (Psychothriller, Hauptkommissar Stutter Band 2)
- Blutmosaik (Psychothriller, Sepsis Band 6)
- Der Sündenfänger (Psychothriller, Hauptkommissar Stutter Band 1)
- Verdorbene Ernte (Psychothriller)
- Bitterblutige Wahrheit (Kriminalroman)
- Ufer der Angst (Psychothriller, Sepsis Band 5)
- Schmutzige Tränen (Psychothriller)
- Lautloser Hass (Psychothriller, Sepsis Band 4)
- Sepsis – Showblut (Psychothriller, Sepsis Band 3)
- Sepsis – Das Schandmaul (Psychothriller, Sepsis Band 2)
- Sepsis – Verkommenes Blut (Psychothriller, Sepsis Band 1)
- Das Geheimnis von Herculaneum (Historischer Roman)
- Blutiger Schein (Thriller)
- Projekt Todlicht (Thriller)
- Die Akte Aljona (Thriller)
- Operation Castus (Thriller)
- world: reset – Nach den Aschentagen (Krimi/Science-Fiction-Thriller)
- Mystery-Geschichten (Kurzgeschichten)
- SciFi-Geschichten (Kurzgeschichten)

Alle Titel erhalten Sie als E-Book (die Shops finden Sie auf der Website der Autorin unter https://www.autorib.de) oder als Taschenbuch über Amazon!

Printed in Poland
by Amazon Fulfillment
Poland Sp. z o.o., Wrocław

93679585R00176